新青年
——中国青年小说家作品精选集

陈鹏 主编

大益文學

SPM
南方出版传媒
花城出版社

图书在版编目（CIP）数据

新青年 / 陈鹏主编. -- 广州：花城出版社，2021.12
（大益文学书系）
ISBN 978-7-5360-9629-5

Ⅰ. ①新… Ⅱ. ①陈… Ⅲ. ①短篇小说－小说集－中国－当代 Ⅳ. ①I247.7

中国版本图书馆CIP数据核字(2021)第266397号

出 版 人：肖延兵
总 策 划：吴远之
统 筹：陈 鹏
策划编辑：程士庆
责任编辑：李 谓 曹玛丽
特约编辑：阮王春 马 可 寇 挥
技术编辑：薛伟民 林佳莹
装帧设计：王怡颖

书 名	新青年 XIN QING NIAN
出版发行	花城出版社 （广州市环市东路水荫路11号）
经 销	全国新华书店
印 刷	云南美嘉美印刷包装有限公司 （昆明市盘龙区郭家凹金香巷191号）
开 本	787毫米×1092毫米 16开
印 张	13.5
字 数	220,000字
版 次	2021年12月第1版 2021年12月第1次印刷
定 价	58.00元

如发现印装质量问题，请直接与印刷厂联系调换。
购书热线：020-37604658 37602954
花城出版社网站：http://www.fcph.com.cn

大益文學
TAETEA LITERATURE

目 录
Index

另一种"新新现实主义"？（序）……陈 鹏 1
废墟上的快乐圣诞节……………温文锦 3
像钟摆一样单脚跳………………庞 羽 25
岛上故事…………………………余静如 37
迟到的信…………………………宗 城 55
面具………………………………张玲玲 67
喜事………………………………梁 豪 87
和心理医生的三次谈话…………格桑拉姆 101
双生………………………………小 珂 129
湖仙女……………………………郑宜峰 137
火车经过我们那里………………加主布哈 151
暴雪来临的夜晚…………………阿 七 171
空翻………………………………范墩子 181
手帕………………………………吴 娱 195

另一种"新新现实主义"？（序）

陈 鹏

新青年。顾名思义，又一拨全新的年轻人。

在过去两三年间，一批刚刚成长起来的八零末九零后乃至零零后，已经写出很不错的小说。他们的技艺、题材、风格让人惊讶，酷似当年大益文学院选编《13人》集结的一批九零后，他们的小说让人惊讶甚至惊艳，尽管不免有这样那样的问题，但你明显感觉到他们与以往作家或写作的不同——更加朝气蓬勃，更加随心所欲。

这一拨呢？

又有变化。跟70后、85前自不必说，与《13人》那拨多相近，不同也挺明显，比如视野的开阔，阅读的积累，细节的沉潜，以及（最值得一提的），更相信直觉。《13人》一度引起文坛关注，现在成了我们大益文学院的一本常销书。因此我同样看好《新青年》：种种变化是它赢得关注的关键所在，或许是最近两三年中国年轻一代写作重心偏移的某种明证，比如，有人正转向幽暗的自身（温文锦、小珂、加主布哈、张玲玲），他们脱离了《13人》天马行空的想象力；即便想象力，也多显沉郁（余静如、阿七、范墩子、格桑拉姆），切近地、真实地观照着当下、现在和内心暗物质的野蛮生长。这绝不是我们有意为之，而是，居然不约而同。到底发生了什么？是还没怎么年轻就业已变老？还是当年"为赋新词强说愁"就从来不是"为赋",是向老向暗的驱力无可逃脱索性逃得更快些?无论如何,你分明能够感觉到这批年轻写作者不可言说的"痛",不可言喻的"丧"。大概率不是装的,是他们非此不可保护自己或成全自己。原本"自己"就是文学的永恒主题,但这种不约而同,还是让我们看到了对"生活之下"的努力,比如质感,情绪,氛围和不可捉摸之真相;他们甘愿潜到生活之下,潜到真正的自我世界之中,这确乎是更年长一代写作者所不具备的。

比现实更现实。另一种新新现实主义?也许。

对形而下的深思,是现实教给他们的,也是最本质的文学阅读和训练交给它们的。虽然,我们乐于呼唤更好的形式,更天马行空的能力,更有力量的拆解,但当我们面对一个让人束手无策的,庞大的,沉重且狰狞的现实之"白鲸",这批新青年,已经懒得或无力再起飞跳跃了。他们累了。是的,他们躺下,他们下沉,他们把自己搁在祭台上。

这是现实,亦是当下文学之现实。

一种新新现实主义,也许比新现实主义更悲观,也更真实。

有时候,真实,不就是勇气,才华甚或全部?

是为序。

废墟上的快乐圣诞节

温文锦

温文锦，女，生于20世纪80年代，大益文学院签约作家，现居广州，从事编剧工作。作品散见于《今天》《天南》《青年文学》《作品》等文学刊物中。著有诗集《当菩萨还是少女时》。短篇小说集《人人都是谬误家》刊登于《独唱团》。小说《西贡往事》获第五届华文世界电影小说奖，《三生》获第七届华文世界电影小说奖。

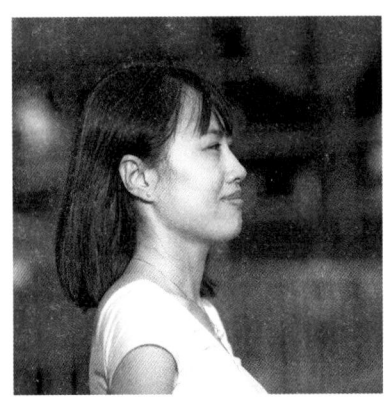

我出生于一个不怎么样的村子里。这个位于城市边缘的村子，盖满了挨挨挤挤的民房，狭窄的街道两旁，是各式各样的小商铺，小超市，台球店，水果摊，馄饨店以及很小的一个肉菜市场。除此之外，街上还有很多小工厂，多是成衣布匹以及木料加工厂，车床声，木料切割声，大型缝纫机嗡嗡作响的声音，不绝于耳。夏天来时，潮湿的墙角会长出苔藓。屋子里则充满着各式返潮的霉味儿，内墙也是湿湿的。在更深更潮湿的巷子里，则时常有衣着清凉的发廊女孩站在那里，到了晚上，她们会把客人带到亮着红灯的按摩店里。那些店铺散发着红莹莹的光泽，来来往往进出的客人总是各式各样。

从村子高一点的地方，可以看到远处闪着玻璃幕墙的高楼大厦。相比起来，我们的小村子灰扑扑的，毫不起眼。就算这样的地方，我和小伙伴们依旧活力四射，每天都有用不完的活力。追逐打闹，踢毽子掷沙包和玩橡皮泥，想到什么玩什么，孩子的天真在任何地方都格外耀眼。

父亲承包了村里一家洗车场，雇了三四个工人，除了洗车，还附带一些保养维修业务。洗车场位于高架桥下的土路边，每到晚上，生意总是超好。除了桥上路过的车子，在这里食街大排档吃饭的司机车子也会停下来，顺便洗个车。

村里其实还有另一家洗车场，父亲承包下这家洗车场后，没多久就与马路对面那家洗车场大打出手，据说是村委的人出面调解，才把事情压了下去。因为这事，父亲赔给村委会不少钱。从那以后，我们家的洗车场成为附近独一家，生意好得不得了。那是我刚上小学时的事情了。

我们家，和父亲工作的洗车场有一段距离，父亲总是工作到深夜才回家。由于要照顾我和弟弟，同样在洗车场打点生意的母亲会比父亲回来早一点，照顾我和弟弟入睡后，煮好父亲和工人的消夜，送到车场里去。

有只叫阿福的黑狗被父亲养在车场里。阿福瘦瘦的，看上去和名字不怎么相符。我曾想过把阿福带回家来住，但被父亲骂了一顿，说车场怎么少得了看门狗呢。所以，瘦瘦的阿福，一到父母收工回家的晚上，就被拴在门边，像黑夜里闭目养神的小小门神。

父母基本上从早到晚都在洗车场。母亲有时候会给我和弟弟零花钱，让我放学后带他到小吃摊去吃清汤面，我和弟弟都不怎么爱吃面食，经常会买些煎饼可乐冰激凌之类的填肚子。由于没有人管，我们总是玩到很晚才回家。

带着一个"拖油瓶"弟弟，玩起来很费劲。我会拿一些薯条怪味糖之类的零食打发弟弟，让他独自去沙坑跟其他小朋友玩，直到晚了才带他回家。

所谓的沙坑，是一个拆迁到一半的烂楼，烂楼建得很古怪，盘旋的楼梯一直转圈直到六楼。这个楼只有一半的墙，没有门没有窗，裸露的内壁贴着黏糊糊的墙纸，房里还留有缺角的沙发，生锈的电扇。有窗框的地方，飘零着白绿相间的窗帘，风来时，跟活着似的。

楼底及门前的空地上堆着沙子石头水泥预制板之类的建筑杂物，时间久了，被雨水冲刷得零零落落的，边缘处还长出来杂草和绿苔。就这么一个被人遗忘的地方，年龄小的孩子聚在这里玩得不亦乐乎。

我、阿娇和阿香是少女三人组。三个人凑一块儿，除了玩猴皮筋儿，还会玩过家家。如果还有其他孩子参加，就会玩掷沙包或是跳格子。阿娇是附近小卖店夫妇的女儿，每到晚饭时分总要按时回家。阿香的母亲是卖卤鸡翅的，傍晚才出摊儿，所以我和阿香玩到几点都没人管。

有一次，我们想出了模仿按摩店的游戏。最初，我们在阿香家玩。在充满卤汁气味的小小卧室里，趁阿香妈妈不在家，悄悄地一遍又一遍地玩。玩法是从街上看到的。一个人站在门口扮演发廊女孩，一个人站在床边扮演老板娘，另一个则扮演前来按摩的客人。我们将墙上油腻腻的灯泡用红玻璃纸包上，拉紧窗帘，营造出适于按摩的红莹莹的灯光。通常这时候，轮到扮演发廊女孩的人会竭力展现出高超的揽客技巧。

"客人，这边请。"或者说："请进来放松一下吧。""发廊女孩"穿着阿香妈妈的高跟鞋，同时用粉色丝巾裹着身体，露出肩胛骨和脸部，使劲拉着客人往里走。

这时候，"客人"表现出各种各样的反应（视职业情况而定），有腆着肚皮的大老板，有扭扭捏捏的打工仔，也有累得马上想要按摩的摩的佬。

我喜欢扮演那种打牌赢了很多钱的麻将仔，大大咧咧地朝发廊女孩身上靠过去，说声："快，给我按摩按摩。"

母亲多次提醒过我，说要离那些按摩店的女人远一点，我疑心她是讨厌她们身上的香水气味。母亲瘦瘦的，因为经常洗车的关系不能穿裙子，我觉得，她对打扮好看的同性有种天然的意见。

还有，我的裙子都是父亲买的。

阿娇表演欲望很强。如果轮到她扮演老板娘，势必要大惊小怪兴风作浪一番。比如说，当我扮演的客人慢悠悠走进门（也就是床）的时候，阿娇就会强行要求"客人"在A套餐和B套餐之间做一番选择。有优惠项目的F和W套餐是不行的，节假日只能使用无优惠套餐。折腾了一会儿，老板娘才能让客人进入按摩仪式。

我们想象出按摩仪式各种奇妙的部分。首先，我们把顾客的身体分为四个部分，头和肩胛骨是第一部分，肚子和胳膊是第二部分，小腹和大腿的一半是第三部分，大腿的另一半和小腿、双脚是第四部分。总之，我们认为按照身体的等长划分来按摩比较适宜。

扮演顾客通常先在床上仰躺下。由按摩的人选择从身体的哪部分开始，一般是头和肩胛骨，也有时候是从小腹开始。但不管从哪部分开始，按摩那人都须要说出属于自己的神秘咒语，然后"噗"地朝躺着的人耳边吹一口气，仪式就开始了。

阿香是我们三人里面身材最为壮实的一个。每次由她扮演客人都搞得我和阿娇满头大汗，由她扮演按摩女孩则基本上会把我或者阿娇弄得疼痛不已。不仅如此，她还发明出很多奇怪的姿势，比如说骑在客人背上撅着屁股捶打，或者踩住肩膀拉住双手使劲拽一顿。

阿娇是我们三人里唯一一个去过按摩店的人。有一次，她跟我们讲起这件事。

据她说，五岁时舅舅带她进了那个红彤彤的地方，她被安置在略高的儿童椅上，被一个胸部很大的妇女拍着背轻哄着。舅舅进了隔着小帘子的地方，然后，她说："按摩时会出现奇妙的声音。"

"什么样的声音？"阿香和我异口同声地问道。

"比较恐怖，跟人死之前差不多。"阿娇淡定地答道。

我和阿香面面相觑。当然，我们都没见过死人。电视上扮演的死人，总是"砰"地中枪一声然后"啊"地死了。

我们问阿娇是不是这样。

她摇摇头，说有点像，但不是这种死法。

于是我们三人同时沉默了，觉得玩得不够尽兴。电量不足的灯泡暗淡映着我们小而无奈的脸，思考了一会儿，我们来到厨房去偷卤蛋吃。鸡翅和鸡胗是不吃的，因为太贵，我们只舔一舔又放回去。

弟弟容易被人欺负。在沙坑玩的那伙小朋友中间，弟弟的年纪最小。等我玩腻了回去找他时，他总是孤零零地坐在沙坑边缘的台阶上，观察烂泥地里的杂草和虫子。

弟弟其实是比较英俊的，在许多小朋友里面，他看上去像查尔斯王子。那时候，爸妈没有告诉我，其实弟弟患有白化病。我只觉得他又白又特别。

"长大后想当物理学家。"

弟弟经常这么说，我觉得他不明白物理学是什么。能说出这么生涩的词的弟弟，委实不是一般小朋友可比。

吃完卤蛋，我去接弟弟。腰腹处被阿娇和阿香揉了一番，像是受了伤，真是一种令人疲惫的游戏。

"姐，有只蛙快死了。"弟弟不肯走。

"只是蛙而已。"

没想到烂尾楼里会有蛙。我们这个村子大且潮湿，老鼠、蜗牛、蚯蚓、鼻涕虫都会有，池塘边还有田螺。这时一只蛙趴在建筑物底部。

"姐，能不能等蛙死了再走？"

"噢。"

我们在一楼的水泥地上蹲着。太阳已经下山了，暮色暗暗的，灯光从附近人家屋子里远远地透过来。

等这只蛙静静地停下最后一口呼吸时，天已经黑了。我和弟弟共同经历了一只小动物的死亡，它薄薄的生命从青灰色的身体里消失掉，非常软，非常难看。

回去时，我和弟弟走得很沉默。

感觉村里的小孩都长得特别结实。无论是我，阿娇，阿香还是其他孩子。头发乌黑，皮肤健康，食欲也特别旺盛。贫穷丝毫不能影响我们，我们在村子里日复一日戏耍着，快乐无比。

入夏后，阿香妈妈病了。粗胖的她整日躺在房间里，时而发出轻微的呻吟。阿香说，这是妈妈的老毛病，因为生她时劳累过度，现在每年都有十天半个月，月子病会发作。这时候，卤鸡翅摊的生意就暂停了，阿香去村医那里拿来现敷的药膏，以及艾条一类熏香，给母亲敷贴上药，完事后，才能蹑手蹑脚地出去玩。

我们将按摩店的游戏转移到了烂楼的二楼。

天气很热，烂楼里的空气凉丝丝的。可能因为附近房子多，也可能是这地方闲置得太久，没有人气的关系。上了楼，阿香把不知从哪里找来的塑料布铺在地上，阿娇把从家里拿来的小毛毯铺在塑料布上。那是一张印着蝶恋花的毛绒毯，边缘镶着深红色的包边，中间则是淡淡的浅红。仰躺上去时，有股挥之不去的陈年汗味儿。

"从爸妈斗柜里翻出来的。现在天气热，他们不会发现。"阿娇说。

我和阿香显然没想过对方父母会不会发现的问题，我们要考虑的事情太多了。按摩房间的摆设啦、角度啦、位置啦，以及怎样拿书本假装招牌和用气球冒充的灯泡，还有怎样不让附近的小孩来打搅之类的。不过，空旷的地面，明亮的阳光和看得见天空的房间，让我们觉得很欣喜，在这里玩游戏可比家里有趣太多了。

"客人，这边请。"阿娇说着，脱掉人字拖，跳上红毯，大声宣布按摩游戏正式开始。

我们仨挤在汗津津的毛毯上互相翻滚对方的身体，发明出新的按摩方式折腾对方，一整个下午，我们都沉迷在这个愉快到令人尖叫的游戏中。

"好像很好玩。"

楼梯处，传来含混不清的声音，吓了我们一跳。

是个男人。他静静地倚在楼梯扶手处，望着我们。看样子，站了有一会儿了。

我、阿香、阿娇三人面面相觑，有种被人窥见干坏事的感觉，慌乱乱的。

男人好像在微笑。不过，因为没有墙壁的阻挡，迎面而来的逆光，使他处于阴影深处，看不太清楚表情。

"干得不错哟。按摩姑娘们，招待一下我吧？"

我们三人几乎一齐摇了摇头，下意识地。

适应了光线，才慢慢看清男人的样子。他穿着有些破旧、辨不清颜色的衬衫，头发长过了耳，脸形轮廓蛮深的。裤子和鞋子脏脏的，一看就好几个月没洗。大热天的，他手里搭着一件深灰色的奇怪外套，从质感来看，似乎是军用雨衣一类的衣物。

"怎么样？付账的哟。"男人的视线落在我们赤脚踩着的毛毯上，不知为什么，光溜溜的脚丫被这样瞅着我觉得很不安。

"付……什么？"阿香率先开了口。

可能是意识到我们有些警惕，男人并没有起身朝我们走来，只招了招手："过来，看看就知道了。"

阿香虽然胆儿大，但阿娇多少心思伶俐些，她拽住我："等等。"

男人住在楼上。位于四楼和六楼之间的楼层上，依着半面墙搭了个小帐篷，帐篷旁用石砖砌了个小小的烧火灶，灶上放着一个熏得乌黑的平底锅，除此之外，还零散地摆着小桶，收音机，拆了一半的筒面，以及说不出用途的木板，空调机外壳，扔弃的电视天线，若干个空啤酒瓶。

竟然有人在这里安家了。想到弟弟和小伙伴们在沙坑玩耍时，上面有一双男人的眼睛凝视着这一切，就觉得怪怪的。

"看吧。"男人从帐篷里，掏出一个饭盒样儿的小盒子。他打开盒子，让我们往里面瞅。

我和阿香、阿娇三人你拉我胳膊，我拉你胳膊，谁也没有勇气迈上前一步去看。

"可是很特别的哦。"

最终，我屏住呼吸，小心翼翼地探头往盒子里看去。

乳白色的塑料盒子里，游动着好几只拇指般大小、透明的生物。随着水纹的抖动，能看见小生物随着呼吸簌动着身体。

"这是什么？好像蝌蚪啊。"我脱口而出。

"真的吗？"阿香和阿娇也扒上前来探看着。

由于太过透明，小生物的身体几乎和白色的背景融为一体。仔细看去，能看到它们圆溜溜的脑袋，细长剔透的尾巴。脑袋左右侧有两颗黑色的小斑点，遍布全身的毛细血管透出极浅淡的青色。

我们凝视着这几只透明的生物，惊叹不已。

"想要吧？想要的话就要招待我一下哟。"男人说着，把盒子往我们前面伸了伸。

随着塑料盒子的抖动，里头的透明生物游得更欢了。它们好像听懂了男人的话似的，一忽儿游到东，一忽儿游到西，竭力在我们面前展现柔滑的身姿。

"是骗人的哪。这世上根本没有这样的怪东西。"阿娇大声地叫起来，"我看过动物世界，你休想骗我们。"

男人笑了，也不辩驳。"你呢？"他忽然把眼光转向我。

正在犹豫的我吓了一跳，赶紧把目光缩回来，装作不在意的样子："没……没什么了不起。"

"小动物，我们家不让养。"阿香淡定地说着。

"我们走吧。"阿娇攥住我的手，一把拉住阿香，往楼梯走去。

不知为什么，下楼时，我的心怦怦怦跳得厉害。感觉那个男人的目光黏在我们身上，一直跟着我们到了家里。

回到家，饭桌上摆着切开的西瓜。我拿起来，大口大口地啃着。一连吃了好几块，凉沁沁的瓜肉落入肚里，多少才算舒了一口气。

母亲正在厨房做菜。狭小的厨房案板上摆满了肉丸，烧鹅，酿凉瓜，炒田螺以及焖土豆等常见的菜肴。每到月末发工资的日子，父亲总要叫上工人来家吃喝一顿。这时候，我就不得不难为情地和大家挤在一桌，听着工人们用夸张的大嗓门又笑又嚷地讲一些从车主以及附近食客那里得来的八卦料段。

"把烧鹅的蘸料倒出来。"

"小秋，帮我把火关小一点。"

"豆角煲先端出去，小心烫。"

母亲这样那样地吩咐着我。我心不在焉地听着母亲的话，端菜，看火，倒酒和摆碗。

吃饭时，我照旧想着那件事。大家的嚷嚷一句也没听进去。

"小秋，想什么呢？"父亲和母亲光顾着招呼工人，只有添伯私下里问了我一句。

"没什么呢。"我说。

添伯是洗车场的看场工，不知道年纪，从父亲开场时，就在场里干活。因为脚有点瘸，干不了重活，父亲便安排他做一些看场和修理之类的零碎工作。

添伯眯着眼睛看了我好一会儿，才把一盅酒灌下去："有事偷偷跟我讲哦，真没有添伯不知道的事。"

"是嘛。"我低头扒拉几口饭，就再没有作声。

大概只是普普通通，快要变成蛙的蝌蚪吧。男人使了戏法，使得蝌蚪的身体变得那样透明，肯定是这样的。我心想。

那天之后，我有点不愿意带弟弟到烂楼那边玩。看着小伙伴们在沙坑玩沙子，弟弟气急败坏，"哇"的一声哭起来。

"哭什么。明明他们就不想跟你玩。"我用不耐烦的语气说着，"给你买波板糖怎么样？"

弟弟根本不理睬我说的话，只一个劲儿地抱住我的大腿。

"要不钵仔糕吧？红豆味的。"

任性的小孩很难搞，虽然我也是个小孩。面对闹闹咧咧的弟弟，我失去了耐心："红豆糕，爱吃不吃。不吃我走了。"

说着，我甩开弟弟扒着我的小手，大步大步向前走。

弟弟的脸上涕泪交织，尽管如此，他还是没有放弃沙坑玩耍的机会，坐在地上抽动着双腿，好像得了狂犬病的狗。

"真烦。"我不再回头看了。

那天下午，我在晒谷场和小伙伴们玩掷沙包玩得很尽兴。直到太阳落山了，才想起接弟弟回家。

夏日天黑得极慢。凉丝丝的薄暮笼罩着菜园子、晒谷场和坑坑洼洼的巷子路。从小巷子拐进去，并没有看到弟弟。安安静静的沙坑，蹲着两个跟弟弟差不多大的小孩。

"我弟弟呢？"

"没注意。"

"不知道哟。根本就没跟我们玩。"

都快七岁了。还一遍又一遍地让人心烦。

"小光……"我喊起了弟弟的名字。回声在空洞的烂楼里反响，听起来有种奇怪的阴凉。

天黑了就糟了。暮色慢慢地渗进烂楼的各个角落，柱子啊，残留的窗和墙壁什么的，都出现了阴影。弟弟是个很怕黑的小孩，我忽然有了一种忧虑感。

喊着弟弟的名字，我慢慢地上了楼。

二楼，墙角的塑料布上仍压着小石头，和我们几天前来玩时没什么两样。我蹑手蹑脚继续往上走，快到五楼时，心脏扑通扑通跳个不停。

"小光……"我轻声叫唤着，犹如召唤小猫咪般。

"姐。"

果然，弟弟蹲在流浪男子的小帐篷前，聚精会神地看着那个小盒子。听见我来了，抬头用清澈的目光看着我，那样子，简直像被盒子里的生物迷住了似的。

男人从帐篷里探出头来："是你弟弟呀。怎么叫都不想回家呢。"

"是你把他哄来的吧？"我有点愠怒，又不好意思表现得太明显，"弟弟，我们走。"拉扯弟弟的衣袖时，我竭力不让自己的目光落到盒子里。

"喜欢漂亮的生物是小孩子的天性。"他说。

果然，弟弟的口涎都黏到了下巴和衣襟上，看样子，已看很久了。

"姐，它会动。"

"小鱼当然会游泳啦。"

"不是小鱼哟。"男子笑嘻嘻地说。

"不是小鱼。"弟弟认真地附和道。

拽着弟弟时，我感觉他整个身体的重量似乎快要坠入盒子里了。一个六七岁的小孩子，能有那么重，真是不可思议啊。

"姐，买给我。"被拽起来时，他还不停地念叨着。

"真是的，我又没有钱。"

流浪男子撇了撇过分长的碎发："又没有说要你钱，只是招待一下下。"

还是拉着弟弟头也不回地走了。临走前，我意识到，再待下去，自己肯定会变得越来越难以抗拒。

在我看来，成年男性分为两种：一种是在父亲车场打工，身材匀称，表情和蔼的工人们；另一种是常常讲大道理，外表整洁彬彬有礼的长辈，通常是教导主任，书店老板，村干部那类的人。说起来，流浪男子哪种也算不上，身材既不壮实，外表也不整洁，和蔼或彬彬有礼之类的形容词更与他无缘。但是，很奇怪的，我也并没有太讨厌这个人。

以前，从电视上看到，有那么一种成功的企业家或工厂老板，由于经营不善兼被亲信出卖破了产，搞得妻离子散家破人亡，为了躲避追债的，不得已提着箱子，乔装打扮流落异乡——而那种奇怪的透明生物，大概就是他们公司经营不善的副产品，开发有特殊功能的小型生物，原本以为能赚到更多的钱。

正当我躺在床上，幻想着流浪大叔的故事时，母亲喊我出来吃蛋糕了。

小小的心形蛋糕，正中嵌着一颗草莓。这蛋糕大概是母亲什么时候买的半价货，被挑剩的草莓瘪瘪的，看起来有些营养不良的样子。我瞄了一眼放在旁边的，母亲特意留给弟弟的蛋糕，圆嘟嘟形状的奶油蛋糕中间嵌的是樱桃和杨桃，虽然也是特价货，仍有着高级蛋糕富丽堂皇的好看劲儿。

"小光最近怎么啦？"

"啊？"

"我说，"母亲望着电视，并没有朝我看来的意思，而是继续重复着，"小光最近很没精神，你是不是欺负他了？"

"哦，"我呆了呆，"什么嘛，我根本不知道。"

我咬着蛋糕的奶油馅儿，答非所问地说着，其实，我觉得自己也很没有精神呀。

慢慢地，我留意起周围按摩店的发廊女孩来。她们年龄不等，或猩红眼影，或晕蓝眼影，穿着能露出黑色蕾丝文胸的上衣，搭配各种短裤短裙，就像从国外电影里走出来，充满了活力和哀伤。

"那个，姐姐，什么叫招待？"

"我怎么知道。"

弟弟有一股倔强劲儿，和很多小孩待在一起时，看不出来，等他落单时，这股倔强便显露出来。

我觉得很不耐烦。

有一次，弟弟不见了。午睡从床上醒来，不见了弟弟的身影，屋门半敞着，母亲命我去找。

"要做作业啊，没有空。"我冷漠地说。

不管我找什么托词，也难以违拗母亲的命令。我懒洋洋地套上拖鞋，临走前又顺手喝光冰箱里的冰水，不紧不慢地走出家门。

毫无疑问，弟弟去了怪生物那里。在废墟深处，在怪叔叔的阴影下，不知道为什么很多小伙伴至今都没有发觉。我在村子里东游西荡，根本不想往那栋烂楼那里去。午后的阳光晒在水泥地上炫出白色的反光，让人觉得无聊极了。

在小卖部，一个女孩买了几根冰棒。棕色短发，戴着细银兔子耳钉，右手圆圆的手肘部位有一对星星文身。从有流苏的破洞牛仔短裤里，伸出的双腿又细又长。应该是按摩女孩里面，生意比较好的那种吧。我心想着，不知不觉跟上了她的脚步。

她一边吃冰棒，一边朝巷子深处走去。

"那个，你要吗？"她忽地转身，从塑胶袋里掏出一根，朝我递过来。

是牛奶味儿的，裹着渗出湿气的红色冰棒纸。我犹豫了一下，接了过来。

"再见噢。"她说。

其实当个按摩女孩也不错。我站在那里，直到冰棒吃完。

那天下午，我没有去找弟弟，而是蹲在烂楼底下，看漫画书。等弟弟从楼上下来时，天已经黑了。我顺手牵着他的手，往家里走去。

有时候，我们姐弟俩，也会变得很沉默。

一共一十九块五毛钱。弟弟的大熊猫储蓄罐,有十六个钢镚儿和十四块钱数额不等的零钱。我也拿出了自己的部分积蓄,存起来用于买圣诞礼物的二十五块钱。礼物的话,明年再说也不迟。

不知为什么,我们可怜兮兮地朝她递过去这叠钱的时候,弟弟和我都很紧张。

"什么事?"棕发女孩问。

弟弟指了指玻璃窗上的几个字。白色的磨砂玻璃,粘着水红色的"洗剪吹""烫发""染发""按摩"字样。

"这个?"棕发女孩指了指"洗剪吹"字样。玻璃窗背后大概是风扇,吹得粉色纱帘微微曳动。

弟弟望了望我,我摇了摇头。

棕发女孩轻轻地"哦"了一声,拉上弟弟的手,"那进来吧。"

"不,"我急忙说,"是去那里。"我指着的地方,是破败如城堡的烂楼。

"好嘛。"她笑了。

棕发女孩穿了一件黑蕾丝短袖,领口缀着小亮片。驼色的皮短裤,很衬她大腿的肤色。贴紧了跟她走,会闻到一股甜甜的香水气味,不难闻,但是不适应。在高高低低的巷子里穿行,她问了我和弟弟一些很平常的问题,比如读几年级了,喜欢吃什么零食,玩过街机没有之类的。我都一一作答了。我注意到,她的样子和村子里的女人很不一样,不论是眉眼还是脸形,在我们这里,皮肤这么白的女人其实很少见。她递给我和弟弟每人一块口香糖,弟弟想也没想就剥开来塞进嘴里,我则想了好一会儿。

我们在烂楼前停下来,她问:"你们确定是这里?"

弟弟很认真地点了点头。

天气极其晴朗,不知哪里传来刺鼻的消毒水气味。从各家楼房的间隙望出去,蔚蓝的天空狭长如帆船。我想起很多事,大部分与此情此景毫无关系,第一次戴红领巾,将阿福领回家时,和阿娇、阿香追逐小狗的场景,还有打碎了汤罐藏在杂物间被母亲到处寻找时的记忆。一瞬间,那些事情真切极了。

"那我们上去吧。"她说。

"好哦。"我说。

我注意到，明亮的阳光下，她透白粉底下的小小雀斑很显眼。

来到五楼，男人正在看报，应该是不知从哪里捡来的废旧报纸。放下了报纸，他饶有兴味地注视着我们。

"这样可以吧？卖给我们透明生物。"我拉了拉棕发女孩的手，示意般地说道。

"卖给我们。"弟弟添上一句。

"很不错嘛。"男人点点头，他坐的位置恰巧处于阳光间隙，淡淡的光束配着男人有些古怪的表情，这样的场景看上去很和谐。不过，说到底，我总归还是个小孩子，大人和大人之间的事情研究不了那么多，一想到马上可以获得透明的奇怪生物，兴奋感几乎包裹了全身。肉乎乎的弟弟看上去也是格外激动，他看了看小姐姐，又看了看我。

"交给我来就好了。"棕发小姐姐轻描淡写地说道。

我们下了楼。临下楼前，我和弟弟忐忑地望了望棕发小姐姐，她的胸部、背部，连同短短的发尾，无不流露出淡淡的温暖。

有卖酸奶的妇女和推着小三轮的老头路过。我和弟弟各怀心事地望着地上的沙子，谁也不说话。沙坑中，不知被谁浅浅地划出两道轨迹，很像铁轨，又像是字母"H"的延长版。小孩子都喜欢在沙里画画。我觉得，很多时候，小孩子的身体真的和什么泥土啊、沙石等的大自然距离很近。

棕发小姐姐下来时托着那个饭盒。我们有些惊喜，又不好意思表现得太过明显，就搓着衣角等了一小会儿。

"还是挺有礼貌嘛。"她说。从她干涩的声调里听不出干那种按摩有多么的累。

我和弟弟一齐点了点头。

"谢谢小姐姐。"我托着双手，弟弟也托着双手，等待着盒子的降临。样子有点像乞讨。

"有件事啊，"她的声音蓦地变得像个大人，"你们要保密哦，这个地方。不然透明生物会死的。"

"啊？！"我和弟弟同时惊讶地叫了一声，又紧紧地闭上了嘴巴。

"好的。"弟弟点点头。他比我还像大人。

雨天。透明生物在小缸里愉快地游弋。

我们在楼顶的阁楼杂物间给透明生物准备了一间小房子，用装酸奶冻的大盒子盖着，放在好久没用过的泡菜缸里。透明的生物游动在透明的玻璃小缸里，透过屋瓦缝隙淡淡的熏光，让人心情愉快。我能够一动不动地看上好几个小时。

一开始，我和弟弟争先恐后地喂它们，后来，我们意识到这样不行，就每人轮流各喂一次。弟弟喜欢喂它们吃年糕粒、荞麦饼碎末和掰散的饼干片，而我总是规规矩矩地喂饭粒，偶尔也用捻碎的蛋黄喂它们。

夏天的暴雨总是稀里哗啦。屋檐上挂着厚重的雨幕，窗棂溅起的水花打湿了旧报纸呀，箩筐以及木柜之类的杂物。看着静静游泳的透明生物，不知道为什么，连我这样贪玩的小孩都会变得很安详。我和弟弟约定，两人只能分头上来看它们，因为一起来的话，动静就太大了，难免被大人察觉。

"很好看吧？"弟弟像抚摩海马一样抚摩它们。我们在药房的柜台里见过海马骸骨，能够想象得出海马生前在海底轻松驰骋的样子。

我也觉得很好看。但不知为什么，我用食指轻轻触碰小生物柔滑的脊背时，会想起棕发小姐姐充满光泽和弹性的身体。

城中村是个很吵闹的地方。水果贩子的叫卖声，木料加工厂的喧响，左邻右舍的喧嚣，不远处桌球室的嬉笑声，以及村广播预防登革热的大喇叭宣传，每天都亲切地缭绕在耳畔。

这一天，我仰躺在地上，把装着透明生物的小缸搂在怀里，有一搭没一搭地胡思乱想着什么。楼下传来了少见的警笛声，"呜呜呜"的。

从窄窄的木窗探出头去，但什么也看不到。村里的房距本来就狭小，只瞥见坑洼的小巷以及转角处隐约的人影。

我有点害怕，又禁不住好奇。在我们这里，时而有小偷啦、乞丐啦，以及形色不等的服务生打工妹租户什么的。寄居在村里的人们，再怎么奇怪，总的来说，还算融洽。有扑簌簌的脚步声以及看热闹人群的窃窃私语声，但从窗户望出去的视野，我什么也看不到。

透明的生物似乎长大了些。它们扭动着剔透的尾巴，蜷过来游过去，非常乖巧。小心翼翼地把它捕捉到手上，黏腻的触感传到掌心，渐渐地，又像有股细微的电流传到手腕、小臂和胳膊肘。

不知不觉地，我把它们举起来，透过生物的身体，透过窗户，凝视天空。小东西扑哧哧地甩动着身体，从它们的身体看过去，蓝色天空有股淡淡的灰。

晚上，妈妈说，按摩店都关门了。

这话不是对着我说的，而是对着父亲。正在看《新闻联播》的父亲充耳不闻，母亲的话被我听见了。

有时候，我就是对某个词很敏感。

"关了吗？"过了一会儿，爸爸冷不丁问出一句。

"中午的事，很多人都看见了。"

"是吗？"从爸爸淡淡的语气中，听不出什么情感色彩。

"我就是觉得很奇怪。明明好好的，是被人举报了吧？"

"不就是交的钱少嘛。"

大人们常常当着我的面，议论我听不懂的事。但其实，重要的是他们说话的方式。这件事的那件事的具体缘由好像不重要，父母对此的态度，我能因此感受到。

"小秋，去给爸爸倒杯水来。"妈妈说。

我"哦"了一声，往厨房走去。临睡前，父亲会吃一粒那种黄色盒子的药。

我们依然还是少女三人组。不过，我变了。我想出各种办法拒绝阿香和阿娇去玩的提议，兴趣点转移了是一方面，主要是担心私下交易怪生物的秘密会暴露。

有一次，我和阿娇背着书包往小卖店走去，与怪大叔擦肩而过。他套着那件深灰色的脏外套，走路时双手兜在胸前，样子像个难看的唐老鸭。一开始他望了我一眼，注意到他目光时，我马上低头踢着路边的小石子，并故意大声地跟阿娇说着今晚的电视连续剧。

从我们身边擦肩而过，怪大叔似乎暗暗地笑了一声。阿娇兴致勃勃地跟我聊着天，根本没有注意到什么。

舒了一口气。

我认为，饲养这种黏腻的生物本身就是一种不正常的举动，如果被其他小伙伴知道了，难免会变得讨人嫌，被归到流浪汉之类的那种人也是有可能的。总之，我很讨厌被孤立。

再一次见到棕发女孩时，她的发端已长出差不多一寸长的黑发。不过，她并没有想要修饰它们，就那样随随便便拢起来。

在小卖部，她坐在那门口吃抹茶蛋糕。我走过来时，她问我要不要来吃，并掰开了一小半。

她问我："那条鱼还好吗？"

她把那个透明生物叫作鱼。

"挺好的。"我说。

"那就好。"

"你呢？"

"什么我呢？"

"你不在那店里了？"

"是呀，"她好像很无所谓的样子，挂在大长凳上的双腿摇曳着，"不过要按摩可以来找我。"

我不太明白她的意思。不过，她朝巷子里阴湿的一栋小楼努嘴时，我大概明白了一点点。

也就是一点点而已。

我没有去找她。但车场有个叫小管的哥哥好像去了。小管哥的腿天生有点跛，但不知为什么洗车技术特别好，所以爸爸雇用了他。后来，好像爸爸也去了。

这些，我都是听阿兔说的。棕发女孩告诉我，叫她阿兔或者阿兔姐就可以了。

我就叫她阿兔。

淡淡秋风飒起时，我知道了按摩是不须要开红灯的。

我用了阿兔的指甲油。一种不知道怎么形容的烟灰色的紫。在我小而圆圆的手上，看起来很像时髦口味的冰激凌。

挨妈妈骂了。她发现这种颜色古怪的指甲油后，神经质地尖叫起来，叫我赶快去洗掉。在转身的瞬间，我听见妈妈小声嘟囔了一声，"贱女人"。

令人不安的一个词。

我决定满十五岁就去打工。在村里，时常能见到来城市打工的女孩。在我眼里，她们都过得蛮好。

"你几岁出来的？"我问阿兔。

"说不清。初中毕业吧，毕业考试时没带卫生巾，所以没考好。这种事也没有办法，对吧？"

"嗯。"我说不清。卫生棉条那类东西我还用不上。但觉得这个理由很不错，就点头了。洗完指甲油，指甲看起来很黯淡，像苍老的老人眼睛。

"要不要涂脚上？"她伸出脚来，是淡淡的猩红。

"不用，谢谢。"

平安夜那晚，阿兔请我去唱歌。临出门前，鼻涕纵横的弟弟吵嚷着要带他一起。在一间小而狭窄包厢里，我看见了流浪汉怪大叔。他坐在包厢一侧，依旧是灰得发臭的旧大衣，黏腻的头发好像长得更长了。不过，我没有吭声。

来的都是些奇奇怪怪的人。有个叫妈咪的，有西装革履的男人，也有像阿兔这样漂亮的小姐姐们。闪闪发光的蔷薇纸包裹着房间，沙发脏但温暖，坐上去有一股挥之不去的啤酒味。

我们还都是小孩。但其他人不这样看，他们把我和弟弟看作阿兔的朋友，倒了冒着气泡的果味酒。局促的排风扇发出闷钝的声响，但很快就被笑声和歌声淹没了。

人皆寻梦
梦里不分西东
片刻春风得意
未知景物朦胧

人生如梦
梦里辗转吉凶
寻乐不堪苦困
未识苦与乐同。

怪大叔唱的是许冠杰的歌。调子低低的，粤语却很正。我瞪了他一眼，拿着话筒的他立刻转过头来看我，吓得我赶紧低下头。

有透明生物的人生。我握着沁凉的玻璃杯，喝了一小口。弟弟正坐在那个叫作妈咪的肥女人膝上，好像两人很熟的样子。

"还没有唱过歌吗？"

"还没有。"

"我们一起吧？"

不等我回答，阿兔点了一首《青青河边草》。"青青河边草，悠悠天不老，野火烧不尽，风雨吹不倒。青青河边草，绵绵到海角，海角路不尽，相思情未了。"我抿着嘴，小声儿地跟着阿兔唱。她看起来和歌中的女主角有点像。

轰隆隆。

轰隆隆，轰隆隆。

外面传来震耳欲聋的爆破声。我以为是幻听，但明明蔷薇纸都在抖。不知谁先跑了出去，很快阿兔也拉着弟弟的手跑了出去，我跟在后面，大家像迎接世界末日一样激动。

五楼是个大平层。

我们往楼顶跑，站在平层上，看得见不远处那座烂楼被挖掘机撼动得摇摇欲坠。几盏功率很足的照明灯，照得周围亮若白昼。附近被警戒带拉起来的地方，站着好些看热闹的人。

"这楼今晚就要消失了吗？"我从没看见过这样的景象，不禁自言自语。

"对呀。"身边站着的女孩表示了赞同。

我有些恍惚，不知不觉有些难过。其实爆破声听起来蛮灿烂的。

"啊哈哈……哈哈……"率先欢呼起来的是怪大叔，他举着一个酒瓶子，放声大笑，好像从来没有这么开心过。

接着有人借着酒劲嘻嘻哈哈在楼上打闹起来，很快又有人借着震耳的声音大喊大叫，内容是"郭小余我很爱你"之类的……我悄悄走过去牵着阿兔的手，她拉着我弟弟，站在角落里，看见我来暧昧地笑了。

次日清晨，阿兔、怪大叔，还有我和弟弟四人在残破的废墟里寻找透明生物。

怪大叔酒还没醒，醉醺醺地冲着倒塌的墙壁小便，嘴里还含混不清地说着什么。

"已经死了吧。又透明，尸体根本找不到。"阿兔嘟囔着，她其实也没有太睡醒，黑眼圈圆圆的。

"喂，不小心踩到了哦。"

怪大叔在角落里滋着尿，声音很不雅。之前的沙坑混合着各种砖瓦，破烂，泥巴，还有碎纸破罐，风一吹大家都好冷。

"我累了。根本已经人间蒸发了。"我打了一个哈欠，鼻腔里尽是冷空气。

只有弟弟，认真地跪在地上找来找去。

怪大叔不知从哪儿捡来一根雨伞骨，在地上划来划去。天渐渐亮了，晨曦照在最后一堵墙上，有一丝丝看不见的暖意。

怪大叔忽然失声痛哭起来。

"喂，别哭，别哭，今天是圣诞节呀。"阿兔朝怪大叔扔过去一粒小石子，但他丝毫不为所动。

"圣诞节快乐！"弟弟大叫着，从手心捧出一个沾着泥土的透明生物，小生物蠕蠕地抖动着，很像婴儿。

"圣诞节……快乐呀。"怪大叔泣不成声，在这里，在这个村子这片废墟上，他是唯一的圣诞老人。

像钟摆一样单脚跳

庞 羽

庞羽，女，1993年3月生，中国作家协会会员，毕业于南京大学。曾在《人民文学》《收获》《十月》《花城》《钟山》《天涯》《大家》《作家》《北京文学》《上海文学》等刊物上发表小说40万字，小说被《小说选刊》《小说月报》《长江文艺·好小说》选载。作品入选《2015年中国短篇小说》《2016中国好小说》《2017年中国短篇小说》等年选。获得过第四届"紫金·人民文学之星"短篇小说奖、第六届紫金山文学奖、《小说选刊》奖等奖项。入选21世纪文学之星丛书2017年卷。作品被翻译为英文、德文、韩文与俄文。已出版短篇小说集《一只胳膊的拳击》（译林出版社），《我们驰骋的悲伤》（作家出版社），《白猫一闪》（山东文艺出版社），《野猪先生：南京故事集》（江苏文艺出版社）。

金色的田野已经不多了。祥迪将椭圆积木放在了童年的小土丘上。他直起身，该是背英语单词的时候了。他走了两步，高数题已经解开了，校长为他戴上了学士帽。祥迪独自穿越在麦田中，宛如泪珠滚过脸颊上的绒毛。宛如一只野兽穿过田野，又宛如那只手在排水渠中漂流。祥迪躺在蔚蓝的天空下，云垛子蓬松。秋日的风穿过他的指缝，是漫天的子弹，也是温柔的光波。距离天国还有一场追悼会的时间，祥迪手捏着天国火车的车票，看着他们在自己的追悼会上进进出出。几十年的岁月，漫长的弥撒，起伏的哭喊，他会在自己的追悼会上买房，结婚，生子，与他者告别。云朵抹去了他尘世的名字。他该起身了，去找一份工作，挣一份薪水，体面地出席自己的葬礼。

　　李采珍客客气气地给他们准备了一桌饭菜。十年前她说过，等祥迪上了大学，她就离开他们。祥迪将筷子插在米饭中央。还是晚了四年。祥迪吃了一口饭，宛如抹去了乞力马扎罗山上的一层雪。那里还是太遥远了。膝下的条凳宛如东非大裂谷，祥迪捧着一座雪山，曾经是一座火山的雪山。温热带植物与冰川纪幸存的哺乳动物交错共生。时值冬月，雪山是热的。祥迪让那些雪在口中融化。没有什么不是沧海桑田。祥迪垂下头，喉咙咕噜一动，宛如地球板块的塌陷与升降。他听见了黑洞的裂开，无数事物再次喷涌而出。雪山化作无数粒子，在宇宙的原子核周围螺旋上升。祥迪相信那是一颗太阳，或者更多足以和黑洞相抵消的事物。

　　祥迪去过黑洞一趟。那是沿着田野往前的更远更远处。铁轨还没有通车。他穿过了黑色的隧道，来到了自己的十八岁。李采珍举着酒杯，人们哄闹。祥迪相信人类的喉咙也是某种黑洞。事物消失在他们柔软的攫取中。祥迪咽下了最后一口雪碧，那些气泡宛如数颗白矮星的合并，以至于他认为自己不过是一团明暗能量的载体。人们陆续走了，李采珍讲着深夜送小祥迪去医院的故事，说到动情处，她用桌布抹眼泪。留下来的听客都是听过三遍以上的人。李采珍的丈夫，祥迪的父亲，名为杜广弘的那个男人拨弄着碗盘里翘出的龙虾尾。祥迪总觉得那是三个人，就像水的三种形态，祥迪视为看不见的蒸汽，李采珍将其摔碎为一地冰碴儿，他又如水般默默承受着生活的重量与侵蚀。祥迪坐在椅子上，留下的人们走来走去。他不得不承认，他这十八年只是个筛子。

  李采珍将碗叠在碟子上。乒乒乓乓地，她打了个急下旋发球。祥迪没有接住那个球，而杜广弘坐在条凳上，双手如摊开的乒乓球拍。大概两天之后，李采珍会重提此事。祥迪突然觉得，那颗悬在空中的乒乓球是某样事物的原子核，比如纺锤，垂丝的蜘蛛尾，风筝线的竹篾骨杆。厨房里响起了呜咽声，那不过是水流拂净了碗碟与岁月。杜广弘拾起了六根筷子。祥迪想起了那首儿歌："拾粒小石头，地上画格子，大格子，小格子，画好格子跳房子。"这个叫杜广弘的男人艰难地起跳，单脚跳，双脚跳，接下来是第七和第八格的回旋转身了。就像李采珍的急下旋发球。已经到第六格了，杜广弘只能举起球拍，臃肿地转身。祥迪想起了高中时的课本，铁轨的一边，一袋橘子柔柔地发光，铁轨的另一边，那个少年喂马劈柴，给每一条河每一座山取一个温暖的名字。祥迪不知那辆火车去了哪里。它轰隆轰隆的，宛如藤拍规律地拍打被褥上残存的斜阳。

  是老鹰，是狗熊，是兔子，还是青蛙。阳光照耀在幼儿园青绿色的墙壁上。他们伸出双手，诉说着影子国度里的故事。祥迪看着他的同学们从飞机跳到了坦克，从太阳走回了灌木丛，最后逮回了一笼兔子。在那些故事里，蛐蛐都有条超人内裤。祥迪躺在幼儿园的滑滑梯上，秋千像个垂吊的葫芦。不知不觉祥迪睡着了，直到某个同学用自身的重量把他蹾醒。他们宛如球筒里的羽毛球，一个撞一个，串联出了他短暂的二十二年。那些流逝的时光，他看见了明亮的蓝色方块，橙色爱心，粉色三角形，它们共同构成了形状莫测的梅花，海浪，基督圣殿的彩色琉璃窗。大学老师摘去了他的万花筒，给他架上了望远镜。他看见了遥远的星辰与真正的大海。终有一天，大海幻灭而破碎，星辰化作一抔黄土。年幼的万花筒，沧桑过后的望远镜，不过是同一种事物。祥迪卸下凸面镜片，那些透析着粉刺、斑点、青春痘的往事，突然又变得面容柔和起来，有着羞赧的酒窝。

杜广弘将鞋带松开，啜嚅着变形的脚指头，又一撇一捺地系紧着这些灰白色的小细蛇。在那个决定到来前，他们准备再去看一次舞龙。李采珍脱下染着油污的泛白围裙，擦了擦手。祥迪觉得那两块水渍像一对龙形玉佩。李采珍合拢了那两块玉佩，围裙卧在那里，宛如重山叠嶂。杜广弘曾在那里艰难地行走，松针织成他的毛衣，鸟雀衔来褐色的帽檐。也许再走个二十来年，杜广弘能爬上山峦的楼阁，和李采珍话一话彼时的桑麻。祥迪就这么看着他俩，再过二十来分钟，那对龙形玉佩会消失，宛如逝者飘散在留客的口中。

他们坐在那里。祥迪能够看见。他们围坐在桌子旁，用笔画着手的形状。其中一个讲着那晚沟渠里的月色。又来了一个，描绘着蓝色的人影与金色的发丝。那只手出现在那里，宛如白色的页面上打出了一个句号。没有起承转合，却忍受着珍珠的疼痛。铁轨旁散落着一地珍珠，安娜·卡列尼娜走了过去，戴上一脸珠光圆润的雀斑，海子走了过去，写就满卷春日珠鸟的复活。镇子上再没出现第二个人，举着明月色的珍珠，说世界上多了一只手。

杜广弘问李采珍，阳台上的门关了没。李采珍销上锁扣，搭好门轴。一缕阳光照耀在金色的门厅里，他俩并未留意。阳光被窗棂隔成了一截一截，宛若一辆橘色的火车。祥迪独自坐在那里，稻子堆宛如阳光下的乞力马扎罗山。不远处有个闸口，一辆银色的大众车在等候着。火车开了过去。银色的车宛如一把匕首被甩了出去。它终将击中什么，一个手捧玫瑰的女孩的指尖，一个行将就木的老人的发梢。祥迪坐在麦田里，看着红色书包，蓝色书包，他们走入农户，抑或是渔船。祥迪拍拍袖沿的麦茬，两年未见的高中同学约他去城里唱歌。祥迪抱着吉他唱着周董和陶喆，一个姑娘拿着冰激凌走了过来，他们去看电影，吃饭，直到她成了他大学舍友的女朋友。迎新晚会上，另一个女孩邀请祥迪跳舞，祥迪拥抱了她，两人在玛雅人预言的世界末日之后的新年之夜泣不成声。女孩去了美国，寄来带有风景图的明信片。祥迪用衣夹将它们在晾衣绳上一一码好。风吹过来，富士山变得透明。

三个影子在马路中央蔓延着。祥迪感觉自己的脑袋变长了，身体变小了。一个300立方米的游泳池，已知放水速度是每小时45升，而另一边在排水，排水速度是每小时28升，求问多久才能蓄满水。祥迪感觉那些水宛如身体里的血液，一弯一弯地浮涌起来。已知小明的重量是56千克，身高1米68，游泳池里水的密度按常规来算，求问小明漂浮在水面上时所受压强为多少。那些往事宛如礁石一般，心潮来回舔舐着它们，在祥迪金色的田野与蓝色的大海交汇的缝隙之处。已知化学方程式：$2Na+2H_2O=2NaOH+H_2\uparrow$，若小明在游泳池里投入足够的钠，求问他会看到什么现象。祥迪看见了自己的心脏在燃烧，滚动着千足之浪，沸腾的水花宛如一层层剥开他的皮肉。他孤独地走在李采珍的背后，影子重叠，仿佛他回到了她的子宫里，用温柔的声浪敲击李采珍的子宫壁。

　　有人吗？没有人回答他。他回到了他的太空舱，在悬浮的泥土里种植金色的麦穗。

　　李采珍扶着路边的墩石，敲打着鞋子里的尘沙。她努力过，为了生出祥迪。就像这样，将一粒碍脚的沙石掸落。祥迪看着她紧紧攥着护士的手，宛如花苞凋谢后往内深卷的花唇。祥迪看见医生的手好似一个刨子，血膜恍如木花般弯曲，悠长，绵延。杜广弘头磕着产房的门框，恰如暮钟下的祷告。晚照披拂在他磨白了的尼龙外套上，衣褶皱如一条狭窄小道，医生咔嚓一剪，祥迪被抛出了太空舱，安全绳在寂静的宇宙空间静止成脐带的模样。

　　杜广弘坐在墩石上，从祥迪的角度看过去，他背负着千斤的秤砣。最后的那些时光，杜广弘背负着李采珍的父亲出入诊所，将他那条被打残的腿小心地拾掇在鸳鸯图案的被褥上。结婚时，岳父将李采珍的手轻放在杜广弘的手心，宛如挪动他那只残腿。杜广弘套上戒指，动作如给岳父套上袜子一般麻利。那床被褥套在岳父的身上，鸳鸯的尾羽没掉了他的下巴。杜广弘与丧葬人员一起把他抬上了车，在另一辆车上，他给李采珍别上了黑色袖章。

　　这事只能你来做。李采珍对他说。杜广弘打开了李采珍的袖章，又按水平线方向调齐整。似乎只要去地平线保持水平，这辆车就会永远行驶下去，他们会永远坐在这里，与黑夜再无交叉点。只是杜广弘不知道，烟囱垂直于大地，宛如人的躯壳行走又倒去。他和李采珍平行了一段，交叉后愈加疏远。李采珍拍了拍他的手，就像岳父在他们婚礼上那样。没有婚纱，没有玫瑰，几桌粗茶淡饭，点缀刚从田里摘下的麦穗。那是一枚银戒指，李采珍穿着苏制的重磅真丝衬衫，向着小饭馆的大门敬了三杯。杜广弘说，等将来有钱了去买铂金的。李采珍说，够了。

　　杜广弘从口袋里摸索出一个皱巴巴的中华烟盒，里面有南京也有玉溪。杜广弘抽出了一根云烟，用印有黄大娘牌字样的打火机点火。那个女字旁已经被杜广弘的指纹抹去了。黄大良可能是个赤膊烤串的络腮胡子。杜广弘点了几次火，没着。阳光把这条路照成了舌头，厚厚的舌苔上，他们俩走过的脚印冒出了花色的蘑菇。太阳把杜广弘劈成了两半，阴影的衬托下，他的大拇指在阳光下发出甲壳虫的光芒，那道火终于点着了。云烟冒着红星子，杜广弘眯着眼看着不远处的田野。稻子成堆地摞在一起，散落着瓜熟蒂落后的尸骸。稻田后面有几间农屋，炊烟袅娜，像一支云烟，也像殡仪馆的烟囱。李采珍托着她父亲的骨灰盒，上面扎着红丝带，宛如一条哈达。杜广弘跟在她后头，一俯一仰，捡拾李采珍走过后的小蘑菇。送走岳父后，杜广弘给她煨了一盅蘑菇汤。李采珍啜吸着汤面的油花，鼻孔一翕一合的，像他们举办婚礼的饭馆里，那个老不灵光的灶台鼓风机。杜广弘小心地理好李采珍的头纱，再给祥迪系上红领巾，就可以去大学报到了。祥迪看着杜广弘一卷卷地刨着中华铅笔，宛如回到母体，慢慢地生长出自己弯曲的指纹。他再一次按下红指纹，上面的文字说他出生了。从此以后，李采珍经常性地腹绞痛，只因祥迪在那里留下了深深的手印。

　　你确定今天有舞龙吗？李采珍穿上耐克鞋，将脚半搭在墩石上。贴着冒牌标志的耐克鞋蜷曲了大半，甚至显出了李采珍大脚拇指的形状。祥迪数过几个下午的异形云朵，在刚刚滚过火车车轮的微烫铁轨上。不远处是闸口，当挡杆放下时，祥迪起身，看红色火车一截截地穿过田野，像面容被划出一道沁着细血珠的伤口，很快痊愈，成为掉落远方的血痂。那只手有血痂吗？祥迪无法确定。沙漏里滴着红褐色的血液，宛如原始人温柔地宰杀动物。他们坐在那里，桌子上有一只手。没有人知道它属于谁，人们扯掉墙壁上的藤蔓，哪怕它托举着朝晖，明月与晚照，雨落下，小小的叶子如出壳的蚌珠般抖动。

　　他们说有的，很快就来了。杜广弘将印有黄大娘牌的打火机塞进了裤子口袋。祥迪的校服裤子也是他缝好的，祥迪的羽绒服被烛火烧了个洞，他小心地剪了一只熊的图案。那年李采珍生日，家里停电了，他们点起了全部的生日蜡烛，开始了漫长的许愿。烛火将他们变成了墙壁上的老鹰、狗熊、兔子、青蛙。他们吃掉了奶油、蛋糕坯、水果夹心，祥迪将写着"生日快乐"的巧克力牌悬置在烛火上，褐色流淌下来，宛如一只手的形状。祥迪用奶油抹去了它，叉子上是丝缕交错的褐色星月夜。他坐在月色中，一辆火车长成了银河的牙齿，那么短暂，宇宙褪去了胎毛。李采珍用柔软的手掌按压着祥迪的肚子，他喝蘑菇汤喝岔气了，默写字母表的作业本还摊在书桌上。祥迪卡着喉咙，伸出手，摸到了李采珍的一撮头发。那么短暂，就像那一封未寄出的信。信封里有叠好的心形纸片袋，打开，一根红丝绳扎着一绺头发。杜广弘把那个绿色邮筒拆了。信封藏在杜广弘的木匠工具箱里，用墨斗压着。祥迪买圆规的那一年，找过墨斗当吊垂线。他发现年轻时，李采珍的头发是红棕色的，它们在心形纸片袋里错落着，有的像车辙，更多的是一些废弃的生锈铁轨。李采珍也有过十八岁，那也只是人生的一座站台，铁轨连接着数个站台，宛如珍珠一串。祥迪小心地打开纸片袋，又顺着折痕叠了回去，宛如一位耄耋老者倒叙自己的人生。那只手离开了沟渠，独自在人海漂流。祥迪比对过很多人的手，没有一只泛着五彩琉璃般的珍珠色泽。手带领着胳膊这列火车开往日后那些从未相逢的岁月。那个手持冰激凌的女孩，和他的大学舍友分手后，嫁给了他们的老师。那个留学美国的女孩，已经拿到了绿卡，在背面印着总统山的明信片上，说自己的男友叫道森，在背面印有夏威夷海滩的明信片上，说自己的男友叫汤姆。祥迪没有回信给她，她却未曾放弃寄来明信片。蓝色的加勒比海，褐色的贡多拉，还有从多瑙河看去的巴黎卢浮宫。祥迪晾晒过很长一段时间，明信片夹在线绳上，宛如一辆各色斑驳的空中火车。他不知道他们去了哪里，就如同那只珍珠般的手，仓促如脱离了轨道兀自横斜的火车头。

真的是一点钟吗？怎么一点动静也没有？李采珍从口袋里抽出洁柔面纸，小心地拂拭镜片上的雾痕。李采珍近视度数很浅，一直戴着眼镜。祥迪还小的时候，她靠着枕头阅读书籍，那都是些卷了边的旧书。台灯钨丝断了之后，杜广弘将它妥置于车库，给日光灯换了个灯泡。李采珍不读书了，她坐在窗前听收音机。原来姹紫嫣红开遍，似这般都付与断井颓垣。李采珍唱到"良辰美景"时，总是叹气，转而调频，听新闻联播、天气预报、古今奇谈和儿歌童话。还未出生时，祥迪听见一切都是寂静的。而李采珍应该明白，外太空并没有声响。她坐在那里，犹如乞力马扎罗山。绿色的收音机有着黑色的播音器，它吸收光，吸收能量，也吸收过往的岁月。祥迪看着自己的母亲慢慢融化，宛如烛光给心口烫了一个洞。

　　李采珍站了起来，手遮着眉头，观望桥那边的动静。小镇被一群白云托得飘浮起来，万籁只剩下风声。李采珍宛如一叶水草在光波中飘摇。祥迪以为她要飘走了，她却只是晃了晃，晃了晃。他感到血液宛如一列红色的火车，在血管里蜿蜒。那封信离开了杜广弘的木匠工具盒，放在了他装着杂货店账本的皮箱里。那晚，透过杂货店的门缝，祥迪看见李采珍从皮箱里拿出了信封，用打火机点燃了。火焰燃烧得宛如一只凛冽的手。李采珍消瘦了很多，面颊耷拉着，宛如她再一次空落落的子宫。难道我再到这庭园，难道我再到这庭园，则挣的个长眠和短眠？知怎生情怅然，知怎生泪暗悬？绿色的收音机喑哑地唱着，海棠在窗前滴着雨珠，大地上裸露的尸骨宛如燃烧的梨花。

　　过不了多久的。杜广弘夹着云烟，宛如夹着一根断指。祥迪感到他在细细小小地分解着自己，恍若一团纸在水中泡开。他蹲在祥迪面前，打开手帕巾，里面是一块方形甜糕。祥迪抿了抿，那团在水中泡开的纸散开了。细胞质离开了细胞壁。生物老师用教棒指着黑板上的汉字。祥迪呈交了自己的物理试卷。无数试卷撒下教学楼，同学们跳着闹着。阳光照耀下，一楼那块写着"离高考还有0天"的板子宛如日晷。一些影子的移动，姗姗如水波流淌。一只手穿过光影斑斓，如同穿过赭红色的雕花窗棂。在那些窗棂下，十八岁的李采珍抽出抽屉里的浅粉色信纸。杜广弘给祥迪送甜糕，送蘑菇汤，送酱豇豆拌饭，还送过一小块浅粉色的草莓蛋糕。祥迪吹灭草莓蛋糕上的烛火，焰火熄灭，宛如火车没入黑色的隧道。

　　舞龙还在路上吗？李采珍站起来，鞋尖的脚拇指形状的凸起往前一蹙。她歪在绿色邮筒身上，手里织打着小孩的毛线衣。祥迪骑着自行车经过了她，她微微一抬头，绿色邮筒似乎穿上了一只毛茸茸的袖子。祥迪骑走了，阳光拉长了自行车的影子，车轮变换如明亮的蓝色方块，橙色爱心，粉色三角形。他在大学老师的望远镜里再次见到了那个下午彩色琉璃窗的基督圣殿。他躺在那里，宛如躺在金色的田野里。秋日的风吹过空旷的稻壳，宛如海螺寂静地诉说着大海的缱绻。云朵垂了下来，里面的掌纹宛若祥迪未见过的山川湖泊。

　　我听见响声了。杜广弘在墩石上掐灭了烟头。一种吵闹声蓬松起来。祥迪能感觉到舞龙队的迫近，在桥的那边。道路两旁的人多了起来，人们拿着桌凳，等待同一件事情的发生。十八岁那年，李采珍在人们的簇拥下，走上饭店的舞台，讲述自己如何培养祥迪。白酒，椰汁，酸奶，橙汁，它们涌入了那些黑洞。白矮星合并成什么？大学里的天文老师问他们。中子星。宇宙里除黑洞外密度最大的星体，有些会形成脉冲星，它们高速旋转着，释放着电磁脉冲信号。祥迪能感受到那种电磁脉冲信号，来自那只在人海里漂流的手。量子纠缠是什么？天文老师继续问着。当你有一副手套，放在保险柜里，你在地球上拿到了左手套，那无论在多么遥远的星际，打开保险柜，那里面一定都是右手套。祥迪看着自己的双手。那只自田野沟渠里漂流而出的手，孤单地发出同频的电磁脉冲信号。祥迪再次躺在金色的田野里，火车经过犹如一道伽马射线，在地球以外的太空中兀自漂流。

舞龙隐约地露出了一只红色的描金龙头。周围的人们躁动起来，围堵着道路两侧。李采珍试图踩上刚才坐着的墩石，脚一崴，小脚拇指的形状都显了出来。人们一个叠着一个，祥迪也看不仔细舞龙的面貌了。秋收前的舞龙，会给来年增添财运，这是小镇的习俗。祥迪在稻田里见过蛐蛐，长得和舞龙一个头形。他将蛐蛐关在藤编的小笼子里，仔细地观望它有没有超人内裤。和所有孩子一样，他笃定自己会考上北大清华。十八岁那年，他并未实现自己的诺言，李采珍却抹着泪哭瘫在座位上。留客都走了，他们对李采珍深夜送祥迪去医院这件事表示了钦佩。祥迪挂着点滴，看着李采珍的发尾，少了那么一小撮。医生在他的手背上涂开碘酒，血管如蜿蜒的锈色铁轨。

热闹的声音越来越近，孩子们站在了条凳上，还有的爬上了树枝。有三两凳子空在那里，祥迪走过去，拾掇了两个木板凳。板凳有些矮，他将小的那个码在了大的那个上面。他想起了那辆开往天国的火车，如烟囱一般，是垂直于地面的。他已经踏上了第二节车厢。他会在这里，也许在那里，找一份工作，买房，结婚，生子，体面地出席自己的葬礼。舞龙越来越靠近，它跃动着，宛如一列明艳的火车，也宛如沟渠中漂流的那只手。桌子旁的人们把李采珍送出来时，祥迪看见了那只手，在水槽边，小小的，微微攥着，又微微松开。杜广弘看了一眼面色苍白的李采珍，李采珍嗫嚅着嘴唇，他捂住了祥迪的眼睛。熙攘声中，祥迪再次闭上眼睛。又接近了。

人潮涌动，祥迪没能平衡好，混乱中，他拉到了一只手，珍珠一般光滑圆润。他没有松开。他找到了那个火车头。辙叉心轨分开了翼轨，与道岔的另一边翼轨密贴合缝。

岛上故事

余静如

余静如，出生于江西，现居上海，2012年在复旦大学写作班开始写作。毕业之后开始发表小说。小说散见于《钟山》《西湖》《北京文学》《小说月报》等杂志。有散文、评论发表于《新民晚报》《北京青年报》等等。2018年中短篇小说集《安娜表哥》由译林出版社出版。2020年获得"钟山文学之星"奖。现为上海市作协会员。

夏天快要结束时,我和几个朋友组织了一次短途旅行。我们决定去一个人迹罕至的小岛上过几天,这里说的"人迹罕至",并非许多文学作品或是影视作品中呈现的那种状态——荒凉、孤绝,人们不知道在那儿会出现什么陌生的动植物甚至怪物之类的东西,也因此须要冒险。我想那种地方现实中仍然存在,但我和我的朋友们都是极为普通的人,没有多余的金钱和力气去寻找那样的地方,我们要去的只是一处荒废的度假村——一个因为规划失败,缺乏营销,没有娱乐项目和特殊景点而被大众消费所抛弃的地方。

这地方离我们所在的城市很近,只是因为长时间被遗忘,并没有人为去那里规划出一条便捷路线,所以我们不得不坐火车,再乘坐大巴,最后还步行了一段时间才到达目的地。在这辛苦的过程中,我们已经为这草率的决定感到后悔,当大家想找个人埋怨,却都想不起一开始到底是谁提出了这个计划,只好埋着头默默忍受着。我们的生活中充满了这样的时刻,连出去旅游也不能幸免。我仔细回忆,只记得我们的初衷是找一个人少的地方待着,没有那些花里胡哨的消费名目,也不用人挤人。于是便有人恶作剧一般提出了这个方案——到这座被抛弃的岛上,它边缘到没人记得它的名字。它被简单地称为——"岛"。

或许是路途的辛苦让我们降低了期待值,在真正到达岛的时刻,我们都感到轻松而惬意。这里的环境非常好,空气清新,四处都是高大的树木,我们甚至没有看见一条公路,只有几条小径隐现在一片绿色之中。在岛的入口处,一位清瘦的中年男人接待了我们,他是我们将要入住的那家民宿的老板,也许也是这座岛的管理人员。他的脸以及裸露出的皮肤都很苍白,嘴唇也没有什么血色,显然是缺乏阳光照耀的人,他的眼睛像深潭里的水,偶尔反射出粼粼的光,看不出情绪。他完全和他所在的环境融为一体,带着湿漉漉的寒意。对于我们的到来,他完全没有表现出热情,我们并没有为此感到不适,毕竟,来这里旅行消费很低,他给我们开出的住宿价格也低到难以置信,我们此行一共五人,在这里住两天的价格大约相当于在城市里吃一顿海鲜自助的花销——同时他还得担任我们的向导。想到这些,我甚至有些不好意思,像是占了他便宜一般。他看起来确实并不快乐,我猜想他可能不喜欢这份工作,但也干不了别的——他的性格看起来并不适应社会,他也许是当地居民的后代,祖祖辈辈都在这里,到这一代只剩下他没有离开,因此政府部门安排他在这里管理景区的人员,每个月拿一点固定工资,我们的到来或许并不能让他挣到什么钱。关于这个男人,我的想法可能太多了,这很正常,我写小说,有观察人的习惯,对于我来说,这也是排解日常生活寂寞的一点乐趣。和我同行的几位朋友,有两位是我大学时期的同学,我们都在中文系度过了漫长的七年,现在其中一位在工作几年之后又回到学校读博士,我们叫他"大何",而另一位则在高校里谋得了一份稳定的行政工作,姑且把他叫作"老张"。还有两位都是我在工作环境中认识的朋友(我从事出版行业),一位曾是记者(不久前因为身体原因辞职)——"李",另一位做过编剧,现在是freelancer,她叫莉莉。我在观察带领我们的中年男人时,也给他起了一个名字——"獐"。不知道为什么他让我联想到这种动物,獐是一种小型的鹿,只是无论雌雄都不长角,据说是最原始的鹿科。当我在观察獐的时候,我的朋友们都已经进入了兴奋的旅行状态,他们带上遮阳帽——尽管无阳可遮,东瞧瞧西看看。路的两边是各种植物,大何和老张调动平生对植物有限的了解,争论着它们的科属,猜测这岛上可能会有的动物。莉莉偶尔加入他们的话题,问这里有没有松鼠。李则打开了手机里识别植物的软件,四处拍照。

经过不远的路途,我们到达了这岛上的唯一一家民宿。这地方和我想象中差不多，它只是一户普通人家，几间平房，一个开阔的院落，院子里的一切都传达出主人生活的单调，除了一些陈旧的日常物品，这里没有任何装饰物，并且空无一人——就连獐在带领我们进来之后也消失了。他大概有别的事情要忙。我们并不在意，很快就开始探索这个新环境，就像我们平时在城市里玩"密室逃脱"游戏那样，我们对这无人看管的地方感到自由和好奇。我们小时候总是趁大人们不在时拉开他们的抽屉，现在，我们也拉开一扇又一扇不上锁的门。很快我们发现了住宿的地方，那是一间很大的房间，看起来像是几间屋子打通的，也许曾经是仓库之类的地方，里边错落摆着几张床铺。我们简单分配之后，放下背包各自走出屋子，继续探索别的房间。我意外地走到一个屋子里，它看起来像是主人的住所，但屋子里有些东西让我感到意外，在一排衣架上挂着许多女人的衣服，它们夹杂在少数男人衣服中间，那些男人衣服显然属于我见到的那一位，它们的样子都差不多，灰白色，干净陈旧，但那些女人的衣服……我走近看，确切地说，那是属于少女的贴身衣物，它们在阳光下显得那么纯净、柔软，散发着主人的气息，仿佛主人留下了一部分灵魂没有带走，使得它们也拥有了生命。我环顾这间屋子，屋子里的陈设与外部所见同样单调，却让人感到一种浓烈的属于欲望的气息。或许这气息正来自这令人遐想的组合——美丽芬芳的少女的衣物，和这样一个阴冷、苍白，看起来柔弱又神经质的中年男人的衣物摆放在一起。这屋子里充满了奇异的香气，与外面大自然开阔、流动的气息不同，这里是半封闭的，混杂着生命和温度。我不禁对这些衣物的主人感到好奇，我十分想要知道，穿着这些衣物的少女是否如我此刻感受到的一样洁净美好，她又在这里做些什么。

我怀着这样一种心情走出了这间屋子，不知不觉间内心充盈着期待，我预感这里会是一个有意思的地方，这就是我想要的旅行，景色、事物和人，总要有脱离常规的部分才会有趣。我站在院子里向外看，周围不远处群山环绕，我的朋友们看起来也都心情愉悦，虽然这个岛并不大，却足够我们探索，李从上衣口袋中掏出他的小本子看了一眼备忘录，然后告诉我们，这座岛上还有一条小河，我们可以在这条小河里划船——这是岛上唯一的娱乐项目。"那么明天我们就去划船吧。"莉莉说。大家都表示同意。

　　我期待着那位少女的出现，可这天下午一直到晚饭时分，我们没有见到任何人，就连管理小岛的中年男人都没再出现，起先我们有稍许懊恼，好在我们都在背包里装了一些食物，在院子里我们找到了一个小炉子和一把开水壶，大何和老张一起在旁边的林子里捡了一些干树枝，当火焰升起来的时候，我们的心情又变好了。我们很快把这些体验作为旅行的一部分。确实，我们并不需要那个阴森孤僻的男人来给我们提供什么服务。我们围着火焰坐着，周围更显出一片黑暗。头顶上星星很亮，我很多年都没有见过这样多、这样亮的星星了，上一次恐怕还是我八九岁时，跟随父亲去往一个少数民族的村落小住，说起来，我此刻经历的这一切和那时候颇为相似。那也是一个荒僻的地方，没有公路，也没有超市，我住在那里的几天吃的都是当地居民自己种出来的蔬菜。食物里没有香精和调味料，我吃得不多，总是饥肠辘辘。在那里，就连电视机也收不到信号。因此我只能对着农田、烈日、云和山坐着，到了晚上，巨大的蚊子绕着我的头顶转着，发出嗡嗡声，那是我极为乏味的一段童年经历，但有一件事情令我惊喜，便是到了夜间，置身星河一般的感受——我从未见过那样多且亮的星星。

　　我和我的同伴们对星空发出赞叹，李和莉莉试图用手机记录下这美丽的景象，当然是徒劳的，他们拍下的照片里一片漆黑，和眼前所见大相径庭。我们意识到当下所应该做的只是用眼睛去看，感受并记住这一刻。即便夏天没有过去，我们围着炉火，仍然感到后背的凉意。过了一会儿，我们用烧开的水冲了几盒泡面，狼吞虎咽地吃着。吃完之后，大家都显得疲劳。手机信号很弱，我靠在小小竹椅的椅背上，伸直双腿，发着呆。随后獐突然在我们中间出现了。

　　"明天早上八点，会有人来带你们去划船。"他不紧不慢地说，说完便转身离开。

　　"我吓了一跳。"莉莉在他走后抱怨，"这人是什么时候出现的，一点声音也没有。"她捂着胸口，显出心有余悸的样子。

　　没人接莉莉的话。于是这个话题就此结束。我能察觉到大家都不喜欢獐，但那又怎么样，我们不过在这里住两个晚上就回去了，他和我们毫无干系。我看见獐朝着他自己那间屋子走去，不知道从什么时候开始，那间屋子亮了灯。我想，明天要带我们去划船的，一定就是那个女孩了。那么她现在在哪里？我环顾四周，视野内并没有其他的房屋，出岛就是绵延数公里的公路，她也不太可能明天一早从别处赶来。我又重新看向那间向外散发出暖黄色灯光的小屋，我期待我能看到，或是听到什么，但什么也没有，我又和伙伴们聊了会儿天，再去看时，那屋子里的灯已经熄灭了。

  夜里，我闭着眼睛回顾着在这一天中发生的一切，这是我的习惯，往往当纷繁复杂的记忆碎片在脑子里开始以一种无序的方式开始组合时，我便会昏昏沉沉地入梦。但这一天夜里，我想着岛上这一切，却觉得大脑越来越清醒，这清醒让我烦躁不安。我想找出令我失眠的源头，或许是岛上的空气太凉了，我感到它们从我裸露的皮肤表面往里钻去，这些凉丝丝的东西刺激着我的神经，刚睡下时窗外很暗，渐渐却亮了起来，我知道那是月光，同时我的眼睛已经适应了黑暗。我听见同伴们的呼吸声此起彼伏，他们都睡着了，只有我醒着。月光透过窗玻璃折射在屋内，树的影子在四处摇晃，不知名的虫子们在叫着，我看向我那几个睡着的同伴，他们的面目显得扭曲可怕。我不敢再看向别处，我不知道那无数的阴影中还藏着些什么，我将脑袋缩进被子里——我小时候总是这么干，长大以后我很少为那些看不见的存在感到恐惧，但那种感觉在这个夜晚又回来了。我内心的恐惧不断增长，我在被子里发抖，我知道自己有多么渺小，周遭的世界有多么庞大，我什么都不是。汗水从我的额头滚落到枕头上，很快，我身下的床单也被汗浸湿了，我为我的愚蠢和怯懦感到自责，但我毫无办法，我的意识逐渐在精力消耗中变得模糊，在模糊中一个个念头渐渐升起，在窗外由明入暗，又由暗入明的过程中，我总算在晨曦里挣扎着陷入梦境。

  第二天是一个好天气。阳光正好，我和同伴们都换上了干净的衣服，带着草帽、墨镜等一切户外活动需要的小玩意出了门。但我们迟到了，迟到了将近两个小时。我们在早餐时仍旧吃的是自己带来的东西，于是我们一边声讨谴责着獐，这个怠慢我们的生意人，一边论述我们迟到的合理性。早餐过后，我们前往约定的地点。獐没有出现，等待我们的果然是一个女孩，在看到她的那一刻，我的同伴们都愣住了，她毫无修饰，却美到令人讶异。她的眼睛纯净得令人不敢直视。她和獐对人的态度也不同，她虽然也不怎么说话，但总是笑着传达出善意。那女孩在大太阳底下站着，戴着一顶巨大的竹编帽子，想到让这样一个女孩在太阳底下等待了两个小时，我不禁有些愧意，她正是我昨天想象中那样美好的样子。

除我以外，女孩的出现看起来也让其他人感到十分意外，或许可以解释为，这样一个女孩出现在这样一个地方，做着这样一件事情——这些让人感到意外。这并不符合常理，我们所见过的女孩，在这个年纪，多少能够让我们从外表做出一些推断，她看起来十五六岁？也或许有二十岁，这个年龄段的女孩通常都在学校里念书，我们只要从她的言谈举止和装扮上便能窥探知她们的性格、家庭，她们穿着校服或是休闲服，化妆或是没有化妆，发型是出自高级美发店或是母亲手里的剪刀，她们的运动鞋上是否有logo，是奢侈品还是便宜货，她们的手机壳上是哪一位明星的照片或者是哪一款动漫的周边，她们……她们是机敏、好胜，还是呆钝、愤怒，她们是乐观开朗，还是阴郁自闭……但眼前这个女孩，我们无法从她的外表和言行上做出任何判断。这样一个美好年纪又有着美好容貌的女孩，在这样一个荒僻地方，朴素简单得像是不属于人群，也不属于这个时代，但她又分明和这周遭的一切融为一体，正如那个阴郁的獐一样。他们就像是同一片森林里生长出的两种不同植物。她对于等待我们两个小时之久这件事没有表现出任何不快，只是微笑着。

在船上，大何、老张和李三位男性明显兴奋起来。显然，美丽女性的出现使他们得到了意料之外的快乐。他们兴奋的共同表现是变得话多，大何开始滔滔不绝地赞叹这一环境适合隐居，随即引出了从古到今的许多典故，他讲到魏晋南北朝，老张也加入他的话题，当他们说起阮咸因为喜爱姑母的婢女，不顾自己穿着丧服仍骑驴去追时，两人夸张地哈哈大笑。我下意识地看向奋力划船的那个女孩，上午十点钟的太阳让她光洁的额头渗出细密的汗水，她的脸颊变得粉红。女孩也在微笑着，但似乎并不是为大何和老张的故事而笑，她眼睛出神地看着流水中的某一处，仿佛看到与听到的是和我们不属于同一个世界的事物。因为没有得到假想听众的反馈，大何和老张渐渐累了，声音低下来，有一茬没一茬地说些冷笑话，接着，李声音低沉地提起了他当记者时采访一个强奸犯的经历，那是一名中学老师，诱奸了学校里十几名初中女生，最后因为一位女生跳楼留下遗书，他的罪行才得以被揭发。李在讲述这些时显得心情沉重，痛骂罪犯是人类的渣滓，我和莉莉也随声附和几句，大何和老张似乎累了，看着划桨的少女默不作声。我们的目光最后也落在那少女身上，她还是一副无动于衷的样子，仍微微笑着。此时，我们才注意到，这条河道并不长，且细而窄，最窄处两人从船中伸腿出去便能及岸。虽然风光不算多好，但花草丰茂，河水清澈，已经是身在城市中难得的享受。我弓着身子将手掌浸在水里，感受夏末河水的凉意，忽然一种似曾相识的感觉袭来。此时的一切于我都变得十分熟悉。我仔细在记忆中搜索，这熟悉的感觉正来自我童年时期在少数民族村落中的那段日子，因为实在枯燥，我四处搜寻可以消磨时光的办法，最终我在一副竹子躺椅中空的椅背中找到一本破破烂烂的小书，那书的名字叫作《岛上故事》。这本书的封面画满了不知所谓的图腾，颜色艳丽，看起来像是盗版，或者是什么民间团体自己印制的东西，内部纸张泛黄，有缺页，还有许多笔绘粗糙的插图，但还是不妨碍我极为投入地看完了。此刻想来，书中前半部分的内容，也是几名来自都市的游客一同前往一个荒凉的山区旅行，到了山区之后，他们先是见到一个苍白瘦弱的中年男人，之后，又见到一位十分美丽、纯洁无瑕的少女……我绞尽脑汁想要记起书中后半部分的内容，却怎么也想不起来。虽然我已经完全忘记那个故事，但当时它留给我的那份震撼依然保存在记忆里，那一定是个特别的故事。在上岸之后，我脑子里依然充满将它找回的念头，我在那幽深的通道中缓缓地走，一扇门在我眼前紧紧关闭着。

　　"小姑娘，你长得真的很好看。"李说。我看见他走到队伍的最前面，跟那女孩并排走在一起。"清澈、有灵气……"李不断构思并补充着赞美的话，"有人告诉过你吗？"李问，"我看你不比年轻时候的周迅差。"

　　我们几个同行人不远不近地在他们后面走着，都不再看沿途的风景，只是竖着耳朵听李说话。

　　"嗬，李这个家伙……还是那副样子，到哪儿都招惹小姑娘。"老张发出一声呲笑。

大何的目光也跟寻着李的背影，"他可真够自信的。"他感叹。我从李脚上那双潮牌运动鞋一直往上看，破洞牛仔裤，短袖外面搭一件米色夹克衫，脖子上挂着不知名的金属链子，一侧的耳垂上松松垮垮挂着一只亮闪闪的银色耳环，头顶一个白色渔夫帽。我记起和李相识的那个场合，那是在我们圈子里的一次私人聚会上，他不知道是谁带来的朋友，但聚会结束之后，他和每个人都称兄道弟，并且毫不遮掩地向聚会中新认识的一位已婚女性大献殷勤。我突然感到惊诧，我发觉自己对李的私人情况一无所知，他看起来已经不年轻了，尤其和前面那位女孩相比，他们明显差出了辈分。他多大年纪了？结婚了吗？有孩子吗？他又是怎么和我这几位朋友认识的？我可从未向人介绍过他。

"你是怎么认识李的？"我转向莉莉，问。

莉莉盯着李和那女孩的两个背影，并不回答我，只是若有所思地点头一笑。

"你知道周迅吧，你看过她演的电视剧吗？早一点的，《大明宫词》什么的？"李还在追着女孩问。

女孩对李的态度相当冷淡，她从未抬起头看李一眼，我们也完全听不见她是否回答李的问题，但李仍坚持不懈地自问自答着，时不时还对自己的话做出评价。大何和老张对视一眼，都摇摇头，讥笑出声。李显然也注意到了我们的反应，但他兴致不减，脚步甚至越发轻盈起来。

"我给你拍几张照片吧！"在经过一片清幽的竹林时，李大声说，一边朝我们示意。我们都停下来，看着李将女孩带进竹林，女孩茫然地站在土路上不动，李动用起他极大的热情，几乎是将女孩拉拽进竹林深处。我们跟着围过去，女孩局促地垂手站立，脸庞上程式化的微笑已经消失不见，眼中充满恐慌和犹疑。我也跟着紧张起来，但李对这一切似乎浑然不觉，他像幼童摆弄洋娃娃一般，时而让女孩抬手、抱头，时而让女孩弯腰、侧身，女孩僵硬地配合着，摆出不一样的动作。李看上去十分激动，每一次按快门都要大声叫好，到最后，李竟然还让女孩跪下了。于是我们看见，女孩跪在一片绿地中，仰头望着天空，阳光穿透竹林，明暗交错，她的表情在阴影中显得模糊难辨，但她整个身体都闪着光，像一个林间精灵。

"好美。"李拨弄着相机，回看着他拍下的一张张照片，"这才是不虚此行。"老张站在一边，对他竖起大拇指。嘴里却嗤笑道："你可真是变态。"大何也玩笑一般地附和。李并不在意，三个男人都哈哈笑着。我和莉莉也凑上去看，李却收起了相机，得意地说："等我回去传上网络，你们再看。我今天才发现我有这样的摄影天赋，或许我可以做新的职业规划了。对不对？小姑娘。"他朝那女孩说，但女孩不知什么时候已经跑远了。她小小的背影消失在林间。

划船结束后，我们在岛上便没有了其他活动。徒步环岛原本也在规划中，但那需要一整天的时间，因为我们的懒散，出发时间已经延后，入岛之后也没有做到晨起，莉莉提出我们可以利用剩下的一整个下午探索一部分，但大家都说腰酸腿疼，提不起兴致。最后老张说："我们不是已经坐过船了吗？从船上已经看到岸上是什么了，就不用再走了。"这个说法听起来很有道理，便彻底打消了我们出去走一走的念头。我们五个人围在一间用作茶室的房间里，枯坐着，若是在平时，我们可以拿出手机来一同玩在线游戏，但这里的信号实在太弱了。李突然兴冲冲地从背包里掏出两副扑克牌，甩到桌面上，但莉莉马上提出反对："在哪里都是打牌，没意思。"

"那我们还能干什么？"大何无奈地说。

我又想起了那个故事。随之而来的念头让我有些兴奋。我说："不如这样，小时候我看过一本书，叫《岛上故事》，故事的开头就和我们现在所经历的一模一样，但是后面的部分我怎么也想不起来了，你们都想一想，这故事之后会怎么样？"

"你这……无聊。"老张说。

"你才无聊，我觉得有意思。"莉莉抢白。

"我同意！我觉得这很有趣。"大何说。

"我也赞成。"李举起了手。

共识已经达成，那么游戏也就开始。我又补充了一句："我记得是恐怖故事。大家就往这个方向去想吧。"

李问："你是在什么地方看的这本书。"

我如实回答。

"恐怕不只是恐怖故事，还是色情故事吧。"李突然笑起来，"那些闭塞山村里的人，在那落后的年代，无非是看点色情暴力的东西来消遣。"

"老实说，我真的不记得，"我回答，"但肯定没有那么简单。"

"行，那就从我开始好了。"李以一种无所谓的态度开始了他的故事。

"从前……有一座岛。"李说，大家都笑了。

"岛上有一个男人，还有一个……女人。"李挤眉弄眼的样子又把大家逗笑了。

"这个男人和这个女人……他们当然是一对情人。"大家默不作声。

"这个男人面色苍白，身体消瘦，想必是肾有些问题，但是他当初到这个岛上的时候，身体可不是这样的。"老张和大何都笑了，莉莉从牙缝里呲出一口气。

"这个男人呢，大概有四十岁了吧，这个女人才十五六岁，也有可能十七八岁，姑且就算她十七岁吧，还算不上犯罪。"

"够了够了。"莉莉打断他说，"我到这儿来是为了听你说这些的吗？这种低俗的玩笑，我平时在老男人的饭局上没听够？你要么别讲了，要么换一个。"

李面色稍有尴尬，转瞬即逝，立刻又说："这个男人啊，是个记者。"大家一听又笑了，包括莉莉。

"这个记者，他身体不好，肾不好。但是和这个小姑娘并没有什么关系。"（哄堂大笑）

"事情是这样的，"李正襟危坐，"这个记者呢，他勇闯一处地下卖淫窝点，解救出了十余名被迫卖身的妇女，其中最小的一个仅有十五岁，嗯……她是从幼年便被人贩子从山村拐卖出来的少女，因为记忆模糊难以寻找到她的家人……记者耗时数年，耗光积蓄帮助她找到家乡后，发现她……父母双亡！"大家又笑了起来，莉莉笑得直喘气。

"于是只能暂且带她回到自己的家乡小岛居住，相处时间长了之后……他们相爱了。"李双手一摊，"结束。"

"平庸。"莉莉总结道，"但好歹不脏。"

"这样你就接受了？不过是换个说法而已……"老张冷笑一声。

"我看你们也不用道貌岸然,人的潜意识里什么脏东西没有?其实我们完全可以真实一点儿,把这些都说出来,这样才有意思。李,你那就是一种低级的粉饰。"老张说。

李做出夸张的表情,鼓掌说:"那么请老张展示一下高级的粉饰是什么样。"

老张似乎感到口渴,将背包里的罐装啤酒取出,连喝几口,说:"我根本不屑于粉饰。"又对着我和莉莉说,"你们想不想知道大学时候我们男生熄了灯都在寝室里讨论些什么?男人无非是……"

"好了好了。"大何打断老张,"还是让我来讲吧,故事我刚刚已经想好了。"

大何当年在我们中文系小有名气,也曾是文学期刊非常欢迎的作者,读了博士之后才转向学术,因此对于他的故事,我们都很期待。

"这个中年男人和这个少女……他们是一对父女。"大何说。

"这个男人现在四十岁,这个少女今年十六岁,男人在二十四岁时有了这个女儿。"而他的妻子在他女儿出生时就离世了。

"他妻子和他非常相爱,他们原先也生活得十分幸福,幸福到他不相信现实中真正存在这样完美的感情,他总是恍若身处梦中,直到他妻子的死才让他相信生活的真实。"但他已经无法面对真实的生活了,那样子就如同四维空间的生物无法在二维空间生存……

"也许他的妻子在死亡到来之际已经意识到这一点,她的丈夫再也无法找到代替她的人,为了给丈夫希望,她告诉丈夫,她将会转世在这世界上的某一个地方,请他不要放弃,一定要找到转世后的自己……"

莉莉发出一声叹息。

"他由此获得了活下去的信念,甚至这比女儿的存在更能给他活下去的信念,但是他妻子所没有预料到的,是他居然为了这个信念忽视了对女儿的教育与抚养。他将女儿丢在一个孤儿院外,独自踏上了寻找妻子转世的旅程。"

我们安静地听着。

"他变卖财产，在许多地区和国家之间奔波，始终没有找到妻子的转世，十六年后，他的金钱和精力耗尽，他突然记起了女儿，怀着愧疚的心情找到女儿之后……他突然发现，女儿拥有着妻子的眼睛和灵魂，他控制不住自己，爱上了女儿。"

"哈哈！终于等到这一句了！"老张大叫，"还不是一样！"

"他还没说完呢。"莉莉抱怨。

李笑了，说："对，继续说。"

"女儿的纯洁与美丽让他认识到自己一生的失败和错误，但欲望折磨着他，他阉割了自己。"

"我觉得这是个好故事。"莉莉说，"其实这很严肃。这里面有很多文学的母题。很值得深入探索。"

李笑而不语。大何补充说："其实说起来简单，小说还是得看怎么写。"

我有些失望，大何和莉莉说得不错，但他们讲的故事还是离我的记忆很遥远，原本我已经想不起来，他们这样一讲，我记忆中的那个故事被覆盖得更深了，我能感到，这完全是南辕北辙，离题千里。

"话说回来。"莉莉突然神秘兮兮地说："你们觉得，这个男人和那个女孩，到底是什么关系？"

"什么关系……"老张沉吟道，"大约是附近居民，雇佣关系吧。"

"绝对不是。"莉莉说，"他们住在一间屋子里。"我同时意识到，原来莉莉也进过了那间屋子。

"而且，"莉莉接着说，"那儿只有一张床，两个人的衣服交叠着放在一起。"

"也许……他们是轮班？"大何说。

"哈……哈……"莉莉拖着长音，带着得意又诡谲的表情说，"你们看我找到了什么？"她变戏法一般地从身后拿出一样小东西，两个细细的手指捏着，举到我们面前。那是一粒白色的小药丸。

"什么东西？毒品？"老张说。

"呵……你们男人，"莉莉说，"这是避孕药，我从他们抽屉里翻出来的，拿一粒作旅行纪念。"

"绝了！"李一拍大腿，"你怎么不去当记者！"

莉莉咯咯笑着："我要是当记者，一定比你混得好。"

"是是是，"李随声附和，"这么看，这孤零零的地方，孤男寡女……这女孩看着还小啊，真不简单。可惜可惜……"

"可惜什么？可惜不是你吗？"老张笑道，"瞧你昨天拍照时那副样子，拍个照都拍出高潮来了。"

李的脸上闪出一丝不快，但还是笑着说："我看你嫉妒了吧，不是我夸口，这种女孩，给我三天就能拿下。"

因为大家对于那女孩和獐关系的猜测，在接下来的言谈中，大家都失去了对那女孩的尊重，昨天她在我们眼里那纯净、凌然不可侵犯的精灵一般的形象，顿时被男人们的言语涂抹成一个荡妇。我和莉莉起初还能附和着说笑几句，但渐渐地都感到有些不适。在沉默的间隙，莉莉好像突然感到寒冷那样抱住双臂，提出了一种可能："早上见那女孩，她看起来有些呆呆傻傻的，该不会是被强迫的吧？"

莉莉话音落下，我们一时不知道该接些什么。我的神思转移到昨日对獐的记忆中，经莉莉一说，獐的形象确实更接近一个罪犯的样子了，就像一些韩国电影中所塑造的性变态。

经此，李和其他两位男性之前的话题已经进行不下去。我们五个人略为尴尬地坐着，而窗外的风声、鸟声和虫声也渐渐入耳，隐约间还有另一种声音混在里面，就像是人在小声啜泣，我们静静听了一会儿，那啜泣声越来越清晰，它逼近我们，最后简直像在耳边一样。李最靠近门边，也最显得烦躁不安，他倏地立起身，打开门。

那女孩就站在门外，一双黑眼睛盯住我们。我们正要惊呼。她小小的身体里却爆发出一声高亢、持久的尖叫，那声音令人浑身一凛，寒意透骨，像是聚集的鸟兽在遭受屠杀前的哀鸣。

我们慌忙奔出屋外，不知不觉天已经黑了，像一块沉重的幕布横展着，幕布底下站着那个女孩，方才那种异样的力量已然退去，此时她只是一个普通的女孩，孤立无援地，双手攥成两个拳头，脸和耳朵、脖子都涨红着，原本美丽的眼睛几乎暴突出来，深黑的瞳仁嵌在布满血丝的眼白中。

"你在这多久了？你在偷听我们说话？"李露出责备的表情，质问她。

她并没有回答，而是尖叫着大声斥骂我们，她因为过于激动而显得有些语无伦次，抑或她说的是某地方言，我们根本没有听懂她到底在骂些什么。但从她脸上的表情来看，那一定是世界上最恶毒、最肮脏的词语。我的耳中充斥着她那犹如禽类的尖叫，它们甚至在我的耳道和颅骨中发出回响，震颤着汇聚成一股恼人的嗡嗡声，在这一刻，我突然记起了我童年时读过的那个故事。

那个岛上不常有游客到访。

偶尔有三五人结伴去往那个岛，往往是出于一些非常偶然的莫名其妙的原因，就像是受到什么召唤似的。去往岛上的人在自己原本的生活中总是很孤独，他们到了岛上之后，一个苍白消瘦的男人接待了他们，那男人总是面无表情，仿佛远离人间一切欲望。但这岛上还有着另一位女孩，她的身体充满旺盛的生命力，眼睛里闪烁着这个世界不存在的美好、纯洁、智慧。

这是一座吃人的岛。唯一活着的一种动物就是獐，因为它从远古时代就在那里。女孩与它相伴。

这个男人是一具死尸，因为经过了死亡，他得到了永生，这座岛是他的世界，他走不出这个世界。女孩是他的猎物，但他迟迟没有处死她，她拥有凡人的躯体，但她的灵魂炽热得令他吃惊。他不知道该拿她怎么办，孤独的他用隐秘微弱的力量召唤着孤独的游客，他们都死在这座岛上，成为这座岛的本体。

在故事的结尾，女孩用岛上的稀有金属建造了一座狭窄、坚固、封闭的坟墓，她告诉他她爱他，于是骗他一起住了进去。他们俩在极为狭窄的墓穴里，不得不脸贴着脸，毫无间隙地挤在一起。这女孩鲜活的肉体渐渐腐朽了，留下的是这男人永恒的不死的尸身。但他无法脱离墓穴。

于是这座岛上只剩下了獐。

我不知道我是否遗忘了这故事中的某一部分，但想起它确实让我感到身心愉悦。我很想立刻把它分享给我的朋友们，但此情此景中的他们都已经失去了讲故事或是听故事的心情。

那女孩的尖叫声停止了。

我们谁都没有注意到她去了哪里，经过这样糟糕的一幕，大家都有些沮丧。莉莉惶恐地寻求回答："我们并没有做什么不好的事情，对吧？"李说："没错，我们只是在讲故事，谁要她偷听的。"老张说："行了，我们早点去睡，明天早点回家。"

在这一夜，我很快睡着了，也许是因为终于记起了那个潜藏已久的童年故事，心中不再有疑虑。其他人这一晚应该也都睡得很好，因为第二天每个人都显得很有精神，神采奕奕。当我们离岛时，很意外地，獐小跑着来送我们，因为运动，他的脸看起来并不像我们初见时那样苍白，人也显得随和了不少。我们在等车时，他竟带着笑意和我们攀谈起来，还从上衣口袋里掏出香烟递给我们，除了李接过烟，我们都摆摆手拒绝。李和他聊了几句，我们在旁边听着，竟发现他原本也在我们的那座城市工作。在三十五岁之前，他曾是一个知名公司的程序员，因为眼角膜受损才提前离职，来这座岛上做些简单的工作，顺便休养。这一发现让我们十分吃惊，同时也有些尴尬，我们对他原先的想象竟全是错误的。临走前，他向我们表达招待不周的歉意，并且说欢迎再来。我们也热情回应了。最后，他问我们昨天晚上或是今天早晨有没有见过那个划船的女孩。我们彼此交换了眼神，告诉他，我们没有见过她。

在回去的大巴里，我们都默默无言。我看见李打开了他的相机，拇指长久地停留在删除键上。

迟到的信

宗 城

宗城，1997年生。广东湛江人，人类观察员，文字记录者，曾获香港青年文学奖、广西师大书评奖，入围第四届深焦影评大赛决赛。作品散见于《端传媒》《书城》《单读》《西湖》《作品》《广州文艺》《财新周刊》等杂志或其他媒体，有文章被《新华文摘》《长篇小说评论》《中国现代文学评论》转载。筹备出版作品集《至少还有文学》。

那天晚上，李雨晴对我说起话来慢条斯理，像航空空姐，我有点意外，在我的记忆中，她是一个大大咧咧的假小子。我问她："你是进了老师进修班？"

她说："你怎么知道？我现在是辅导员。"

她在一所职校做辅导员。宿舍的考勤要她盯着，学生装病要请假，也要她去调解。军训期间，一个妈宝男非常不适，哭哭啼啼，要妈妈找人跟他一起睡觉，他妈妈打电话给李雨晴说：李老师，我儿子以前都跟我或者他爸爸睡，现在他一个人，有些不习惯。李雨晴说所有同学都是一个人睡，学校没有陪睡服务。他妈妈说，要不，我去陪我儿子住一个月，让他过渡过渡……李雨晴诧异地问：那您的孩子以前是怎么住校的？他妈妈说：老师您是不知道，他之前去大连读书，我去陪他军训，就是因为不习惯那里的澡堂、那里的宿舍，我们才办理休学手续的。那里的澡堂，都没有一个人的，都是一群人露着光腚子，您说说，羞不羞……

军训期间，那孩子的家长，当着她的面，用粤语跟她小孩说：仔啊，等下你诈病，我就带你翻屋企(回家)。她儿子当即摔了一跤，面色痛苦地摸着自己的右膝盖，一瘸一拐，身残志坚地走到李雨晴面前，说：老……师……我……可能……坚持……不下去了。李雨晴说：那你去医院看一下，拿诊断书来请假。妈妈心疼地搀扶着儿子，哭着说：老师，您看我儿子都这样了！还怎么去医院？李雨晴为难地说：没有诊断书，我也没办法同意，要不……您带你孩子去看一下？

折腾半个钟头，无果，去医院诊断，医生说没事，他们就去一家缺乏资质的私人诊所，搞了一张诊断书回来，李雨晴说这作不得数，学生家长气炸了，扬言李雨晴不顾学生安危，要去跟校长投诉。李雨晴撒手说：您去，您去，我巴不得您去告诉校长。

当晚是李雨晴的生日。他们一行人陪着学生去做身体检查。中途，学生上厕所，李雨晴看他家长跟过去了，就隔着墙壁，旁听他们说话。他们好像不知李雨晴是广东人，学生的妈妈继续用粤语说：仔啊，不如你真摔一跤，做做样子。

学生用委屈的口吻说：阿妈，我系不系你的仔啊？真要我摔骨折？……

他妈说：不摔，等下不就暴露了……

学生说：丢，暴露就暴露咯，又能怎样……

我们一路聊到太阳落山。从711出来时，李雨晴拆开一盒万宝路。她现在是大个女了，抽烟不会有人说。我还记得，她细细个被人叫姣婆。现在不同，很多事都变样了。就像我们翻去学校，保安都不让我们进了。

我搭摩的载她去海边，看她抽烟。她拿烟的姿势很熟练，问我要不要来一根。

这还是第一次，我们在海边抽烟。

她在海边对我说：昔日的班主任离婚了。

她是在一家糖水店对我说的。我们有五年没见，再度重逢，自然有说不完的话。

风扇呼呼作响，糖水店流溢飘香，一些平头仔跷着二郎腿，大口大口吃牛腩粉。空气中，骂人脏字齐刷刷，隔几句话就有一个"丢"，不知道的，以为要把他妈丢了。

李雨晴看我愣着不说话，重复道："真的，班主任离婚了。"

我高中时有两个班主任。第一位是英语老师，中途生小孩休产假了。第二位是语文老师，高二下学期接过这个烫手山芋，勉力维持，在同学那里口碑较好。

我知道，李雨晴说的是第一个班主任。我那时管她叫梁梦，直呼其名，是因为她长得像刚毕业的大学生，抿着嘴唇，面颊羞红，字里行间流露出学生味儿。

班里几个好事的男生喜欢逗她，她也不介意，男生在课上刨根问底，她就大眼瞪小眼："你别钻牛角尖！"

"干！离婚了？我怎么才知道……"

"你久久不回来，不知道也正常。"

我对这件事情感到诧异，在我的印象中，梁梦永久地停留在告别的时刻。她突然怀孕，我们也很惊讶，虽然不舍，但也只好祝福，李雨晴跟我不一样，她巴不得换班主任，因为她跟班主任关系很不好，具体为什么不好，我没多问。

我原以为梁梦过着稳当的生活，李雨晴的一席话打破了我的想象。她告诉我，梁梦早在三年前的夏天就离婚了，她现在一个人带孩子，离开学校，也不住原来的地方。我问她，班上其他人知道吗？她摇摇头，全班只有她自己知道，梁梦的友人就在她学校任职，那人是个大嘴巴，听说李雨晴曾是梁梦的学生，就把事情说了出去。

"那她现在去了哪里？"

"不知道。她可能就是怕别人说闲话吧，才离开了原来的小区，她也想过带孩子在校舍住，但这么一来，学校同事不就都知道了。"

"她还在学校教书吗？"

"不在了。幸好她走了，要不还不知道多少学生被祸害。"

"离婚不至于丢掉教职吧？"

李雨晴压低声音说："我听说，她是偷吃被逮到了，不知是谁，传到学校，同学私下议论，教导主任找她谈话，她见面子挂不住，就离职了。"

如今同学相聚，没有高考升学的压力，很多事也就可以敞开来说。在我印象中，李雨晴还是一个大大咧咧的女孩，跟男生打架骂脏话都不忌的那个，但现在，她字正腔圆地对我说话时，我还有些不习惯。

那阵子，我因为媒体的裁员潮被丢回了老家，从一个211、985大学毕业在大都市工作的硕士生，成了一名没有工作的失业人口。中国那么大，能做深度报道的媒体并不多，余下的做软文和豆腐块文章，没什么意思。优质媒体的岗位僧多粥少，海归大有人在，我的学历"比上不足，比下有余"，朋友说我是"心比天高，命比纸薄"，学历和能力达不到一线媒体要求，又不愿意屈尊，就像一个小丫鬟，想当嫔妃，又爱惜自己的脸面，整日念叨着清白清白，殊不知，进了这明清的紫禁城，就没有清白的人。

回家是在春节前夕，为了避免母亲唠叨，我将被辞退的事隐在心里。就是在这个背景下，我跟李雨晴搭话。李雨晴也想辞职，她发现自己有教书的天赋，但她学历不好，教书需要学历好的，去一所北上广深的好学校，少说也得名牌大学的硕士学历，她过不去这个坎儿，只好考研。这会她犹豫的，是履行好本学期辅导员的职责，再花半年考研，还是破釜沉舟，立刻辞职，把一年时间都押在考研上。

　　我不劝说，耐心倾听。待她说完，我说，你早有自己的决定。她问我，那你呢，你会对爸妈说吗？我说，瞒不了太久，我准备先在老家过渡，等有了合适工作再北上。李雨晴说，你不如北上租房，去一个父母不在的地方，耳根子清净。我说，可能也是想借个理由，陪陪爸妈吧，他们的白头发越来越多了。李雨晴笑我说，对于这里，她是暂时走不掉，而我是能走，却选择停下。我饮下最后一杯啤酒，风扇继续嗡嗡转动。

　　我跟母亲绕不开争吵。她知道我丢了工作，失业在家，一面担心我，一面又以此为依据，坚定了她的理论自信。她的理论是什么？要考公务员、事业编，谋一份铁饭碗，几年前我没去考公，选择做媒体，她就怪我傻，现在我被裁员了，正好印证她的判断，她得意扬扬地对我说："仔啊，这种事，还得听我们的意见！"

　　她在家中开启了说教轰炸机模式。

　　"我们都是过来人，说的都是真理！"

　　"你今年本命年，算命书上说，你今年会比较坎坷。"

　　"你别不信，这都是做人的道理，你看你，之前就是不听，去什么媒体。"

　　"仔啊，听妈的话，今年考一个公务员！或者当老师！"

　　……）

　　我的脑袋像是被灌了一袋芝麻糊，但没办法，谁让我被裁了，那会说话也没有底气，形势比人强，只能认怂，我一口一句"好了""知道了""妈，您说的都对"，一边继续投媒体的简历试试，父亲坐在一边看报纸，露出看热闹不嫌事大的微笑，母亲冲着他说："孩子他爸，你也不跟他说几句！"父亲笑着说："我说什么？您说的都对！小乐，听到没有，你记着，这世上就一个真理，听妈妈的话！"

我决定听妈妈的话，下单了一堆考公的资料装模作样。在老家过渡期间，我找了一份清汤寡水的报社工作，脑子里却还在琢磨李雨晴说的事。

梁梦，这个名字在我的耳边阵阵回响。

她住在哪里，过着怎样的生活？一个多年不联系的人，莫名引起了我的好奇。

我点开梁梦的网络账号，页面是一条线，和一片空白，朋友圈封面，一个女孩独自奔跑在草原上，她回过头，笑容阳光灿烂。我和梁梦最近一次对话，是她通过了我的好友申请。我们没聊过一句天，这些年我对她的印象，也久久停留在班主任这个符号。梁梦偶尔会给我点赞，我只是静默看着她，所以我在想，她可能早就把我忘了吧，这么多届学生，那么沉默的我，怎么会被她记住。

白炽灯耀眼地发烫，我躺在床上，手指停留在屏幕。几分钟后，我终于打下了第一句话："梁老师，您最近还好吗……我回湛江了。"

我在沙发上巴望着发亮的屏幕，天花板干枯的白像是要将我吞没，我看了很久手机，又起身出去散步，散步回来，索性在客厅的沙发上打盹了，第二天懵懵懂懂起来，我才看到梁梦的回复。她已经不在学校。我说，即便如此，也想再见一面。她问原因。我说，那时候，在我都要放弃自己的时候，只有您还在鼓励我……

我们约在一家海边的咖啡馆碰面，空气中是咸腥味的海风，太阳在海浪上烈烈生光。金色海滩上大大小小的人，路边停满粤牌、琼牌、京牌乃至更北地区的轿车，棕榈树下喷泉蹦出，小麦色肌肤的女郎和冲浪手们齐头并进。

她端坐在眼前，不紧不慢地搅拌着玻璃杯里的冰块，我看向她贴上美瞳的褐色眼睛，就像隔着玻璃看一片平静的大海，想象那不平静的海水深处。

下雨了。海浪忽起忽落。我们一直聊到傍晚，班主任说自己还要带孩子，不得不早些回家。她踩着裸露出淡红色脚踝的尖头鞋，一步一步蹚过冷水洼。

那天夜晚，我对李雨晴在电话中说起这件事，梁梦下楼后，我暗自跟随她，隔着一段适合的距离，用树木和人流作掩体。我看到她走进一个老小区，一栋上了年纪的楼房，细雨啪啪地敲打在雨伞面，那房子的外围是生锈的铁窗和制冷器，一根根晾衣竿梗出来，挂满了五颜六色的换洗衣物。她的身影在靠窗的位置若隐若现，我躲在一株古木的后面，抬头注视她，直到她消失无踪，一盏红色灯泡摇摇晃晃。

"那是她住的地方吗？"

"至少，她走进了那栋楼。"

"那片小区我有印象，听说最近要改造。"

我们对班主任的好奇告一段落，心想，待到北上之前，再与她见最后一次。

和我松弛的心情不同，李雨晴近来烦闷得很，如果不是摇摇欲坠的教师责任感，她真想快点辞职走人。我问她被哪个小鬼头气到了。她说，不是一个人，是一群人！一宿舍的人孤立舍友，不想和那人住，就合伙逼宫辅导员，要求换宿舍！

"至于吗？那孩子犯了什么事，让他们这么抵触？"

李雨晴说："那孩子在班上不太受欢迎，他以前捅过人，进过少管所，被放出来才重新念书，考上了这所职业学校。所以他比其他孩子都大，跟大家说话也不在一个频道，大家都怕他，自然就不太乐意跟他玩。"

"不是他自己的问题？"

"他长得凶。"李雨晴耸耸肩，"是那种一看就让人害怕的面容，不爱说话，长得又很冷感，就会让同学不舒服，再想到他的案底，那就更不乐意了。"

"你这么说，倒让我想起自己小时候，因为长得像女生，别人就管我叫娘炮。"

"那你跟班上男生也疏远吗？"

"后来我踢球，帮他们赢球，他们就跟我玩了。"

"踢球就显得有男子气概了？"

"那时候是这么觉得的吧。"

我想见那孩子一面，李雨晴递给我一张相片，她指着相片上高高瘦瘦、眼神锋利的男人说："喏，这就是刘武，我跟你说的那个男生。"

我仔细看照片，背景是天安门广场，毛泽东像，相片里，刘武背着一个黑色单肩斜包，面如鬼寂地注视前方。他的面容苍白而嘴唇缺乏血色，一双眼睛如烈火般灼热刺人，又流露出空谷松林一般的孤寂与神秘，这使他整个人维持着一种冷酷和坚硬的质感，一张面容五官俊俏又如同恶魔一般战栗。他微笑地看着我，我沉默数秒，李雨晴推了推我时，我才从这种诡异的大汗淋漓的感觉中挣脱出来。

"大家都盼着他主动离开吧。"

"没有被伤害的人伪装成受害者，倒是一步步把加害对象逼成了恶魔。"

"老师不管吗？"

"老师怎么管……"李雨晴说，"仅凭一两个老师是管不了什么的。那些举报他的学生里，有一些人就连我们辅导员也惹不起。"

她说到这里叹了口气："你如果在那待过就会明白，无论你一开始多么热情，对学生有多负责，很快就会被现实所挫败。"

我决定去李雨晴所在的学校一趟。

那里地处老城区，除了几栋崭新的教学楼，其他建筑都跟附近的民宅没什么两样。学校很大，四处被深绿色铁栅栏围住，远远看去是一团绿色和白色的交织，芭蕉、椰树、蕨木，碧绿油亮叮当着太阳的光泽。但学校并没有欣欣向学的氛围，在路上很少看到带书的青年，大部分人一派社会打扮，身上不缺潮牌，有玩滑板的、玩死飞的、开跑车的，也有人叼烟烫头好似夜店靓仔。

在一栋宿舍楼下，我见到了那个名叫刘武的青年，他一脸厌世的表情，使我后来屡次想起。他的面色比照片里黝黑许多，一对目光，却比照片里要更加幽暗。他见到李雨晴后很快就走了，李雨晴在后面喊了几次，他都没有回头。李雨晴很是无奈，但并不生气，她说，这种事在学校很常见。

那个夜晚，李雨晴穿一件红色吊带长裙，坐在我的面前，我问她要喝什么，她点了一杯自由古巴。我们在舞池里跳舞，她的手环在我的脖子上，电子朋克曼妙迷离，云雾中女人的呼吸犹如海浪，胸脯紧紧贴着，汗珠子在锁骨处流动，一条鱼游到深海，在洋流中吮吸着暗物质。在夜海边，马路上，在独身的公寓里，我们自由自在，曾一次次在梦中出现，又久久尘封的事。那夜的床单是点缀了星星的宝蓝色，桌台上有个复古小闹钟，梳妆台的镜子映衬她明艳的脸庞，鞋架上整齐摆放着长靴、马丁靴、高跟鞋和更多的运动鞋、布鞋。她穿上一双白色小袜子，像只猫咪一样挠我的胸膛，我们彼此取暖沉浸在幽蓝的暗室中，响亮的叫声像萤火虫发出耀眼的光芒。

不知道为什么，我想起刘武。

李雨晴问我在想什么。我说没什么，只是想起一些无关紧要的事。

临睡之前，我问李雨晴，既然这份工作让你不顺心，为什么还留下来呢？

她说："我想走啊，但我舍不得……我舍不得班上那一两个还在努力的孩子。可能我没法真的改变什么，但至少，我想陪他们把这个学期过完。"

她给我展示了一个学生给她写的信。那些热情洋溢的话语里，是一个孩子还未磨灭的朝气。她最喜欢信纸上画的小太阳。在一封信里，女孩写道："如果有这么一天，我也想像老师一样，做一个别人生命中的小太阳！"

"只可惜……"李雨晴对我说，"这些信里，少了刘武那一封。"

再见到刘武时，他和几个青年扭打在一起。

有张照片从他的裤袋中滑落，被人不慎踩在地上。刘武推开那个青年，被人一脚踢在地上。我上去帮他，夺回照片，那张照片是两个男生的合照。左边是刘武，他在照片里笑得很开心，另一个青年，我从没见过。刘武很着急地从我手中拿过照片，确认照片没有受损，他才长出一口气。我问他，照片里的人，是你的同桌吗？他最初一副不想说的样子，僵持几秒后，他才点了点头，说一句谢谢，匆匆走掉。

那个青年是刘武的同桌。

李雨晴后来告诉我："那孩子死后，刘武整个人就变了。"

那是我第一次夜晚重回报社。我翻看当年的报道，找寻跟刘武有关的蛛丝马迹。一位头发蓬蓬的报社同仁泡着方便面，饶有兴趣地问我在做什么，我把事情原委告诉他，他说："那件事啊，当年还不让报道呢！"

他娓娓道来，跟我说起那件事，小城市没有多少秘密，只有允许报出来的和烂在心里的。至于那件事的报纸，翻一翻还是有的。

他把厚厚一沓积灰的报纸翻出来，从里面找出当年那一份。

"新闻报道里的死者，就是那家伙的高中同学。那时候，因为不堪流言，他选择投海自杀，没有留下一句遗言。"

"什么流言？"

"就是那个事，男生最见不得人的事，你懂吧。"

他脱口而出一个词语，我了然于心。他继续说："听说那所学校特别乱，老师还跟学生有一腿，被举报了，工作都没了。那时候在网上还有讨论呢，后来都删了，那个老师也是够惨的，各种生活照被传来传去，但我听人说，她是被诬陷的……"

"被诬陷的？"

"对，不过我也只是听说，你别传出去。"

"快讲。"

"听说她是帮那个男生，因为那孩子不是被针对嘛，但就因为这样，惹了麻烦……"

"没有人帮那孩子申冤吗？"

"雷州那一带，当年特别乱，打架是常有的事。那件事出来之后，校领导也不想闹大，加上死掉的那个小孩，家里还有头有脸的，他们就把事情压下来了。"

雨声喧哗地打在窗纱上，夜晚十一点，城市街区就已经空空荡荡。

那个周末，我偶然看到了班主任。

她在一家KTV楼下告别了几个中年男人，被一只强硬的手紧紧拽着，坐上一辆黑色轿车。我在黑暗之中追随，那辆轿车停在一处旧小区楼房门下。十几分钟后，一个戴墨镜的男人径直离开。我继续在车里，打开手机，犹豫之下发出信息。

那天夜晚，梁梦意外地看着我，她的额头有一块小小的瘀青。我问她，可以进去吗？她说，不如我们出去散会步。我们拐过一个又一个路口，月光洒在她的脸上，倒映在公园的湖心。我们聆听虫鸣，树枝摇摇晃晃，两个人影在婆娑的树影下，犹如雨天探出墙头的绿柳，湿湿滑滑。

几天之后，一具男人的尸体在海边被发现。

他是一位有头有脸人的孩子，死的方式却不光彩，他的家人对外只说那是意外，是被城市里恶劣的社会青年所杀。这一带治安不好，时不时发生不明不白的死亡，正因如此，人们也只把这件事当茶余饭后的谈资，并没有过多计较。

许多天后，我还会在闲逛地摊时听人们说起这桩旧事，卖报阿公煞有介事地说，有条女跟市里某个官二代是什么关系，他说得跟真的似的，断定那件案子是情杀，怎么个情杀法呢？他说，那条女原是学校里教书的老师，和学生乱搞后辞职，找不到称心的工作，就干了那见不得光的活儿。好死不死，跟公子哥好上，原本没动心思，全是逢场作戏，架不住公子哥浓情蜜意，渐生欢喜，可那公子哥就喜欢不负责的恋爱，若是女仔缠上他，他倒是烦恼得很。条女见那公子哥反悔，扬言要把事情捅出去。她也是说说而已，偏生公子哥头脑发热。后悔莫及。

我笑着听他说完，买下那份地摊报。回到家后，我独自在屋里烧掉一些东西，火焰释放出光芒，照亮我苍白的脸，我的耳边依稀响起浪潮一般阵阵上涌的声音。

起雾了。浓雾遮挡住故乡的人与事。

本地媒体对此不再报道，省内有影响力的媒体也把焦点转向其他热点。故乡的日子平静如常，人们继续过着各自的生活，这座小城市以岁月静好的面目迎接一个个访客，却已经很少人再去过问，死难者在大地上留下的血渍。

这座城市一如既往地下着雨，湿漉漉的土地上飘荡着青草的芳香。

那个夏天，我决定北上开始新的工作。李雨晴陪伴同学们走完这个学期，正式开始新的旅程。只有班主任，我们并不知道她去了哪里，那次夜晚一别，竟成了我见她的最后一面。而我永远忘不了，她回过头定定看住我的眼神。记得那个夜晚，冷雨夜的一击，记得那年毕业季，有人送给李雨晴迟到的信。

面 具

张玲玲

张玲玲，女，1986年生于江苏，小说散见于《十月》《作家》《花城》《山花》《西湖》《小说界》等刊。2019年出版小说集《嫉妒》。

R，昨天午后下起急雨。我坐在窗前，注视着院中那棵高大的柏树，被风吹得瑟瑟不止，灰寂的光线在阳台充盈、流转，仿佛哀歌与葬礼。我坐了很久，想起举国泛滥的洪水，也想起所有一去不返的夏天。天黑之后雨停了，我比平时早两个小时躺到床上，本想重读普拉斯的诗集与短篇，但反复诵读的其实只有《词语》，她离世前的最后诗作，并想起你曾随手译出的版本：

利斧
击穿树之鸣响
又诞出回声
此音奔涌
如野马从中心四散

汁液
眼泪一般溢出，像是
水之波荡
重塑使其如镜
临于岩石

岩石滚落，变作
一具苍白的头骨
被杂草之绿所噬
数年后，我

在路上遇见它们——

词语枯索，无人骑乘
不知疲倦的马蹄，环环轻叩
与此同时
从池底升起的，那些恒星
操纵着命运

　　我试着倾听句末的韵脚，领会re-的多义。落地灯旁甲虫盘旋着上升，跌跌撞撞地拥向光源，又迅疾掉落，像词语，像空马，像恒星，自幽暗的池底升起，却无法操控自身的命运。又或者，它们不过跌跌撞撞去向自己的命运。直到凌晨三点，我才渐渐睡着。最近这已然成为一种新的常态，梅雨季开始即使如此，作息昼夜颠倒，生活混乱无度。工作午时开始，夜半结束，凌晨三点，方能入梦。中间醒一次，五点六点，熹光初露，将灯灭掉，继续睡去；九点十点，再次醒来。惧怕黑夜，也惧怕白天，因为白天之后连缀的是下一个长夜。有时我很想发去信息，问你睡了没有，又怕消耗你同样岌岌可危的睡眠。如果你还醒着，不管多疲累，一定会强撑着发来一两个字，这会让我觉得过意不去，仿佛滥用你的仁慈。所以R，我坐起身，决定像过去一样，给你写封信，讲讲最近发生在我身上的事。虽则事情前后你多少也了解其一二，但今夜我努力补充一些之前你不知道的，并尽己可能地诚实。

　　今年二月，冬春交接之时，我想给自己买件棉质外套。一张卖家照片吸引了我的注意。她用了一枚能剧面具胸针搭配外套，那胸针散发着夺人心魄的光彩。我检索后发现，只有一家位于景德镇的店铺有售，目前缺货。我问店家何时有货，他答不好说。我让店家有货通知我。两周过去，店主留言说货到了。我迅速下了单。他们迟迟不发，我连催了几次。十天之后，我接到快递员电话，说货在楼下，让我及早取。当时他在——是他帮忙取了货。收到胸针的第一天，我给你发去照片，数分钟后，你不无诧异地说，这是我朋友做的，你怎么会买它？但我并不觉得有什么奇异。过去两年，我们之间的巧合太多，早就习以为常。我们总是同时看同一本书（勒内·夏尔或是罗伯特·瓦尔泽），注意到同一个篇目（《共产党》抑或《法力》），甚至同一个段落；我们听同一首曲子，吃同一种零食。滋生同一个愿望。你说，你就像世界上的另一个我。所以当你告诉我，这是你朋友设计的，我怎会意外？如果生活里的一切早就与你有着千丝万缕的联系，一枚我从茫茫因特网中所淘来的设计胸针，可能会来自你的朋友，又有何奇怪？到家后我打开快递。包装盒被他扔了，一个深蓝丝绒袋包裹着胸针。它比我预期的更精致。陶瓷雪白，胭脂殷红，镀金部分灿然闪耀。女面的发型介于大垂和胜山之间，两侧长流苏为笲髻。原型应是能剧中的小面或若女，但做了些许改良。第二天我带去上班，午餐时同事们注意到了，夸赞了几句，又说，"之前很少看你戴过这样的"。她们调侃我的经济境况大不如前。大概吧。经济是一个原因，也是最微不足道的原因，虚荣还在，只是变得更隐蔽，更令人难以察觉了。第二天，我除了佩戴胸针，又戴了那块历史长久的复古坦克表。一切如常。到了晚上，我脱下外套，将它摘下时，发现别针因重量变形了，松松地挂在衣襟上。我放在抽屉里，连着放了几天。直到一周后的下午，我才戴着它去见了一位半年未见的朋友。她如今在一家广告公司做部门负责人，以前跟我同在一家杂志社，只不过条线不同，我做政经，她做时尚。她希望我帮忙内投简历，又说毕业后一直在职场打转，从未认真想过自己喜欢什么。我说，那不妨停下来仔细想想。因为问题一定周而复始，哪怕变幻一种面容出现，也不过是同一个问题换了副面具而已。

我比她年长四岁，建议来自我的切身之痛。二十九、三十岁那两年，我也迫切地想知道自己喜欢什么，能做什么，从一份工作换到另一份，从一个城市迁至另一个，无非想求得一个所谓的答案。我又求得了什么呢？夜复一夜的失眠罢了。一过凌晨四点，就感觉心脏被攥住，沉重骤然而消，心脏和身体也失去了力气，直到目睹台灯的光融进白昼，才知又熬过了一夜。这种困境在写作之后有所缓解，甚至让我错觉所有问题已在彼时获得解决。但是每个人都只能走自己的道路，我无法给她任何一条具体建议。后来我们聊起别的，聊起她的生活。她和男友恋爱七年，预备今年在冲绳完婚。疫情之下，日本对华签证暂停，婚期可能受影响。她说，即便没有疫情，可能婚礼也不会如期。前段时间她和男友商议，让她父母过来住一段时间。父母搬来后，她才意识到自由和松弛是存在的：不用做饭，不用洗衣，不用迁就和忍耐。我知道是我自私，她说，但我也不想耽误他。如果以后他遇到合适的，我会诚意地送上祝福，发自肺腑地替他感到高兴。

　　我羡慕她的慨然，那是被多年丰足塑造的。人一旦持久拥有一件事物，就很难将其视为珍贵，就像空气和水源。我不因穷困忧惧，却总因缺爱而忧惧。年轻时如此，而今更是。年轻时爱像一位矜贵的访客，骄傲但也会时不时地登门；随着年岁渐长，光彩渐黯，你得报以最大的勇气、耐心和智力才可能捉住它的指尖。所以在给你的第一封信里，我怀着何等的谦卑和期望啊，斟酌色彩，打磨语调，祈求一点可能回应。一周之后你回信了，在信中谈论你所在的城市，它的气候、工业和历史，谈论你的少年时代，暗恋的女孩儿，痛苦而繁重的学业，文笔优美但克制，啊，我想，完了。很久之后我才知道，尽管不断告诫自己，保持距离，保持警惕，但那些不绝的书信，过时的热情，陈旧的浪漫，还是令你缴械投降，直至投身其中。

　　R,我怀念最开始那些小心的试探，谨慎的示好，但其实那会儿明知前方是烈火与熔岩，我也会毫不迟疑地跳下去，不是吗？在小说里，在信件中，你如此"温柔、清醒、一尘不染"，如此广阔，深邃，无远弗届。请别将我想象成那种轻浮的女人，我说。你答，永远不会。然后又说，那么也请别理想化我，否则我们只能在文本中相遇。我明白这句话的水下意味，知道是邀请而非婉拒，就像你也明白我那些灵蛇般狡黠的词语之下，它的真义究竟是什么。我怀念每个黄昏降临前，迫不及待打开邮箱，等候你书信的抵达，我也怀念自己被鞭策着不断阅读，不断书写，如此才能不在跟你的对话里掉队。

　　去见你前，我连着几天没睡好，周三醒来，头重脚轻，才发现患上感冒。本应退掉机票，换个时间，但去见你的愿望还是胜过了一切。那天我们约的是下午三点，司机走错了路，加上堵车，你比我晚到了一个小时。我穿着新买的妃红色茶歇裙坐在电梯边等你，心想待会儿出现的你究竟是何模样？是否会紧张到哑口无言？并没有。你步伐轻捷地走出电梯，自如地打着招呼，就像一个相识多年、旧谊深厚的老友。紧张的反而是我。其实你也紧张，是吗？——在电梯里，你不断为迟到道歉，不断问我行程还好吗，路上还顺利吗。我说还好，一串猛烈的咳嗽阻止了我继续说下去。进房间后，你还想问什么，我摆摆手，从包里拿出《心为身役》。你笑了笑，不再说下去。

——自作聪明的玩笑罢了。我坐在桌前，你坐在沙发上，沉默中只有小声的咳嗽。你也拿出书籍开始阅读。天色渐黑，路灯亮起，我起身站到落地窗边，俯瞰昔日煊赫的长街。商业在衰败，街道像废弃多时的铁轨，裸裎在矿区般的阴暗，飘浮于半空的金属颗粒发出瑰紫的光。你也走到窗边，看了一会儿。出去走走吧，你说，去买包烟吧。我说好。出门才发现下雨了。道路铺满枯叶，湿气凝结在半空，雨滴落在叶片上，北风穿过枝丫，发出呕哑嘲哳的吟咏。我们避到樟树下，你叫我稍等，自己冲进雨幕，跑到小店，买回香烟、可乐与报纸，将报纸折了两折，垫在路边石上，示意我坐下。左边几个少年在大厦边的梯形岩石雕塑旁玩滑板，摔倒了，爬起继续，垃圾车驶来，发出訇然空旷的声响，灯光宛如回声。你伸出手，仿佛在承纳某种神秘的波流，然后突然收回，紧紧抓住我的手。

R,我将永远记得这一刻，我也永远记得后来那一切。就像告别前夜，我说，我会永远记得这间屋子，记得挂在床头艾瓦佐夫斯基似的装饰油画（画中一条木质渔船在暴风中飘摇，渔民在号泣，桅杆在震颤）；记得回纹形状的赭色地毯，记得台灯上的木雕小鸟，你沉思了一会儿，告诉我，你会记得空调的嗡嗡声，就像深海无尽的洋流。就像坠入深海，时间不起作用，季节和温度不起作用。长长的夜晚也如夏季。

我谈起波伏娃和纳尔逊长达十四年的通信，巴赫曼与策兰二十年的通信，然后问你，我们呢？又可持续多久？

一生一世。

永远。这两个字，我们如此轻易地脱口而出。

几乎每次见面都是如此。热烈，但也剥离了寻常，只在不同酒店间打转。只有一次，四月还是五月，你来看我。只有一天，我病了一天，两人在我那间狭小简陋的公寓待了一天。夜间好了点，我们在荒凉的郊野密林间散步。天下起了微雨，你将外套脱下，披在我身上。那会儿我们真像一对过了很多年的夫妻，走那么多路，经过那么长时间，就为了这温柔真切的一刻。第二天我送你到机场，还有两个小时才登机，安检口外没有座椅，我们反复绕着几家店铺散步。你进了安检口还在挥手，我拍下你的背影，存进手机，站在入口处看了很长时间，才下楼打车。快要下雨了，天空混沌，布满乌云，像垂死之肉。我想起那间屋子就觉得受不了。一想到那屋子布满你的气味和痕迹就受不了。尽管我说，分离是让我们按下耐心，坐到桌前，是期望从日常的堕落与污秽里去锻造出一点纯净清澈、至少比瞬时长久些的东西，但我想，分离的本质，不过是恪守情人的定义——一种永远的不在场；不过是清楚会被拒绝，所以将诉求先行审查，自行枪决。

　　但我是渴求的。渴求去见你，也渴求你来看我。我记得每个从你城市离去的清晨，从温暖黑暗的房间走出，走进清澈寒冷的阳光，独自坐上前往机场的大巴，希望你来送行或随我回家，但残余的自尊总勒紧我出口。这点自尊还能提醒我究竟是谁。或许是响应我的渴求，你发来消息，说广播通知因雷暴影响，飞机延误。我问你多久才能起飞，能否换成明天。你说，还不知道。你得想想。一小时后，你吃完他们派送的桶面，听着新一轮的延误通知，下定决心不再等了，而是跑到柜台，和他们交涉，强行地取回行李。

　　"不见到你会死。"你说。

　　我叫司机掉头去接你。你说不用，你打车过来，因为一分钟也不想多等了。我撑伞站在楼下，等你一到就扑进你的怀中。那天我们很晚才睡着，仿佛只是为了延长这个幸运之夜，延长临时窃取的幸福，其实也就复现昨日。但总比那一晚离去要好。有些时刻如果未到，差一点也不行，不是吗？就像第一次分手，终结之时还远未到来，不是吗？那天我们大吵一架，我说受够了没完没了地等着，受够了你在我哭泣的时候沉沉睡去，或是喝酒聊以自慰，跟朋友抱怨暂以解郁，却从不肯真的来我这里。你的事务那么多，一个接着一个，从不在我这多待几天。我发誓删掉号码，再也不给你写信，回到过往平静，但最终只熬了两天，周二上午，我便在众目睽睽之下冲出会议室，打车前往机场，飞去挽回你——说到底，也正是那一时刻远未到来，不是吗？

　　R,眼下我重读信件，不免震惊于自己当时的炽热和疯狂。那时我们万分笃定，不会再有了，没有可能了，这样的爱一生仅会发生一次，怎么可能重来？原来还是会的。还是会遇到其他人。卡夫卡会遇见菲利斯，也会遇见尤里、米莱娜和朵拉；信件依然可以一封接着一封。只是篇幅长短的区别，只是浓淡轻重的差别。我渐渐意识到，原来沟通可以全然无效，谈话可以毫不共振，日常餐饭，肌肤之亲，对于一个孤身独居的人来说才更务实。

　　确实——爱上别人不仅让我觉得背叛了你，也背叛了过去的自己：因为那些体验不再如此特别，无可替代。我并非为自己后来的所为开脱——只是，过去的一年，我们见面次数是一次还是两次？过去的两年，在一起的时间有没有一个月？我时常感觉不到你的真实存在，好像对面是个书信机器人：无条件地慈爱，无条件地悦纳，无条件地予你所需，所有见面和亲密生不过想象。有次我梦见自己正躺在花草繁盛的绿地，四周是郁郁高大的树木，我起身，沿着溪流边的指向不断往前，往前，去向无尽的蓝。结果你猜，我到了哪儿？——世界的边缘。天空不过一层色彩艳丽的薄纸，伸出手指就能捅开。我盯着那只黑黢黢的深洞，想知道自己究竟在哪里，又能去哪里？

　　今年不太一样，一个人的生活变得很难，而且越来越难。那种无意义感，疲惫感，比以往更强烈，或者说，这一年我退步了，不再有勇气孤身前往目的地。又或者，我意识到目的地并不存在。以前我以为这是自己的选择，而今发现不是这样，是根本没有选择。你之所以触动我，难道除了所谓的契合，难道不正因你曾允诺，无论是何处境，都不会松手离去吗？你也深知日常之重要性，不是吗？在一开始的信中你就这样写了："所有的思念，爱和欲望如何反复诉说而不朽，我们的词汇匮乏至极，所有语言都不及，永远不及，彼此一秒的触及。"所以我才飞去你长大的城市，飞去任何一个你所在的城市去见你。

　　啊，说远了。

　　有天晚上我忽然想起了面具的事情，想起后来一系列的事情，于是将其从抽屉取出，仔细看了看。这次发现了别的。尽管看似接近小面或若女，不知设计师是否出自美观的忖度，所以在眼内加了金饰。这样一点小小的改变，使得这张女面变成了鬼面。奇怪吗？自从有了胸针，我开始噩梦不断，层叠如石灰岩。在其中一个梦里，我走出午后的浅草寺，出门右转，看见一条曲折小巷，沿路走了下去。走了十来分钟，右手边一栋古旧的宅子（仿佛江户时期的建筑）挂着免费展览的牌子。我走进去看了看。光线无法折进展厅，厅内晦暗，数盏白灯幽幽照着造型凄厉的面具。面具幻化成变形的人脸，我从惊恐醒来，发现自己躺在床上，地灯就嵌在幻境与真实的夹层。哦，这依然是一个梦境。

　　五月，我那位朋友忽然跟我说，最近去找男友，男友难言热情，两人的性事也急遽减少。她知道有问题，这让她痛苦。她曾坚称伴侣间不该查看手机，却趁他背过身输入密码时，记住了那些数字。在一个失眠的夜晚，趁男友睡去后，她看到了置顶的名字，以及一部分的聊天内容。早上她跟我发来消息，说感到前所未有的绝望。到了晚上，我和他说了这件事，他颇为不耐烦地听着，忽然道，你不会把她的事情套在我们身上吧。这句话令我警醒，想起四月下旬的一个晚上，我们躺在床上，用他手机看一则短视频时，他的微信忽然跳出一则信息。对方说：刚刚去洗澡，没有看见。他神色紧张起来，跟我说那是一位在新西兰的记者朋友。他放下手机，抱紧我，说怕我误解，说只是在和朋友说我身体的情况。她很关心我的身体。我独自在洗手间待了一会儿，没再问下去。那段时间我生病不断。他终夜守着我，床边摆着水桶，待我吐满后洗净。如此反复，从不厌烦。我感激他的照料，也劝慰自己所有的怀疑不过是不实猜想。但那天晚上，我一直没睡着。凌晨四点，我坐起身，将那部正在充电的手机打开，看见熟悉的名字就出现在微信第一行。朋友的男友至少删掉了一部分。他大概过于信任我，一条也未删除。我看到了全部，知道了他和她对我外貌的轻慢品评；知道了每个周末，在他跟我说睡觉或者见朋友的时候，其实是去找她；知道他对外宣称早已和我分手，人已离开上海。他编造了去往江西的旅程，编织了每个站点的风景……他跟她聊天的方式就向他追我一样，写一点曲子，画一点画，作几首诗；说明两人相遇并非意外，因为星盘如此合适。当然他们还只是聊天，还未走到那一步，但也足够让我崩溃。读完我将枕头扔在他身上，叫他滚。他醒来道歉，求我原谅。我们吵了一整夜，又一个白天。所有的自卑和不安全都回来了，比以前更激烈，连带牵扯出的是之前所有失败的经历。初恋，第二次恋爱，等等。

　　说来好笑，我曾以为自己早已跨越了这类障碍，不再以背叛为意；我甚至以为我了解嫉妒，并能将其转换成：动力。

　　我要求他删掉联系方式，他说可以。但是很快的，我又觉得并无意义。删掉又能怎样？痛苦和恨意可以一笔勾销吗？我不仅惭愧于要采用这样偏激的方式，更惭愧自己的痛苦和恨意。过去一年，难道我不是一直期望着他离开，离我远一些，我也以为，自己不过在等这段关系尽早结束,就可以堂而皇之地去找你?就像我那位朋友一样,我们本以为自己可以完整且体面地抽身,坦然离去,毫无负疚,毫无痛苦,可是,后来呢?

你的愿望终会被响应。如果将斯蒂芬·金的《宠物公墓》不仅仅视为一个恐怖小说,而是当作一个隐喻的话,你会发现它其实说的是,如果你的愿望足够强烈,那便可能实现,只不过你最终得到的是愿望的幽灵:它早已死去、腐烂,散发着腥臭味,当它不叩而入的那刻,你是否还要呢?

我不知道,也许我还会,至于你,很可能跟过去一样,告诉我你须要想一想。

那天他坐在我对面,换了一副语调,说在上海的这段时间,感觉自己完全地变掉了,扭曲了。他不知道我们之间究竟出了什么问题,以至于每天都争吵不休。他感觉有什么横陈在我们之间,像一个幽灵,他说:"我试着击倒它,但最终是我越来越虚弱。"

也许是真的。我眼睁睁地看着他一天比一天更苍白,更瘦弱。或者,我们之间也确实存在一个看不见的幽灵——你。说完他就走了。之后的一个月,我一个人过得混乱无度。倍感煎熬的暗夜,我拿起手机,找到任意一个号码,给他们打去电话。他们都很好,有人给我寄来整箱葡萄糖饮料,也有人整宿开着话筒任我哀泣,直到我渐渐睡着。但是R,我觉得自己正处于疯癫的边缘,无法区分什么在真实发生,什么又只是想象;什么是确切的存在,什么又只是记忆的变形。我靠着重读我们的通信找到过去相爱的证明,也通过和他的照片来确定过去的一年并非楚门的梦境。但我仍时不时地感到前方有根白色的绳索,悬在门框,悬在衣柜,必须竭尽全力才能抵制往那边去的诱惑。我知道熬过失恋的唯一办法,是不去反刍,不去回忆,踏过尸骸大步往前,是深深呼吸,转移注意——但其实都不奏效。痛苦全会复来,所谓意志,所谓坚定,溃决之刻仿佛从未存在。

哦,说起面具。那天我把它放回首饰盒之后,它就不见了。也就是前几天,我再度想起了它,跟你说了以上这个故事。我也跟他说了,甚至向他道歉,说某个时刻的我并非真正的我。他听说时汗毛直立,他记得第一次看见这个东西,就觉得不舒服,力劝我不要佩戴。不要在家中悬挂太多面具,因为这样"不好"。

然后他问，胸针在哪里呢？你处理了吗？

我说还没有。

他说，记得在十一点前，走出小区，用米酒水浸泡，找个一次性纸杯，在路边找个垃圾桶扔掉。

我说好，会照办的。

一直以来他都这样，遇到任何问题，都有一套似是而非的仪式，都有一套逾越现实的解释。也许是真的。但现在我如此痛恨这些仪式与解释，痛恨这种不经思辨的笃信，痛恨这种对智力和理智的戏耍与嘲弄。我被过往的亲密和轻蔑同时击倒。我打开电脑，看见他默认登录的邮箱，意识到他们还在联系。他们还在联系，就像我预计的那样。但我什么也没说。我装作现实如我所愿，只要不去理会，就不曾发生。可能他也意识到了我语气的骤然变化，于是跟我说，那股力量像是到了他那边，他觉得周身发冷，问我，是否真的处理了，我过了半小时才回复，告诉他是的，我刚才睡着了。

但这些不会再跟你说了。其实我能理解他。某种意义上，他做的跟我现在和过去所做的又有什么区别？你问我还好吗。我说还好。你又问，讲完了吗。我说是的，讲完了。然后你说，那好。现在我说。你问我是否还记得，第一次我给你看胸针的照片，你就很诧异，说是一个朋友的作品。我说我记得。然后你又问我，是否记得在大连，你再次提及胸针和陶瓷的事情。我当然记得，那是六月初。虽然分别只隔半年，却像隔了许久，久到沧海轮转，可以再长出一个珠峰。你总说我们是一个新世界的人了，旧的世界早已死去，早在一月二十一日那天。又或者，我们也不过是旧世界的幸存者，侥幸活到了今天。那天在酒店，我接着他的电话，你在旁沉默听着。然后忽然说，烧瓷乞灵于内外，某些时刻近似于巫。你说，那个设计师，那个女孩知道你。她从小身体很弱，有过几次大出血。可能身体再出点问题，就会死掉。但在烧瓷上很有天赋，可能是最好的艺师之一。你沉默了会儿，继续说，无论怎样，你要知道，我并没有真的做什么。我说，是的，我知道。你又说，如果我和他的这段关系对你而言有何益处，那就是不断地警醒你，告诫你，切勿不加思量地投身至任何一种新的恋情，因为这并不意味着和过去的了结，更有可能将开启一段无穷无尽的新麻烦——前段时间你过生日，她给你寄来一件手作的礼物，你也没拆开。她对于我们的事情似乎了如指掌。你说起她以骨灰烧瓷（这倒谈不上多奇怪，如果只是动物的骨灰），你也谈到她如何让腐殖质在瓷器里生长。你问，为什么偏是她？为什么又偏是你？

不知道啊，R,但最后，所有事就这样，连在一起，似是而非，但又仿若真的。

去年三月，我飞去找你，跟过去一样，我们吃饭，散步，也逛了几个菜市场。最开始入住的那家酒店，因空调有霉味，我们临时换到另一家。走前那天，你说晚上有事（一位美院的朋友找你喝酒），没法过来。下午我们看了一部电影（《小鞋子》，也可能是《小王子》），看完电影四点多，你泡了杯茶，嘱咐我在凉透前喝掉，然后走了。我拉下窗帘，关掉电视，关掉了所有的灯，想一觉睡到天明，结果却躺在床上哭得停不下来。九点多你回来，推掉应酬，我们抱了一夜。

当我一点点回忆时，才想起来，可能正是那次出的事。我只知道有段时间饿得很快，体重增加得也很快，却以为是夏天到来的缘故。经期延迟了两个月。一天我坐在马桶上，低头看见自己的腹部隆起，阵阵抽疼，才意识到不对劲。我买了三根验孕棒，早中晚测了三次，结果一致。隔了一天，跟你说了结果，你说，怎么都可以。你决定就好。我想了几天，跟你说还是算了。你未置可否。手术只能在周一或周五，我选了周五。你说问题不大，应该能陪。过了一周，羞惭地说，不巧，正好与某个大型活动重合。我说，没关系，我找一位朋友帮忙即可。他在医院有熟悉的护士，比较方便。确实有这么一位朋友，那位护士是他前女友。他帮我挂了号，换了卡，带我去了医院。那天起得太早，我昏昏沉沉、魂不守舍，换完衣服，找不到手术卡。他也不记得，只能返回车里寻找。原本我排在第三个，结果成了最后。我坐在床上等着卡片，看着那些做完手术的女人，昏睡在担架上，裸着下体，被两名护工挪到床上，身下垫着的灰白引纸洇出一摊血迹。有些还没做手术的在窃声交谈。有人说自己是第二次，已经不像第一次那样紧张，另一个道，她弟媳因流产次数太多，前段时间查出绒毛膜癌，今年不过二十七岁。也有人插嘴道，犯不着花钱做无痛，因为实际痛不到哪里。在这片小声的喧哗中，我注意到对面一个女孩跟我一样，也化了妆，也很沉默，怕冷似的攥着被角。之前在更衣室换衣服时，她向我借了一个卫生巾，她母亲忘了带。是她母亲陪同来的，那令其怀孕的男性又在哪儿呢？他是否也穿着一双雪白的新鞋，出现在一次无暇分身的重要活动中，对文学与世界的将来侃侃而谈？

注射静脉时，卡终于找到了。静脉打结了，血管又太脆，一针下去，涌出大量血液。我躺在手术台上，戴着氧气罩，想起术前宣讲时，护士说最好早点清醒，越早越好，要尽可能多走动，麻药才会越快散掉，于是我强令自己醒着。谁能想到呢？居然扛住了药剂，以至全程清醒，清醒感到宫颈被打开，钳夹在内部搅动，温热的血块蠕蠕往下爬。

"别动。"医生重重地拍了下我的小腿，在我挣扎着想从手术台上逃下之时。

我在心里默念着你的名字。但每默念一次，疼痛和悲哀都会从下体转移到心里。出了手术室的门，我仍旧清醒无比，于是开始给自己出数学题。78+49。55+16。究竟得多少？如果生活像算法那样简单就好了。我开始在整个病房转悠，给她们出，逼她们说出答案。护工对我的喋喋不休有些忍无可忍，叫我赶紧走开。出手术室的之前，一个上了年纪的护士给我量了血压，一百六。她的眼眶深陷，仿佛对我这样的早已见惯不惯：还好吗？我答，很痛。她在本子上画了一道钩，说，出去吧，没事的。我坐着电梯，下到三楼，和朋友说撑不住了，就晕倒在座椅上。他惊慌失措，掐着我的人中，不断大叫着救命。你肯定想不到那样戏剧的场面：副院长巡房，他给我把了脉，又叫了一个医生替我检查心跳和血压，甚至安排了一张床位让我休息。是不是很幸运？

我不记得睡了多久，麻药到这一刻才起反应。醒来后已经是下午，朋友横躺在床尾的座椅上睡着了。我打开手机，看见你发来的消息，说活动场地在一个小镇上，你和一群人从市区出发，坐着大巴，坐了几个小时，刚到酒店，尚未来得及收拾。你问我怎样，我讲了经过，笑着问你，知道麻醉是什么感觉吗。你答不知道。我说，戴上面罩的刹那，脖子仿佛针扎一般。之后暖意从大腿涌上头颅。有点头晕，但比痛好。痛的时候简直没法忍耐。为了快速止痛，我猛吸了一大口，结果被乙醚呛到了，咳了许久，想起第一次见面，也是在连串的咳嗽中开始的，那些曾经激烈愉悦的性，统统变作了羞耻，变成了嘲讽。

我想，这一结果并非不能预计，我接受同等欢愉匹配同等痛苦，只是没有想到惩罚来得如此迅捷，如此彻底。你的反应没什么可指摘的，依然温存体谅，全盘接受，就跟过去一样。我不得不承认，不要是对的，以我们的处境和能力，确实无法担负这样巨大的变动。虽然我曾无数次地希望，一桩意外能够代替我做决定，逼迫我们的关系不得不往前，原来做不到的始终做不到——同样的，你依然会永远缺席，在任何一个我需要的场合。我试着置换到你的位置：有过一段婚姻，前妻和孩子都亟待照顾，如果她尚未决定开始下一段，你也会退守克制。如果她一直不找呢？

那你即便遇到，也会做出仍然单身的假象。

是的，许多方面你无可挑剔，换作是我，远做不到如你这般得体。同时我也不免失望地觉得，你过于安全，过于保守，如此谨言慎行，从不犯错，却忘了，爱应包含某种侵略性，而并非仅仅成为一个恭谦知礼的好人。作为我的导师，从一开始，你就以启蒙者之姿，一点点指引、松动、校准我的逻辑、语义、结构，你也小心翼翼保全我作为独立个体的自由意志，却未曾预料，在你隐身、远去的时刻，其他人也会带着铁锹前来，撬动根基，毁损城市，他们并不在意之前是何面貌，依何秩序，只一心烧去他们不能理解，也不能带走的全部，直到它们荡然无存。

五月底，我借题发挥，告诉你我并不快乐，不过自欺欺人。因为一旦泄露真实的欲求，你就会避之不及。你说，哦？那个真实的女性究竟是怎样？你是否又低估了我呢？那个争执不下的台风天，我听着窗外的雨声，独自在办公室待到凌晨。到家后我说没事了，为之前的失控而道歉。你说没什么。风波过去，一切如常。六月我们在临安见了一面。那天下午我们去看了一场露天爵士乐演出。烈日下观众寥寥，乐队不在状态，歌手走调了，鼓点节奏也有问题。只有我们坚持到了最后，坚持到了黄昏。演出会场后是新建的图书馆，我们爬上平缓的坡道，看见部分书架摆着乡绅的赠书，绝大多数书架仍然空着。你说死后想捐出所有藏书，因为空旷的图书馆让你心碎。下山后，我们冒着大雨去新安江水库边的山庄吃饭。褪色的木制长廊环绕着绿色的池塘，两个男孩站在池边的石阶上，用长长的网兜捞鱼。部分包厢正在重修，墙角堆着碎石和瓦砾。日落前的光线、碎石与尘土，令我想起童年在父母农场度过的时光。我们肆意猜测邻桌男女的关系，你说，很明显，男士站在上风。我想，你是否当作我们的镜像——我们之间，你是永远的上风。你连无生命的藏书都已想好身后出路，却没想过我——或者想到了，你又能怎么办呢。

　　最后一次见面在上海城郊。只有半个夜晚。你到达已深夜两点，天明后我醒来，发现你已不在枕畔，令人错觉昨夜你也未曾出现。我在床上坐了一会儿，洗澡、退房、回家，然后想，啊，终于不再那么轻易悸动、动辄悲喜了。我期望一个新人完全替代你，期待某天可以从容地说出已经忘掉你了。

　　其实没有，它因某种奇特的惯性，或者说宿命，持续了下来。我们依然联系，虽然不像此前那样频繁。去年七月，我告诉你遇到了另一个人，正试着爱上他。你说那且试试，未必不可以。仿佛为了赌气，我给你发去我和他拥抱、出行的照片，发去我们听曲、画画的照片。渐渐，不再是负气了，会因为他写到某个下雨天在陌生的旅店，擦拭着唯一的球鞋，和恋人的告别而心碎；会因为他在火车站被小偷割破灯芯绒外套，口袋里只能掏出一张过期的学生证而心碎；会因为他狼藉的床单，黑暗的厨房，一如他眼下的生活而心碎；也会在深夜失眠时分，注视着他睡熟的侧脸而心碎。就像你曾告诉我的那样，我也告诉他，他在母亲去世那天墓地所见的倾斜而下的天光，正是丁达尔现象，也叫"耶稣之光"。但我并未告诉他，你曾在小说里写过，我们在山君不离见过——那排光如立体的琴键，倒灌在十二月的高山芦苇，恢宏如史诗。我们仰头看了许久。还有一次，我们在酒店附近闲逛，正巧遇到美术馆有米勒画展，便进去看了看。《牧羊少女》，我第一次看见真迹，被猝然推到面前的1860年的法国巴比松天空惊到了。光线自云彩裂隙间流泻而下，羊群仿佛正走向神的通道，而少女就是神的器皿。你告诉我，这幅画的灭点是牧羊女的心脏。为何是心脏？你叫我好好想一想。

　　我记得这一切，记得跟你相关的一切，但我也记得他在车站向我奔来，记得无数次将其推开，告诉他，爱你比爱他多，多得多，不会再有一个人跟你一样。然后，所有这一切，我自以为是的一切，就这样一点点失去了。

　　我多希望生命不是这样一口干枯的井，望去只有徒劳的悔恨与水中的倒影，而是一座立体的迷宫，可以跳跃着选择，你能一步跨入多年以后，也能一步回到一两年前，修补过错，收回谎言。

　　该怎么说呢？她嫉妒着我，你嫉妒着他，我嫉妒着别人。又该怎么说，他欺骗了我，我欺骗了你，而你又欺骗了她。谁又真正地做错了什么呢？在论及我们当下种种困境时，你这样写道:夜半闻见心击如鼓，不知从何讲起。谁做了什么？谁都没做错什么，但事情就这样一步步演变、恶化至此。是呀，我们早已娴熟地学会共情与移情，一切都是"可以体谅"的，一切都是"可以理解"的。但又如何？没谁真正的无辜啊。可能用一个故事来解释我们的贪欲和过错，会比赤裸裸地争吵、撕扯要有趣和体面一点，更能相互宽宥，彼此赎罪；可以假装这些愚蠢的意志并非产生于我们的头脑，这些所谓的失控、恶毒、嫉妒也并不是我们的本意，而是魔鬼的镜子掉进了加伊的眼睛。之后骤然间，一切变得易于理解了。我们接受这种解释，并以这样的解释为乐——就像上一次见面，我和他分开后，你来看我。我去上班，你睡到午时，整理了衣橱，拖净了地面。因为疲惫又睡了一觉，醒来后整理书架，我的笔记和他的照片从那些沉重的大部头中掉了出来。你逐一翻完，放回原处，之后打车去酒店。我去找你，你回来。我们又平静地过了一夜。后来你两次提及这件事，谈到你所受到的伤害——但是，如果不是我的疏忽，而是屋子那具泥眼的幽灵，吸走你的力气和意志，刻意呈现这一无足轻重的秘密呢？难道所有一切，不正是这些深谙人心之陋的幽灵所为吗？难道它们不正如蝙蝠一般倒悬在阴暗的壁龛、石膏线乃至窗帘背后，只待时机一到，即携带利齿扑面而来，撕咬并吞咽你的血肉吗？

　　你说，其实我们从不怕真话。我们怕的是被欺瞒。我反驳说，不是的，我并不需要真实。我宁愿被欺瞒，宁愿一无所知。不知道那一刻是出于胆怯还是好胜。比之失望，我确实更害怕失望和希望的循环，害怕希望每燃起一次，又破碎一次。就好像将已经焦黑的心脏再去火上炙烤。伤口不会被抹平，永远无法被抹平，只会被撕开、溃烂、扩大，所以我们才须更换爱的对象。因为新人一无所知，还可以尽情地想象我们。他们可以想象得无穷好，所以我们才会相信自己是个完整无损的好人。别信这种鬼话：克服困难。我们面对问题时，总是疲于应付，磕磕巴巴甚至找不到一个辩解之词。我们总是被一些琐碎的问题不断激怒再激怒，我们也会不断在一些最小的问题上犯重复的错误。我们不会删掉承诺、删除任何一个号码，也不会断掉任何一个可能的联系——你看，我还天真地以为可以平衡两段关系，就像你某些时刻做的那样，就像后来他所做的那样。

我很好奇那些过了一生的夫妻。他们如何看待创伤，他们又是如何从创伤里步出。也许他们从不制造任何伤口，他们只是默契地保守秘密。但眼下我希望上帝能够置换我的心脏，置换一颗洁白的、未经污损的心。这样对于新人，或者其他人来说，才稍显公平。他们并没什么过错，犯错的从来是我自己。

朋友问我，要承认跟你早已过去，牵挂的是另一个人，有那么困难吗？我答是的。理智告诉我，跟他并不合适，理智告诉我，你至少还有残存的热情，虽然那些热情也早在过去的一年中几乎被消耗殆尽。但那些曾经光焰万丈的共同生活的想象，因为从未实现，它还存在着。我们还有可能吗？你说只要努力就有可能。这一章节会被彻底翻过。某些时刻爱走远了，某些时刻它又回来，它们随着你离去而走远，又随着你的归来而重建。

我如此渴望重建——犹记得你在新年的第一封信里写道：有时我会期盼一次真正的灾难，重新洗牌，好让你我可以摆脱一点什么，至少轻松一些，更从容地在一起生活……福克纳说，他们在苦熬。而他们就是我们：一边有着超人的意志，以精神相互维系，凌跃于种种沟壑；一边不断被现实所胁迫，进退维谷……只是眼下，灾难正真切地发生，生活也如你所愿，被重新洗牌，但在更大的层面，之于我们的个人生活，又改变了什么呢？我们从未能真正摆脱什么，又或是重建什么啊。曾经的枷锁依然还在身上，未解决的问题还是挡在前方，只要第二天不是末日，就还会继续延宕。

R，我在深夜给你写信，同时想起卡夫卡的提问：人到底从何获得一种观念与自信，相信可以凭借书信来彼此交流。你可以思考一个远处的人，也可以触及，拥抱一个附近的人。其他所有一切，都在人力之外。无论如何，写信，意味着在幽灵面前裸露自己，它们贪婪等待的，正是这一刻。也在此富足滋养之上，它们繁殖得众多而不绝……幽灵不会挨饿，我们却会死去。也会想起弗洛伊德学派的人所言：你的创伤比任何面具都要强大，创伤无法被掩藏，也无法被扼杀。你无法阻挡亡魂，鬼影总会缠绕你。

它还在。它消失了，但还在。也许我非但在黑暗中与幽灵同处一室，也正变成半透明的幽灵本身，甚至觉得，你也即是我以书信侍奉的幽灵。幽灵不会挨饿。幽灵永生不朽，唯有人会死去。

今天我读到一条地震的新闻。今天的第三条地震信息，发生在云南省红河州绿春县,4.4级。我发给你,问你,如果末日了,你会怎样。你先半开玩笑地说,难道现在不正是末日吗?过了一会儿,你说:"来找你。"

可是不会的。你不会来找我,我也不会去找你。我一次次被告知,你无法前来。别处是幻象,目的地是幻象。就跟过去无数个业已枯萎、凋零、逝去的日子一样。我们只会坐在电脑前,坐在书桌前,坐在死者中间,坐在幽灵中间,不停写着。很奇怪不是吗?但这是我们唯一接受也认同的方式。专注才是我们在写作中真正获得的礼物。唯其专注,神才彰显,直至道成肉身。唯其专注,进入固定不变的循环周期,一切条理化,吐出兔子就没那么可怕,如果时不时地吐出兔子也不可怕,那么被伤害,被欺骗也远谈不上可怕。那些创伤也不再可怕。所以我们写着,不断写着,直到黑暗降临,洪水遍布,已成泽国,直到词语,如若一道光,刺穿环绕一切的黑暗⋯⋯

而我正坐于黑暗,以其召唤你的真正到来。

喜 事

梁 豪

梁豪，1992年生，现居北京。北师大文学硕士。小说被《人民文学》《十月》《当代》《上海文学》等杂志刊登，有作品被《小说选刊》《小说月报》《中华文学选刊》《2019 中国短篇小说年选》《2019青春文学》等书刊选载。另有诗歌、散文和评论文章若干。出版有小说集《人间》。有评论文章获《南方文坛》年度奖。现为文学杂志编辑。

姚刚在永安县开接客的机动三轮车，天透亮出去，暗透了再回来。午饭到街上顶熟的三两家粉店解决，通常一碗螺蛳粉，卧个卤蛋，偶尔改添锅烧。口腔一路蜿蜒至肛门，酸酸辣辣，能熬到天黑。睡前，一碟辣椒炝蕹菜梗就白粥，粥和菜都是现成的，其他人通常已歇下，自己一个人，呼噜呼噜，冷着吃。县里人管三轮车叫三脚鸡，管姚刚通常喊作姚师傅。县城窄，连带外乡镇，拢共二十万人丁，师傅师傅，亲切，也揣着几分敬意。到为了一元五角七分的路资理论来去，就都叫他"的士佬了"，是往贱里喊，佬字拖长，声调中收走往日的客气。总之，除非老婆生大气，否则没人记得姚师傅姓姚单一字刚。

得益祖上的基因，姚师傅身骨细长。永安人是短营养过来的，普遍矮，说话办事，姚师傅都得就着，因此自小脊椎弯得严重。粗粗看去，倒显谦冲，以至于大伙经常以为姚师傅跟自己一般高。

姚师傅从前也叫姚师傅，但不开三脚鸡，是开闸放水的。县里有条江，主干从水库来，水流急且深，早年在稍下游的一个山口修了座古湄水电站。永安人都觉得这电站中看不中用，因为家里常停电。伏天，电扇停运还有蒲扇可晃，只是电视剧情和体育赛事被迫断出好长的空档，再也衔接不上，换谁都骂娘，有时一个筒子楼、整片街道都嚷嚷，形同暴乱。

姚师傅以前是水机车间的工人，最风光的日子，上半月的班，休半月的假。回家，就在路边招手随停的长途班，跟从外市返乡的都走同一条国道线，所以姚师傅看着也像荣归故里。要紧的是他手里总提着洗衣粉、肥皂、米、花生油、卫生纸筒、毛巾、手套。电站逢年过节，爱发福利，当年市场上不易得，既是必需品也是奢侈品。邻居也有"领十五号的"①，一人一间办公室的干部，也瞪直眼睛，一半玩笑话，说，到底工人阶级呀。

水电站值班室里的女人恋家，经常晚回一天两宿。知道姚师傅义气，跟女人话说长了会脸红，所以专找姚师傅通气，让他相帮着，待要放水了，别忘了跟县电台那边汇报。

以前大伙不惜命。汛期到了，古湄电站的十二闸大坝同开，水势凶猛如兽如虹。下游偏有勤致富的，觉得广播里净是陈词滥调，不爱听，忙着在浅滩翻捡石螺子。水发起来不等人，装石螺的竹篓倒能浮水，自己的性命却给冲跑了，到珠江入海口才给捞着。那边的疍家人，自然不知尸从何来，又是怎么个死法，管不过来，成了大江大海里的饵料。

近水习水，姚师傅头一爱好是钓鱼。不喜下网，觉得蛮、贪，他爱听渔线切水的呼声。坐个三两天，屁股都不长疮，这是本事。姚师傅最善打窝，鲤鱼、草鱼、石斑、白条，都爱往他打好的窝里钻。渔具与人配合娴熟，经常钓到正口上。他在这一带打海竿是出了名的。上钩的鱼若太多，姚师傅会分给工友，不论站长、车间主任，还是出纳、电工，平均分配。姚师傅对大家笑嘻嘻说，多吃白肉好，就是刺多些，得提高警惕。

姚师傅第二爱好是讲古，不讲远在天边的，就说古湄电站这个地方。秦日纲当年如何沿江布阵，终大破清军，似曾亲临其境，而今历历在目。太平军开拔北上前，在韭菜地里埋下大量天国宝藏，现在三不五时，还有寻思一夜暴富的村民，潜入江中挖宝。宝没找着，人死了不少，尸体漂到坝下，被鱼叮得破相，有的胀成了球。破四旧的时候，红卫兵将村里的文笔塔和独守庙通通捣毁，一九七四年电站建成，蓄上水，这下好了，全淹在江底，眼不见为净。

别人问，姚师傅怎么净给外人传经，家里人不乐听？姚师傅一本正经地说，养了俩没出息的，不喜文史哲，爱往外瞎窜，头疼啊。

姚师傅一儿一女，儿子姚海，闺女姚莉，好字成双，也着实开心了很长时候。对俩狗崽子，姚师傅爱之深，操心之切。私下里

---

① 当年永安县人，尤其是各镇村民，将在外工作领工资的人，统称"领十五号的"，系因各单位均在每月十五号发工资。

他盘算好了，儿子将来继承衣钵，接着把肥皂和米油提回家。女儿要没出息，可以考虑放到木材加工厂。电站为增收，在山里头拓了一间木材加工厂和一间电石厂。电石厂粉尘重，伤咽喉和角膜，姚师傅不会让女儿去遭罪。两家工厂有些违规性质，但姚师傅感觉很多前辈的子女、亲戚、亲戚的亲戚，在里面待了一辈子。姚师傅相信，只要电站不倒，这些附加产业势必跟着风雨不动。

正常情况，电站的男工五十五岁退休。姚师傅还未知天命呢，被上头劝退了。他是第一批。

当时以站长为首的领导层商量了一下子，都觉得动姚师傅问题不大，毕竟他向来仗义，割掉谁都是肉疙瘩，姚师傅的觉悟肯定比别人高。站长当时没出面，派去的是副站长，女的。这下就万无一失了。姚师傅当时没多吭声，只说服从组织安排，他的脸蛋憋得发紫。很多同事私下磋商，说姚师傅啊，坏就坏在太老实。两年不到，电站裁员日益猛烈，去了大半。后头的就没赶上早前的福利，一概买断，都感觉自己被贱卖。开始有人闹，一样为国家水电事业献了大半辈，怎么就有了参差呢？最后也没了响动，到底是大势。这时很多同事又想起姚师傅，纷纷感叹，姚师傅啊，好就好在太老实。

姚师傅这下彻底不沾水了，收起鱼竿，再没往河边去过。他走路生风，转而好上喝酒，白的啤的，没事的时候独自去买买醉。因为常年拿嘴咬瓶盖，磨了牙釉质，风一进，右下的虎牙就发酸，浑身跟着哆嗦。喝了酒的姚师傅，碰上男的越发横，看见女的越发软。

之后人们再见到姚师傅，人已经骑起三脚鸡。一天到晚，地都不沾了。

姚师傅厌女人，但一点也不怵家中的老婆。

姚师傅的妻叫莫英，以前在物资局当差。当年不比现在，姚师傅对她发话，通常赔着小心，呈咨询状居多。当年，大到钢材、变压器、水泥，小到纯碱、雷管、导火索，盖由物资局管控。莫英说过，倘若没有打点，审批上就得耗些精力。姚师傅只懂笑。现在的莫英追忆，那真是一段很香的日子，那时的好，现在才看得真切，以前身在福中不知福。物资局的衙门早没了，比电站还利落，直接下岗，莫英自此就蔫了大半。差不多那以后，姚师傅对妻子开始有一说一，莫英也不再去揭姚师傅的短。老姚硬硬地说，你就知足吧。

可莫英不知足。在家腾出一片地，开起手工作坊，买了机器，打磨人工宝石。市里现在兴这个，来钱快，缺人手。挣钱路数不嫌多，填补家用正合适。把石头磨成毛坯，一颗赚一分五厘，多劳多得，就是费眼，没有耐性做不赢。但莫英兢兢业业，感觉自己还是一个能人。姚师傅的家里，一天到晚都嗡嗡地响。

要不了两年，数控全自动打磨机一亮相，这点来钱的路数就给薅走了。好在眼下补齐了三十年的养老补助，领上退休金，莫英的气总算缓回了一啖两口。如今的光景，可以去跳广场舞，莫英跟后屋的女人去过一回，肢体不协调，总遭领队戳戳点点。领队也是下岗职工，纸厂的，莫英不能服，管不得有理无理，呛回去。舞蹈队里都是年深日久的姐妹，纷纷站领队这头拉偏架，包括后屋的那个女人，简直激死莫英。也罢，发誓打死不去讨第二次的嫌。于是，转而整宿整宿摸麻将，赢了开心，输了憋气，高低起伏，明暗错落，日子就活泛了。

生活就是这样，到你想风平浪静了，风浪还惦记着曾经的水手。先是儿子姚海跟了一位比自己大一轮的女人，女人脚边还箍着一男孩。永安的消息素来传得疾，姚师傅老两口都觉得很没脸面。再往后，女儿姚莉这头又出名堂。好在姚莉闹名堂，断断续续，远非一朝一夕，而且远在市区，多少的委屈，都在自家的复式房里自行消化，舆情扩散不出去，不易造成二次伤害。

省里老规矩，未过千万的民族，头胎不分男女，一律可以再来一次。姚师傅和莫英登记的时候，都填了瑶族。抓过很多药，求了各路仙，女儿儿子稀里哗啦扑腾到世间。请客的时候阔气，红红绿绿的，热闹。所以当年莫英下岗，很多人都说，也该了，总不能净贴福吧。

姚海当年是坏小子里的头目，永安人称烂仔。不上课，抓虾，泡吧，以同时有三个女朋友为荣。家里的窗玻璃总烂，是前来寻衅的人干的。莫师傅亮出洪拳的招式，也搞不定自己的好儿子。夜深人静时，二楼三楼的窗玻璃还在碎，伴以一串难听的脏话，是喉结发育中的声腔。莫英反省过，都怪夫妻俩太无为，早年姚师傅半月不在家，自己爱打几圈麻将，对儿女是放养。姚海高中没上满，自己买了张卧铺车票，去了广东，也不知道是做什么行当。姚师傅心想坏了，个头上不争气便罢了，学历还没老子高，传出去，煞双份面皮。

姚海没学坏，在广州练成一身腱子肉，回来了。说是在那边当健身教练，顺带掌握了广东话，没事拽两句，女生会鼓掌，觉得高高在上，有港星的味道。姚海在那边的健身房待了两年，混了个私教资格。他自己也纳闷，怎么每月的工资使劲留也留不住？趁老板卷款跑路，干脆回到永安，自己贷点儿款，创办了永安开天辟地头一家健身房。姚师傅捏捏儿子胸肌，砖头似的，他很满意，说练块儿好啊，不做东亚病夫。

健身房试运营的时候，人潮涌动，多大的圩日都没赶上这阵仗。游泳池里泡满了人，都不流行穿泳裤，姚海在岸上干着急。体验期一过，就剩下几个想减肥的阿姨和学游泳的小孩。一堆铁器晾在那里，姚海自己天天轮着练，不练，铁器和肌肉都容易长锈。他到底还盼着大家对身体的觉悟，赶上铁器的氧化速度。结果又过一年春秋，几位阿姨和小孩也跑了。阿姨嫌减肥效果不理想，那会儿减肥茶刚热，听说一个月能降二十斤，都想着以逸待劳。小孩走掉是因为家长不答应，县里穷钱，但山多水密，江里潭里都能游，还游得开，没必要钻泳池里，像圈猪猡。永安人也不在乎什么泳姿，那么多代人游来泅去，能浮起还不嫌累的，通通都是混江龙和活阎罗。

泳池空空如也，蓝色是忧郁，看一眼难受一眼，到最后，被姚师傅怂恿去养大鱼。酒店和大排档的伙计来收购，说客人喜欢，没有泥塘的腥臊。后头是姚海自己不乐意，鼓胀着全身的肌肉块，决心不再吃父亲的智慧，其实是不想再被喊作姚师傅的儿子。于是，学起外面的游乐场，从外地运回一池红草金，买了一溜小抄网，广告放出去，果然吸引大批学龄前后的儿童跑来捞鱼。攒了些底钱后，再将健身房的顶棚给捅开，吹起一座充气城堡。这下孩子更闹了。

其间，姚海收获了一段黏糊糊的爱。一位带孩子来玩耍的单亲妈妈，岁数三十开外，熟透的那类女人，保养还好，脸上没找出一道皱纹。姚海不懂遮饰，总去张望，把自己给看愣了，说真是鬼斧神工。女人羞答答地回，拿挂烫熨的。平日女人任孩子打闹，眼睛礼尚往来地，时不时盯住姚海的人鱼线和两片翘臀。熟了，姚海跟她白天一起去吃凉拌粉，晚上再到消夜摊来碗龟苓膏。姚海说什么，女人都痴痴地笑。这么磨蹭了约莫一个季度，两人就黑白颠倒，不知今夕何夕了。爱情的问题，劝是劝不住的，只能自己悟出个子丑寅卯。从那时起，姚师傅就没睡过一宿到天明的觉。

女儿姚莉倒是一路乖着长，最后嫁给一个手头阔气的。这对冤家，像礼炮，亮了几个瞬间，熄了。有段时间，女儿天天给莫英打电话，光哭。莫英就跟着哭，说把住钱，让他胡闹，当猴戏看。后头女儿不哭了，电话也少往回打。莫英就叹气，说女儿心硬，不懂感恩。姚师傅在旁直偷乐，说估计看猴戏呢，正看得入迷。

当年高中毕业，姚莉没考上大学，正好县电视台放出消息，聘女主播一名，要求二十六周岁以下，面容姣好，能讲流利方言。精读三遍，学历没做要求，姚莉大喜过望。以前的县台，播新闻都讲自家话，所以普通话差一点没关系。但其实关系硬，咬字没那么地道，形象差点意思，也没关系的。姚莉没后台，也是病急乱投医，试试运气，顺便狠瘦脸瘦腰，不想争得了一个月的实习机会，能出镜。邻居当时夸姚师傅，同样是女儿，还是姚师傅会生。姚师傅就觉得主播是份好工作。

姚师傅才在电视机里打量女儿没几天，里头就换了一个女子。一问才得知，是她自己溜掉了，跟了现在的老公。这男人也是看新闻，发觉里头的姑娘长得称心合意，于是戴上太阳镜，开车到电视台堵人。当年能开得起轿车的，非大款即大拿，姚莉管不得汽车是什么厂牌，答应跟人家处处看。到头来，也不知是哪边在急，要不了多少工夫，两人就向家里汇报，说让风水大师算过，挑了今年一个好日子，得赶紧把婚宴办了，不然就得等到后年。姚师傅在家唠叨了大半生，突然感觉自己没有了话语权。等到去掀红盖头的时候，姚师傅才发现这男人老相，做生意操劳，看模样快要跟姚师傅攀上兄弟。姚师傅坐在太师椅上，后悔得不想笑，不自觉地抖起了腿，被莫英狠踩一脚，钻心地疼。好在姚莉看起来满不在乎，估计是动了真感情，姚师傅这才不忘提醒自己笑得再自然一点。

那回姚师傅和莫英去看望小两口，女婿指着店里的电视机，说当时就是借由这台电视，相中的姚莉。小脸蛋娇俏，口红涂得艳，当时就打定让她做自己的女人。男人得意地大笑起来，牙齿黄澄澄的，姚师傅眼里心里全不是滋味。

这天姚莉又往回打电话，说是捉到了，女的长得那叫一个波谲云诡，龅牙，就是年轻，不知道这孙子怎么想的。莫英问，他什么个态度？姚莉说，下跪掌嘴呗，都是老节目。莫英捏紧双拳，跟姚师傅说，该咱上场了，一定要盘个水落石出。姚师傅其实不愿掺和，被莫英硬拉上，第二天就坐上直达班车去到市里。

女婿是卖茶叶的，把二老请到根雕茶几边落座，泡了一壶武夷山大红袍，老老实实给二老斟茶，敬茶，赔不是。姚师傅不知怎么开口，基本是莫英在发话。也撂不出什么狠话，只说二孩都快探出脑袋了，还瞎折腾什么呢？你们年轻人，不能太躁，以后准后悔的。女婿跪得周正，不住地埋头，连说几个妈说得在理。莫英碰了碰姚师傅的手肘，示意你也表表态。姚师傅咳了一嗓子。他瞟见女婿身后的墙面上悬着一面锦旗，恍兮惚兮，就按着上面的黄字念，祝你财源广进，日进斗金。回去的路上，莫英往姚师傅的腰子上狠给了一拳，说你不是只怕女人吗，怎么女婿也怕了？姚师傅哎哟哎哟的，糊弄过去了。

心路不够顺遂的时候，姚师傅就驾三轮去接客。记住地址，查看路况，跟人招呼，事情杂了，就不容易胡思乱想。还有喝酒，一旦迷瞪上，脑瓜子就切断了烦闷的逻辑线。躺一觉，翻几个身子，什么都糊涂了，难得糊涂不是？

姚师傅从不抽烟。以前在水电站，站长和主任都是烟枪，谁抽烟都得留意领导的份额。姚师傅精打细算，决心不做危害健康的事。非要递到唇上的，姚师傅也只吧嗒吧嗒，在口腔里把玩，烟气没地方流窜，又从嘴巴里滚滚而出。别人见了，传话说，姚师傅是真不会。

一趟车，起步价从一开始的一元钱，涨到现在的五块整。问原委，一则县城跟蒸馒头似的，越发越大，但主要还是物价油价涨得凶。遇着熟人，姚师傅爱说，看着给吧。姚师傅对自家人说，我说看着给，看的不是交情，是人心。

自从改行当了司机，姚师傅就不大爱讲古了，改为时事播报。哪家遭了窃，谁为小三揍了媳妇，哪个单位的领导进去了，县中学食物中毒的事有了下文没，哪个街口的垃圾桶又给野小子踹瘪了三个，姚师傅门儿清。谁想获知报上没有的见闻，都跑去探问姚师傅，赔上一刻钟的笑脸。姚师傅这时非但不迷糊，而且博闻强记。之所以他比别人通晓得多，是因为有条件的没这等闲心，有闲心的没一辆四处奔突的三脚鸡。所以姚师傅对爱车疼惜有加。天下大雨，姚师傅巴巴望着屋檐上挂着的雨线，胸口有点难受。待雨一住，他就掏出毛巾擦拭车子，顺带涂点防锈的机油。县城山高林密，亚热带季风气候，多雨，姚师傅于是动得勤快，嘴上说，还能锻炼锻炼体魄。干一行爱一行，这行当自有它的妙趣，还松紧由人，不比县电视台的主播差，更别提令人心寒的水电站了。

姚师傅现在收工越来越晚，到家快奔凌晨去。洗完澡，拍了活络油，打着一嘴薤菜梗味的饱嗝，爬床一倒头，鼾声炸响。他终于又睡上了安稳觉。

那一宿莫英迟迟没听到鼾声，人给静醒了，去隔壁房间喊姚师傅。没应声，才发现姚师傅这晚就没回家。这下一家子都没了睡意，外加四邻，齐齐出动去寻人，结果在半道上碰着了。躲在三轮里的姚师傅，样子有点失魂落魄，大家也吓着了，忙问当家的，怎么回事啊？姚师傅咽咽唾沫，脸色稍微回来了些。到这，大伙才明白，是遭了劫。家人随即报警，到了派出所里，姚师傅才敢细细回忆。

当时一个面白身长的小伙跳上车，姚师傅问他回家呢，那人没搭腔。姚师傅正要转头看，却被小伙搂紧了喉结。姚师傅说，那手臂，冷得瘆人，像一尾银包铁。小伙另一只手上，还捏着一枚针筒，针尖快要抵到姚师傅的颈项。小伙反复念一句话，拿钱来。说时，手随之打战。姚师傅知道了，十之八九抽大烟的，瘾上来了。姚师傅让他少安毋躁，说银行卡里装着大钱呢，都取给你，赶紧把车飙到信用社的自助取款机旁。外头亮，小伙躲在车篷内，伸出一只白臂和那针管子来。拿到钱了，对半一卷，身子一拧，跳下了车，颤颤巍巍地跑进了暗巷里。

逢着这出戏码，把姚师傅害得不轻，心跳一直没降下速率，放医院里观察了两天。姚师傅躺在病床上，什么也没干，两眼望着天花板，既像关心天花板的梁柱结构设计，更像在琢磨心事。他到底在寻思什么，谁也不知道，谁也没敢问。

县城派出所新晋的所长，是姚师傅家以前的邻居。按辈分，管姚师傅叫叔。这桩案子没出两天就破了，比姚师傅出院还早。所长当时买了果篮，到医院来慰问姚师傅。他拍拍姚师傅的肩膀，把一个信封交到姚师傅的手上，说，姚叔，分文不少，那小子真抓着了，给你多踹了两脚狠的。姚师傅不明就里，冒一句，不然还能有假？妻子在旁边嘀咕嘀咕，姚师傅眨巴眨巴眼睛，说了两句感谢。

正是这次意外，姚师傅回家后，做下一个决定。那天他召集全体家庭成员，以一种命令的口吻，让他们在自己面前一线排开。

然后，他抹一把油晃晃的脸，正式下达通告。从今往后，每个季度将取出一天时间，召开家庭座谈会。会议内容，每人说说这三个月来，自己感到最幸福的一桩事。另，不得远程联络，务必本人列席，绕着家里的圆桌，面对面地谈，谈出感情来。

这条信息发布之前，姚师傅还做出另一指示，促请妻儿勿再跟外人一样，喊他姚师傅。外人这么叫就罢了，你们也跟着瞎起哄，结果越叫越离心，越叫越离德。姚师傅正色道，从现在起，该叫爸叫爸，该叫老公叫老公，我不嫌腻。

姚师傅劫后逃生，这回吩咐的话，没人再敢造次。

只是喜事还没捏出个轮廓，糟心事率先拍马赶到。姚莉那个老公，被警察给逮了。他贩售的什么黑茶，说是拉人头，广开店，正经八百的传销。一家人两眼又蒙黑了一段时日。女婿店面墙上糊的宣传照，又是省部级领导，又是商界领袖。看疗效，快到包治百病的地步。姚师傅其实心里一直犯着嘀咕，只是没声张，自己暗示自己，搞不好是人家的营销策略。姚莉劝过不下十回，悠着点儿，神乎其神的，当心别人找碴。他偏不理，让她外行别捣乱。这下彻底好了。

那回去看守所看女婿，女婿悄声对二老说，我从不蛊惑自己人，操守绝对是没话讲的。放心，我弄的是南派，自愿互惠，不上手段。宣传教育，再罚点钱，出来还是一条好汉。再说，吃茶有益身心健康，又不是卖黑心奶粉。姚师傅感觉自己的心跳又提速了。

当季的家庭座谈会，姚莉说自己最快乐的事，是去了趟市里的龙母庙，把手头的细软变作钞票，给庙里捐款，一来偿还孽债，二来祈求龙母娘娘保佑，老公洗心革面，出来做个善人。说罢，搬出一张跟景区负责人和一群小沙弥的合影。姚莉难得笑出一对酒窝，说还剪了彩的，钱足。听完以后，莫英脸色就不大对，嘟囔着嘴，说你个傻丫头，平日给你灌多了神茶吧，还惦念着你的好老公，我看他是没治了。姚海也说，你傻啊，钱是你的，散了财，以后改吃素？姚师傅这时就出来当和事佬，不无昧心说，好了好了，怎么高兴由着她吧。

座谈会进展得并不顺利。莫英那次咧嘴笑说，先斩后奏啊，报了个灵修课程，内容排得细，有花精、瑜伽、塔罗、芳疗，说是要到位于普陀山脚下的精舍研修。莫英感叹，以前日子粗惯了，现在要活得精致起来才对。问什么价码，莫英把嘴缝得严实，只说花自己的钱，投资自己的人生，下周就要出发。好在手机开了定位，哪里是普陀，都没出省。姚海不敢怠慢，赶紧把车开过去。主办方挑了一个沿海小城的酒店包厢，包厢名字叫普陀山。姚海将门撞开，先被一股酸馊馊热烘烘的气味熏得脸皱一团，看仔细了，里头成山的中老年妇女，样子像在叠罗汉。莫英见是姚海，喊着跳着过来，催促赶紧撤退。姚海问，醒过来啦？莫英到了车上猛喝水，说到这才知道，什么高级课程，要求灵性双修，险些这么大岁数赶着一趟失身，我对你爸是有交代的。

议程轮到姚师傅，他说我最快乐的事，就是不再怕女人了。姚师傅现在晚上不敢去载客，改跳广场舞。姚师傅跳舞比自家女人好太多。他身段占着优势，腰长腿细，动作还利索，一教就会，还能触类旁通。就他那一摊跳国标的，一对对搂着转圈，围观的人比跳舞的人多出好几层，洋气到快要起飞。姚师傅笑得红光满面，说差点错过这一身舞蹈细胞。舞蹈队隔三岔五搞团建，蹬捷安特，爬险山，去新马泰，三脚鸡也不开了，一去就是一礼拜。最近姚师傅还嚷嚷着要买辆越野，去跑青藏线。从此，姚师傅的内裤自己洗，开饭自己去盛米，莫英的脸黑得快赶上炉灶的底。

姚海这边也没闲着，喜形于色的，说近来最开心的事，当然是准备要结婚。姚师傅和莫英听得脊椎骨发麻，以为玩笑话。待到确认，两人就做不起通情达理的现代派父母，纷纷举双手反对。姚师傅说，敢情好种都没播下，你们姐弟俩，全一个德行。当年我横竖观望了两年，才决心跟你妈过生活。姚海说，这不是怀上了嘛，措施不到位，不小心双喜临门了。说完就咯咯笑，姚莉也跟着笑，姚师傅就想哭。姚海说，其实上季度就落了实锤，只是妈闹出那么大的笑话，想着先缓缓。到现在，高兴劲儿还没过，说明这是绝对的赏心乐事。好女人，都是风浪里淬出来的。照看孩子，我也掌握了一手实战经验。宏观局部，都算不得贸然。

一家人发现，分享完一件快乐的事，彼此并没有变得开心，甚至适得其反。姚师傅也觉得奇怪。

姚海和姚莉的孩子，相差了半个多月。满月满岁的时候，都摆酒，亲朋好友吵着吃喝，说了很多恭喜的话。红包也收了不少，勉强收支平衡。事已至此，添丁添福，也算是一件中肯的喜事。姚莉那边，亲家公亲家母住乡下，得到授权，姚师傅两口子帮着照管小婴儿。姚师傅对两个小人都一样亲，没那么多的糟粕念想。

后来，姚家的家庭会议无疾而终。一来手头都忙，二来大家都觉得，相安无事，就是最快乐的事。

今年水电站的领导电话告知姚师傅，电站发放新福利，退休员工每年可到医院免费体检一次。姚师傅这辈子都没体检过。他觉得体检就跟问仙一样，不吭声，闷头活，一口气能喘到九十九。但凡一张罗，本来没病没灾的，眨眼就钻出一堆问题来。姚师傅没去搭理这个福利，那么多年，风里雨里，身子骨向来硬气。

处暑刚过，天凉得疾，姚师傅最喜秋天。那天上午，姚师傅一直没起床，待到莫英骂他懒狗，拍他起身喝粥，才发现人已经断了气。

后来家里人让医院给排查，姚师傅死于脑梗死。医生当时哑然，说你们家属居然不知道，你们当家的一身上下，患了糖尿病、肝硬化、胃溃疡、灰指甲、骨质增生、动脉硬化，还有很严重的风湿性关节炎。姚海愣了半晌，说前晚上天不下雨，老头子还去耍国标，带着一身汗和一身香回来。

一家老小为姚师傅忙完丧事，总算松出一口气。莫英看了两眼墙上黑白色的姚师傅，他在里头笑不露齿，是他的个性。莫英对一旁的姚莉和姚海说，好在那时姚师傅走得安详，大字平躺在床上，眼睛眯得紧巴巴，嘴角似乎还存着一抹笑，无牵无挂的样子，估计枕着美梦走的。哎呀！得叫老公，你们的爹。

和心理医生的三次谈话

格桑拉姆

格桑拉姆，女，藏族，甘肃省舟曲县人，生长于兰州。毕业于南昌大学中文系，现为兰州大学文学院研究生。曾在《民族文学》《西藏文学》《大益文学》《散文诗》《贡嘎山》等刊物上发表诗文。

第一次

"我姓王,你可以叫我小王。"

眼前的女人满脸笑容,甚至有点讨好的意思。她为什么跟我说她姓什么?好像我会在意一样。

这个房间的窗帘是淡蓝色的,恶心;上面缀着一些银色的细碎的星星,恶心,但是让我想起毛毛的眼妆,闪着很多亮片的浓烈的粉色眼妆。刚好那天她妈妈来探视,她不知道,被揪住辫子打,护士们都拦不住,她假装求饶大叫,但是脸藏在臂弯里偷偷朝我笑。这个窗帘外面还有一层透明柔软的纱,更恶心了。我之前待的那个地方,窗帘是又厚又硬的宝蓝色,就像是从一个三年没洗澡的杀人犯身上扒下来的。那样的窗帘更坦诚,它不会假装一切都很正常。

"前几次来这儿,我的医生都是些老头子,这次为什么是你?"

她的笑容更加夸张。"他们觉得虽然我经验比较少,但是年轻一些,也许能更好地跟你交流。"

我想起上次的那个老头,他一直用充满优越感的哀愁眼神看着我,像看一条从主人家里溜走然后差点饿死自己的宠物狗。所以我叫他:"秃头胖老汉。"他先震惊了一会,然后就好像椅子烫到他屁股了一样从我面前弹出了房间。

"说实话我有些紧张,要不是他们说你有些'难对付',也不会让我这个新人接手。"

我知道她在干什么,她拿出班上女生说别人坏话的腔调就是为了跟我套近乎。

"你妈妈非常担心你。有很多人爱你，关心你。我想你自己也一定很难受。希望你能相信我，我们一起配合着解决问题好吗？"

王医生的眼镜片反射出一些玫瑰色的光。她穿着职业黑色西装，黑色短裙，扎着马尾辫。她也许三十岁？三十岁的女人还可以扎马尾辫吗？

她看我许久没什么反应，就打开手里的文件夹，翻了翻里面的一些文件，也许是这个该死的机构之前对我的诊断，她扫了几眼，然后抬头静静地看着我。

又过了好一会，她笑了。"这是我们第一次见面，没关系的，慢慢来。我希望你能把我当作一个你的大朋友。"

她好像在跟幼儿园小朋友说话。"敬个礼，握握手，你是我的好朋友。"她不如直接给我唱这首歌。是因为太老了以至于觉得我这个年纪和三岁也没什么差别吗？就像数学书上写的："小到忽略不计"……我讨厌数学。所有的数学老师都应该一起下地狱然后互相出题彼此折磨。我干吗要跟她做朋友？她为什么要产生这种想法？这是交朋友的地方吗？

我不想看她，但是我总得看什么。我看到她身后放着一个米白色的柜子，柜子上有淡蓝色的桌布，上面放着一盒曲奇饼干，一个水果拼盘，还有一壶泡了很多东西颜色暖暖的茶。第一次来这儿，我问工作人员为什么要放吃的在这里，她说："吃甜点可以安抚人的情绪，这是我们机构专门为来问诊的病人免费提供的。你要是想吃，随时都可以去拿。柜子里面有安抚毯、拖鞋和抱枕，都是消过毒的，可以放心用。你现在需要吗？"

发了疯但是有钱，就可以来这种地方。

总之第一次来这里的感受就非常不好。当时我一个人在房子里待了一会，想为什么医生还不来，结果隔着磨砂玻璃看见我妈一直在门口。她一把抓住了正要走进来的医生，一边激动地说着什么一边摆着双手，然后跺着脚号啕大哭。这个时候我才知道玻璃是隔音的。接着远处冲过来两个工作人员，她们用毯子包住她，她立刻软下来，蹲着哭，医生也蹲下来对她说话，然后两个工作人员一起扶着她走了。

原来安抚毯真的有用。

想起那一幕让我有些烦躁。心怦怦跳了起来，手和脚有些发麻。我按了按自己的胸口。

她依然在笑,但是我知道她在观察我的一举一动,也许她已经开始在心里记笔记了:"早上十点零五分,会诊开始十分钟后患者情绪开始焦躁,她按了一下自己的胸口。"

我深吸了一口气,把脸挤成又焦虑又惊恐的样子,然后开始扯自己的头发。

现在她真的开始记了。她匆匆记了几笔然后抬起头。"不管你想说什么,都可以跟我说的。"

我开始颤抖着嘴唇,嘟囔出一些声音。她的身体朝我倾过来,眼里闪着兴奋的光。

我演了一会觉得很没意思,就决定直接进入最精彩的部分。

我喘气,发抖,然后一口咬住了自己的胳膊。我想起毛毛,在那个地方的时候,我经常偷偷这样,毛毛发现了,就会瞪起眼睛露出很凶的表情想要吓唬我:"再这样我就告诉医生啦!"她语气很横,但是嘴角带着微笑。有一次,他们要给我打针,我拼命反抗,大喊:"不放我出去我就自杀!"一个男护士冲进来从后面死死抱住我,我根本动不了,只有小胳膊在空中乱抓,我伤害不了他们,就只能伤害自己,那次我咬得很深,一嘴的血,毛毛不管其他护士阻拦,冲到我面前,红着眼睛看了我好一会,然后"哇"的一声哭出来:"你吓到我啦!"我想都没想立刻松了口。之后我被绳子绑在床上好几天,但是并没有很难受,因为一直有毛毛唱歌给我听。

我以为我的表演已经很激烈了,王医生虽然紧张但是依然很镇定。她走过来,蹲下身看着我,慢慢说:"咬胳膊虽然疼,但是它解决不了任何问题,不是吗?"

她上当了,这个游戏一下子就变得很无聊。

"快回你医生的座位上去。我骗你的,哈哈哈哈。"我一脸挑衅地对她假笑,我想看她像上个医生那样愤然而去。

其实我不是故意这样做的。我就是忍不住想要看人们在试图接近我之后被我伤害然后逃跑的样子。这一点上我表现得对所有人一视同仁,像上帝,但是是坏的那种上帝。之前我在那个地方乱逛,遇到了一个因为车祸脸上留了好大一块疤然后抑郁了的男生,我觉得他很有意思,之后就经常去找他玩。有一天他红着脸问我:"你是不是喜欢我?"然后我说:"我不喜欢你。但是我一定要告诉你,如果我是你,我早就自杀了,变得这么丑还活着,你真坚强,我确实喜欢你这一点。"然后他抄起旁边护士端药的不锈钢板子朝我脸上砸过来,我的额头青了一大块。然后我也朝他扑了过去,使劲咬他的耳朵,他嗷嗷惨叫,像个小猪一样。

从那之后我就对男生减少了兴趣。

王医生盯着我沉默了一会。我好期待她的反应,可是她只是坐回位置上,什么也没说。她一脸镇定又无辜。她没有生气。

"你喜欢狗吗?"

我突然有点害怕她。她为什么没有生气?

"去年的时候,我的朋友托我照顾她的狗。小白狗,棉花糖一样。它特别温顺可爱,但就是太爱叫了。门外有人走过,它叫;刮风或者下雨,它也叫;我只要稍微对它凶一点,它叫得更厉害。我起初以为是因为它调皮或者性格比较暴躁,后来我上网查了查,才知道,它经常叫是因为它一直很害怕。"

她说了这么一大圈废话,就是要拿狗来比喻我。真是无聊。很多大人都这么无聊,想想就生气。

"你是想问我是不是害怕了?害怕这个地方,害怕你们这些神神道道的医生?告诉你吧,我见过更糟糕的,所以少从狗身上学心理分析法然后用到我身上。"

我被我自己语气里的恶狠狠吓了一跳。我刚开始只是想和她玩游戏的,结果把自己气成了这样,真是不值,太让人沮丧了。

我好想朝她扔个什么东西。

在我们中间,靠近我的斜前方,有个小桌子,上面有一个塑料做的小花篮,旁边放着一盒纸巾,它们看上去都很轻。

我扫了一眼这个房间,没有任何尖利的硬硬的东西。

"别找了,为了你,我们已经重新布置了房间。装水果和饼干的盘子是塑料的,茶壶也是,里面的水是温的。根据你以往的行为记录,我猜朝一个人泼水应该不是你的风格。"

她好平静,显得我好狼狈,像个傻子,我才不要像傻子。我也坐下来,我要让她知道,最好直接用之前那个地方对付神经病的方法对付我,这种装神弄鬼的治疗可笑死了。

她盯着我看了很久。

我也盯回去。

她肯定没招了,再怎么盯我也没用。我打败了她,我简直要笑出来了。但是她突然说:"你说得对,你确实没有特别地单独害怕我和前几位医生，但是你害怕所有人。我拿到的文件上写，你经常会无缘无故用言语攻击别人，而且有时候会付诸暴力。大多数人在缺乏安全感的时候会通过逃避社交，自我封闭的方式保护自己，但是你选择了更激烈的方法。你不是想要伤害别人，而是要保护自己。这其实是很自然的现象，我不想让你觉得自己是个有缺陷的孩子。我想让你告诉我，有谁伤害过你吗？还是谁正在伤害你？不管是语言还是肢体的……是父母，还是同学，朋友？虽然你不信任我，但是我确实可以帮助你。"

我真的开始害怕她了。我想跑，但是现在就跑她肯定会得意地笑话我的。

"你是一个有思想和主见的孩子，是否愿意让我帮你，决定权在你。"

她突然终于不再盯着我看了，而是起身朝身后的柜子走去，然后打开装饼干的盒子。她用眼神示意我要不要吃，我摇了摇头，她就拿了一块，侧身对着我吃起来，好像在盯着墙发呆。

我终于松了一口气。

我看到她耳边别着一个发卡，顶端缀着一个红红的樱桃。是现在流行的什么"网红韩版ins风"。这个年纪的女人还赶小姑娘们的时髦，真是……毛毛特别臭美，她有个大盒子，里面装满了各种各样的发卡，她经常欢天喜地地一口气在头上别好几个。她瘦得可怕，笑起来，嘴就像是直掉进脸里面，是一个有弧度的坑。但是我觉得她很可爱。

这个地方让我太过频繁地想到毛毛，我更烦躁了。我尽量用最不屑的语气对她说："你想多了，阿姨。而且我不需要你的帮助。"我故意把"阿姨"两个字咬得很重，要是能让她生气就好了。

她转过身来看我，用小拇指尖擦掉留在嘴边的巧克力碎末。

"你害怕我吗？"她笑着说。

该不会我刚才真的露出害怕她的表情了吧？应该没有那么明显哪！

要是现在能玩手机就好了。我想玩贪吃蛇，红色的身体长长的，盘满整个屏幕，我想变成一条蛇。我最近老是头疼，玩手机会让我的头疼好一些。可是今天早上死男人请的看护拿走了我的手机，威胁我如果不按时按量吃药就不还给我。我哭得满脸鼻涕把那些药片一个一个扔进嘴里再用喉咙把它们挤进食道。我明明已经好了，不吃这些药会更好一点。后来我趁他不注意跑去厕所想吐出来，结果被抓了个正着，他说："我在房间各个角落安了监控。"死男人居然雇了个变态来管我！我冲他吐口水，说要告他性骚扰，他就把我提起来扔到了卧室地板上然后锁上了门。我的每一根骨头都离开原来的位置左右晃动了一下。我今天遇到的恶心事已经够多了，居然来这里都躲不掉。

"从我们开始谈话，你就好像一直在想什么。"她说，比之前更直勾勾地看向我，眼神在我脸上一寸一寸地扫过去，一点也不掩饰。她慢慢地走回来，把椅子朝我挪了挪然后坐下来。

她突然离我非常近了。

我使劲朝后椅背靠过去，身后的皮垫是弹性很好的那种，立刻把我又往前推了推。

我不知道她想要干什么。

她像一个女巫一样闻到了我的害怕，因为她嘴角轻蔑地上扬了。

我明白了，她不掩饰，因为她想看我生气看我突然犯病发疯攻击她，好证实她刚才的诊断是对的。

如果我被这个女人吓退，我这辈子都会瞧不起自己的。谁怕谁呀。我才是疯的那一个。"我在想，谁在伤害我，这件事，为什么要说出来呢？又没有人能保护得了我。也没有人愿意保护我。"我深吸一口气，把胳膊肘撑在桌子上，然后用双手托住下巴，用最无辜的眼神看向她，使劲憋住笑。

这一招是毛毛教我的。她比我更早去那个地方，所以应付起来比我熟练多啦。他们一个星期只有周六才会把收走的手机还给病人。有时候实在忍不住了，毛毛就会流着泪看向护士们，说自己如何如何想自己的妈妈要在电话里听听她的声音，直到她们心软把手机借给她。然后毛毛就会在求来的十分钟"打电话"时间里玩贪吃蛇。蛇像彩带一样在她的手里越长越长，简直要飘起来，被她碰到的蛇都变成了糖果，毛毛的蛇就在五彩的糖里游来游去。后来我玩了这么久，从来都没有像毛毛玩得那么好。

医生呆住了，定定地看了我一会然后迅速移开眼神，过了一会又看向我，眼神全变了。

感谢毛毛，她上当了。要是毛毛现在在就好了，她会笑着说我:"真是个坏孩子。"然后和我一起尽情嘲笑眼前这个太同情我以至于一下子不知道该说什么的心理医生。

"怎么会没有人保护你呢,你父母,还有我们这些医生,还有你的朋友,同学……"

想想以前我受到的那些"保护",我只想笑。我说什么,他们都听不见,我反抗,他们就把我用带子绑在床上。"这是为你好,只要你配合,很快就能出院了。"其中一个医生笑着对我说,根本看不到我因为恐惧而号叫到变形的脸。

"只要你愿意相信我们。"她看我的神情有点恍惚,进一步试探着说,仔细观察我的反应。我知道,只要我流露出一丝软弱,她就要给我洗脑,让我对她的关心感激涕零然后把她想要的全部交代出去。

我想让她也难受一下。

"你呢,有谁保护你?"

她真的想了一会然后说:"除了我的父母和亲人,还有我的男朋友。"

"男朋友?你?"我故意瞪大双眼慢慢地在她身上来回扫视。她是靠什么找到男朋友的,靠盯着人家看问人家有没有心理创伤然后趁人家伤心难过赶紧下手吗?不过,也许这一招真的管用。

她一点也没被我的眼神冒犯到,反而突然像个傻子一样笑了。我感到毛骨悚然。

"我们在一起两年了。男朋友对我很好,还常说只要我有麻烦都可以找他帮忙,我觉得这就是一种保护吧。"她还害羞地扯了扯裙角,傻得像个十三岁的初中生。我十五岁了,我们绝对不会因为男孩子笑成这样。我分辨了一会那究竟是冷笑还是无奈的笑还是假笑,但确实,她是一说到"男朋友"就开心地笑了起来。她应该不是三十岁,也许她已经五十岁了,只有缺男人但又有钱的老女人才会带着这样的笑想小情人。也有可能她是在装傻充愣来博取我的好感。

"你好恶心。"我对她说。

"是吧,我的朋友也这样说,我也觉得我有点恶心了。"她甚至吐了一下舌头。

我多一分钟都不能在这里待下去了。我站起身,朝门口走去。

"你还没有回答我的问题。"

"什么问题？"

"谁曾经，或者正在伤害你？"

"没有人，我天生就是神经病，满意不？"这个门好难拉开。

她朝我走过来了，可是门还是拉不开。我怎么使劲都不行。她两手抱在胸前歪着头看我，眼睛里全是嘲笑。

"没有人天生就是神经病，你建立了这么强的心理防御，它和长城一样，都是为了保护自己才建起来的。为什么保护自己呢？因为一直都有敌人要伤害你。"

"这个门为什么打不开？"我好害怕。她就像《西游记》里的女妖怪一样，要伸出长长的爪子把我的心肝肺掏走吃掉。为了防止我乱跑给我讲鬼故事的护士都没有让我这么害怕。

她走得离我更近了，脸直朝我凑过来，也许下一秒她就要伸出舌头缠住我的脖子。我不得不将后背抵在门上。"不回答吗？像你这样的坏女孩也会害怕吗？"

我一把推开她。"你这个恶心的疯了女人，让我出去！"我转过身开始砸门。这里的其他人去哪了？

"你的母亲花了大价钱在这个机构，希望我们救救她的孩子，可是我觉得一点也不值。你这样的孩子……怎么说呢，基本上是无药可救了。要不是因为你这么自恋觉得所有人都应该喜欢你，哪来的这一套又一套的花样？你对自己给别人造成的伤害一无所知，以为自己才是最惨的人。想想你母亲，都被你折磨成什么样了。"她顿了一下，然后把手放在我的肩膀上在我的耳边说，"我辛苦工作，我珍惜我拥有的一切，不像你。你才是恶心的那一个。"

她的语气好像在问我："你吃了吗？"脸上还带着温柔的笑。

突然我一点也不害怕她了。我对奇怪的人总有那种强烈的胜负欲和好奇心，要么我要比她更奇怪，要么我要用我自己的奇怪吓到她。总之……

"我妈是怎么回事，你根本不知道，所以没权利说。我也没有想让别人喜欢我，我自己都不喜欢自己。他们讨厌我我才舒服。"我打掉了她的手。然后对她比了个中指，说，"下次见，小贱人。"

本来想帅气地离开，但是门怎么拉都纹丝不动。

"得用推的。"她冷冷地说。

虽然很不情愿，但我还是试着推了一下。门开了。

该死，好丢人。

第二次

有点尴尬。她坐在我对面，在吃曲奇饼干。上次我走的时候一点也不客气地骂了她，这次是继续吵架还是假装什么都没发生呢？为什么只有我一个人尴尬？

"我吃东西是为了掩饰尴尬。毕竟上次闹得很不愉快。"她无奈地笑了笑。

这个女人说的话一个字也不能信。

今天她穿了一件浅蓝色的毛衣，扎着丸子头。她的眼睛有点肿。

"你今天气色好了一点。"吃完她说。

"我气色一直很好。"

"我们继续上次的谈话。"她用纸巾擦了擦手然后打开放在腿上的文件夹，"上次……"她一边看一边说，"你说到'我妈是怎么回事，你根本不知道，所以没权利说'，你是这样说的吧？"

我突然意识到我上当了。上次她故意激怒我就是要我主动说出些什么来。

"为什么你不喜欢你自己？"

"你这个狡猾的坏女人！"我大声骂她。

"根据前几位医生的经验，正常的谈话在你这里是无效的，他们建议我用更激进一点的方法。你父母五年前离婚了，你和母亲一起生活，她是跟你关系最紧密的人，所以我就试着提了一下她，没想到真的猜中了。"

挫败感让我非常生气。我看到她手里的文件夹，上次谈话之后她肯定非常开心地把我的一举一动都记在了上面。

我站起身把文件夹从她手里抢过去然后狠狠朝墙上扔过去。

她愣住了，在椅子上停了一会，然后也站起身。

如果她要打我，我就拿她放在上衣口袋里的笔戳她的眼睛。上次她用它的时候我看见了，虽然是子弹头的笔芯，但是戳在眼睛上，该有的血腥还是会有。

笔就夹在口袋边缘，我个子刚到她胸口，如果她靠近我扇我一巴掌或者扯我的头发，我刚好往前一伸手就能拿到笔，很容易的。

第一步，把笔攥到手里，这个时候她应该会伸手来抢，所以第二步，踢她的肚子，她的手就会去捂肚子顾不到别的地方，第三步，拔开笔盖……

她看了我一会，然后走到墙边把文件夹捡了回来，放到了桌子上，然后坐了回去。

我站在那儿像个傻子。

她看着我，又想了想，然后从口袋里拿出那支笔。该死，她刚才肯定看到了我在打它的主意。她肯定要取笑我。说我害怕她以至于想要用签字笔做自卫武器。

"这支笔是男朋友送的，牌子货，我不知道一个签字笔而已，追求什么牌子，但是还是很感谢他。他昨天跟我说分手了，所以……我只偶尔用用，平时都用一块五一支的晨光，所以它基本是全新的，你要是不嫌弃，就送给你。"

她把笔放到桌子上，然后朝我推过来。

我迅速地把笔拿过去攥在手里。太丢人了。

我要不要说句"谢谢"呢？

"既然已经提到了，干吗不跟我讲讲呢，你和你母亲之间有什么问题吗？和父亲呢？"

说到"父亲"，对于雇主前妻的孩子，死男人请来的看护实在太尽职了。他来的第一天死男人也在，我听到死男人是这么跟他说的："不管用什么方法……最近公司有个采访，这边的家里也不能……"死男人经常说话只说一半，而且省掉最关键的部分，绝对是要刻意彰显自己是个多么重要的人物，等着别人自动揣摩他句子里的意思。我见到的人里，没人对被隐藏掉的部分发出疑问，甚至连一声微弱的"啥"也没有。死男人就是"父亲"。昨天晚上我心情很好，给自己做了意大利面。吃完，我说我不吃药，看护就戴着手套掰开我的嘴把药灌了进去。我实在是讨厌他，倒不是因为他这样对我，我是个神经病，能指望别人怎么对我呢？我讨厌他是因为在我觉得自己已经是个正常人的时候，他总要让我生气，让我又回到不正常的状态，每次犯病之后我真的很难过。所以虽然不情愿，我还是抓起装意大利面的盘子往他头上使劲打，他就扇了我一巴掌。我妈当时在客厅一边吃螺蛳粉一边看电视，电视剧里女人的哭声很大，真希望她没听见我被打时的叫唤，真够丢人的。

我也不是一直叫死男人"死男人"，需要钱买东西的时候我会甜甜地叫他"爸爸"，这样我基本上就能得到想要的任何东西，像个真正的妓女，像我妈。我妈早几年间每天都骂骂咧咧地刷他的卡买各种衣服和化妆品，"不花留着给那个小三用吗？"这是她很长一段时间的座右铭。但是就像所有人一样，梦想往往是会被放弃的。终于有一天她买不动衣服了，她像是被沙发吃掉了屁股一样整天歪在上面，让做饭阿姨不断给她倒酒。以前她脾气不好，会突然开始骂人然后把桌子上的东西扫一地，后来酒精让她温顺多了，甚至增长了"礼待下人"的美德，开始请做饭阿姨和她一起坐在沙发上喝酒谈心。我写完作业出来洗漱或者去厨房找吃的时候，经常会看见她坐在昏暗的灯光里，酒精在整个空气里发酵，电视的光花花绿绿地映在她脸上，闪过来又闪过去，她似笑非笑，眉头缩在一起，对着电视里她不曾拥有过的永恒的爱情和酣畅淋漓的复仇张开嘴。做饭阿姨倒在沙发扶手上，呼噜声大得吓人。

我可怜她，真的。小的时候我花了很长时间去想她不喜欢我究竟是为什么。"瞧瞧你把我害成了什么样！"她老是这样说，我起初不明白这句话的意思，后来从她和死男人的吵架内容里推断出来，似乎是她和死男人经人介绍认识然后谈起了恋爱，谈着谈着她发现死男人变心了，她虽然很爱他但是也就不再愿意跟他在一起。然后她发现她怀孕了，除了嫁给他她没有任何别的办法，也许有，但是她想也不敢想。而死男人虽然不喜欢她，但是毕竟不喜欢的程度也没有那么深，再说她家一样也很有钱。所以最终，他们无懈可击地结婚了，结婚的时候，肯定也做了"要尽可能过得幸福"的各种准备和计划。几年来他们吵架都必有的经典台词是，她先冲他喊："要不是你搞大了我的肚子，谁愿意跟你这种烂人过日子？"然后他冲她喊："我没有逼你，为什么怪到我的头上？"每次吵架到这里，我都要做好突然成为战争中心的准备，小的时候我没有经验，他们吵架我会戴上耳机听mp3，所以经常一脸茫然地被披散着头发的我妈一把扔到死男人怀里，然后死男人会青着脸又把我往我妈跟前推，弄得我晕头转向。终于死男人一点也不让人意外地出了轨，我妈知道的那一瞬间甚至有一点释然。然后她到他公司大闹了一通。很快她就和他离了婚，但是发神经病的我是没办法"离"的，就像当初我已经在她肚子里一样，让人非常无可奈何。我真的很抱歉过去破坏了她的人生，现在依然在继续这种破坏。每次她醉醺醺地骂我，我用自己几乎跟她一模一样的眼睛看着她，她也看着我，我就意识到，我永远摆脱不了这个人，她也永远摆脱不了我，我们就像在泥潭里一起沉没，对彼此，对自己都无可奈何。

想这些让我觉得很无聊。"我和我妈什么问题都没有。不要再问了。"她还想要说什么，我噘起嘴巴，故意用很煽情的语调抢先问她："所以为什么分手了？男朋友不要你啦？"

她的肿眼睛立刻更红了。她低下头没说话。

我兴奋起来。

"怎么办呢？以后还会有人要你吗？"我拼命忍住笑。

她猛地抬起头。好像又生气又委屈。

终于我忍不住笑了，只能低下头假装擦嘴。

她又盯着我看了一会，然后突然开始大哭起来。我紧张得直咬自己指甲，一不小心就咬深了，疼得不行。

当时毛毛是怎么哄我的来着？我们第一次见面，毛毛就在哄我了。刚进那个地方的时候，我经常害怕得直哭，下巴抖得吃不了药，女护士喊男护士进来，他们很凶地骂我，掐住我的下巴给我喂药。我哭累了就求他们放我出去，但是他们转身就走。然后就有人轻轻摸我的脸，我一回头，看见一个瘦得吓人的女孩子站在我面前。

"你想家了吗？"

我一点也不想家，我只是想离开这个地方。

"想家的话就忍一忍，他们其实不是坏人，就是这里病人太多了，他们很烦的。让他们烦，你就不好过，乖一点，你很快就能出院啦。"

她一直摸我的头和脸。

也许他们刚才给我喂的是催眠的药，我看着这个女孩恐怖的脸，很舒服地睡着了。

后来我知道她叫毛毛，多可爱的名字。我们同龄，医生就把我们安排在了一个病房。过去我没有朋友，没人喜欢我，毛毛是第一个。

眼前的这个人脸埋在手里，还在哼哼哼地哭，像一只小猪。我可不想摸着她的脸安慰她，她又不是毛毛。

不过，她应该被男朋友伤得很重吧，看她上次笑得那么开心的样子。

被伤到，应该很痛的。

我试着站起身，朝她走过去。

"假装她是毛毛。"我对自己说。

我拍了拍她的头。"好啦，别哭啦。"

她抬起头看着我，愣了一会，接着更加扯着嗓子大声哭起来："我不想做那种疑神疑鬼的女人，可是我想着谈了这么久，也该结婚了……我翻了翻他的手机，五个月前我出差，他出轨了！"

我吓得坐回到座位上，但是她哭得很让我不安，我又站起来。站起来她的哭声简直要把我包围起来，像海浪一样。我就又坐下。

突然我想到了安抚毯，我冲过去打开柜子，真的有。粉色的，软得让人想哭，我立刻用它把她紧紧裹住了。

我意识到这个动作就像是在抱她。她低着头，突然变得很小。

毛毛有一次发烧，我也这样抱着她，看着药水沿着导管流进她的血管。她的皮肤那么薄、骨头那么尖利，她床边的围栏和床头柜都包着厚厚的棉被。那时她更严重了，她一直轻轻地哭。她哭的声音是小猫里最虚弱的那一种。就算我不是猫妈妈我也早应该知道的，结果我还一直和她计划离开这里之后要去做的事情，单子列得越来越长，甚至还包括了"去南极看企鹅"。

"谢谢你。"毯子里的人慢慢地不哭了，她摸了摸我的手。

我迅速地把毯子往房间的角落一扔，然后回到座位上。

"我问他为什么出轨。他说反正咱俩也不合适，我问为什么，他说我家里条件不好，还一个劲地道歉。其实……我不是因为他不要我了哭的，是因为我爸妈……"

她又开始流眼泪了。

"前几天我妈还说，我也能挣钱了，该让我爸歇歇了，他去年腿才做了手术。我爸说腿不好可以开出租车，开出租车能挣钱。我妈就跟他吵，我爸就吼她，说她懂个什么，女婿家有钱，不能让人家瞧不起，我妈笑着劝，说女婿人好，计较这些就不会谈这么久了。我爸就骂，说处对象能跟结婚一样吗？供得起读了博士还供不起个嫁妆吗？结婚的时候，他从网上看的现在流行的嫁妆单子上的东西，车，冰箱，空调，首饰，一个也不能少。我妈哭着骂他要面子不要命，死脑筋，惯着我不考干部一直读书，这么多年没给家里挣一分钱，我爸差点扇了我妈一个巴掌。他们为了我要结婚了闹起来，结果……"

她的眼泪像流不完一样。

我不知道该说什么，她的爸爸听上去很爱她。死男人爱不爱我，我不知道，大概是不爱。虽然他也一直给我钱，但是他太有钱啦，除此之外没有更好的东西可以给。

我看了看手表，我记得机构规定的每次谈话不能超过一个半小时。现在还剩二十分钟。于是我抠了一会指甲直到有血冒出来。然后去拿了一块饼干吃掉了。然后又看了会手表。秒针一格一格地转，每转一格这个地球上的人就又都死掉了一点。我也死掉了一点。我妈经常指着墙上的钟说："都这个点了你爸还不回来。"我小的时候还没有智能手机，我妈就带着我一起对着钟表发呆。时针和分针每重合一次她就更歇斯底里一点。饭就摆在桌子上，她不吃，也不许我吃。她不饿，因为她肝肠寸断，但是我饿，我太饿了。"我要让他亲眼看看，下班不回家，他把自己的女儿饿成了什么样子。"她经常盯着门反复念叨着说。我越饿，她扇在死男人脸上的巴掌就越重，死男人就越低声下气，第二天、第三天、第四天就会很早地到家，但是往往第五天或者第六天，我又要挨饿。

"对不起，占用了你的时间。"她从桌上的纸盒里抽出几张纸擤了擤鼻涕，眼泪还挂在脸上。

她看上去有点傻乎乎的。我开始没那么讨厌她了。

今天出太阳了。她别着一个小兔子发卡，白白的，很好看。

也许开开玩笑会让她忘掉刚才为什么那么难过。"老阿姨，这么大岁数别谈了，一个人过吧。"

"那可不行。我相信自己一定能和相爱的人结婚。"她把头发缠在手指上又解开又缠上，又解开，"他还说我是个无聊的人，没有女人味，看见我就能想到生活的艰难。"

谁背叛了我还这么说我，我会气到想杀了他的。所以我问她："你想杀了他吗？"

她震惊地看着我："我为什么要杀了他？只是分手而已。而且我还爱他。"

我不想听到"爱"这个字。

她窝在椅子上，很安静，好像在想什么。

"他出轨了你还爱他？"

她笑了，像上次见面聊起她男朋友时那样。"关系可以立刻解除，爱不是说消失就能消失的。"

我现在知道了，她就是个傻子。就跟毛毛一样。那天她心脏跳得那么快，浑身发烫。深夜两点钟，她开始抽搐。来了很多医生，他们说要把毛毛拉到手术室去。事情很突然，医院甚至来不及给她爸妈打电话。手术室在9楼，病床太重了，电梯拖着我们往上一层一层地走。我握着毛毛的手，也许神志不清了，她突然问我："谈恋爱是什么感觉？"我说我不知道。她就沉默了几秒，又说："上次爸妈来探视，我忘记跟他们说'我爱你们'了。"然后她流了好多眼泪。"我真的不想死，我还想继续画画呢。"这是她最后说的一句话，然后毛毛就被拉进了手术室。

我一直都想不明白她为什么在那种时候要说这些话。如果是我，我会省下所有的力气和时间一直大喊："疼！救命！"

也许这个傻子心理医生懂。

我要问她了。

我要问了。

她突然抬头看着我，就好像她早知道我要问她什么一样。她眼角的泪还没干，但是脸上没有一丝悲伤的痕迹。也许是我开的玩笑起作用了。

"你谈失败了几次恋爱？"

"五次。第一次是高二，我表白失败啦，人家不喜欢我。后来是大学……"

我打断她。"如果你明天就要死了，你会干什么？"

"不知道，应该是和爱的人，家人，朋友，待在一起吧。"她很奇怪地看着我着急的样子，"为什么突然问这个？"

我的嗓子突然痒得不行，也许是刚才吃了饼干，饼干屑卡在了我的气管里。

我看了看表，时间到了。

我拔腿就跑。

第三次

她坐在椅子对面，又在低头吃着曲奇饼干。她吃得用力又认真，就好像吃得随意一点就会辜负它。

今天她别了一个恐龙发卡。绿色的小恐龙。

她吃东西的样子还挺顺眼。

我想起上次见面她也吃了饼干，好多块。第一次也是。

"你从来不吃早餐的吗？"

"这有现成的吃的啊，干吗不吃？还可以省出早餐钱。"

聪明。下次我也不吃早餐就来，反正我也不想在家里吃，那个看护监视我的眼神让我恶心。他一边看我，一边把他给自己做的燕麦糊往嘴里塞。他的碗冒着热气，燕麦稠得冒了尖，像一坨屎。

"我突然想起一个男人，两年前我在肯德基店。我想吃圣代，但是我就是不让自己吃。我战胜了自我，我解决了人类的终极问题，我特别得意。然后我看到了一个男人，他手里抓着一个汉堡，桌子上还放着全家桶、可乐和另一个汉堡，汉堡里夹着两层肉。白色的沙拉酱从肉和肉的夹层里被挤出来，流到他手上，像一条蛆。他胖死了，可是他还得吃，因为他饿。也许未来外星人就会用这种方式占领地球——用食物。"

"然后呢？"她吃完了，在擦嘴。她从口袋里拿出一包纸巾。纸巾上印着各种猫咪的图案。她居然舍得用这么漂亮的纸擦嘴……她的前男友怎么能说她是个无聊的人？

我吓了一跳，我居然把刚才想的说出来了。

"没什么。"我有点尴尬。

她没再说什么，低头看着手上的纸发呆。

她今天看上去有点不对劲。

我拼命忍住了，但是最终还是问了出来："你怎么了？"

她抬起头盯着我看了一会，神色有点疲惫。"你回答我一个问题，我就跟你说一个关于我的秘密好不好？"

我有点迟疑。她又想干吗？

"我的秘密超级劲爆的。"感觉她在强打起精神。

一个半小时如果什么都不做的话还挺无聊的。

我点了点头。

"你是为什么进之前那个疗养院的？"她问这句话的神情又变回了我之前讨厌的样子。

她居然用"疗养院"这个词，我好恶心。没有人会把那个糟糕的地方叫疗养院。

"谁告诉你那个地方叫疗养院？"

"你母亲。"她对我的反应有点诧异。

她手里攥着的那包纸巾，我看到里面应该还有好几张。

我伸手把它抢了过来。

"那是我的。"她愣了一下。

"现在是我的了。"

她又盯着我看了。我就那么手里攥着一包纸巾，过了可能有一分钟。

"把它还给我。"我发现她正试图用很"专业"的冷静面孔掩盖不耐烦。上次我把她的文件夹扔到地上，她都没有露出这种表情。今天她是怎么啦？

我把里面的纸巾全部掏出来一顿乱撕然后塞回去扔给了她。

出现了我绝对意料不到的事情。她跳起来使劲推了我一把，我愣住了。

自那个被我咬了耳朵的男孩子之后，已经很久没有遇到什么人单纯因为被我惹生气想打我而打我了，他们打我都是因为要强迫我。而且她刚才生气推人的样子，和我有点像。大人们假装没事的那一套真的超级恶心，可是她没有，她伤心了就大哭，生气了就推我，一点也不虚伪，我开始喜欢她了。但是喜欢她并不意味着要挨打，所以我揪住了她的辫子，她今天扎的麻花辫。我们很快就在地上扭打起来。

"因为你，我居然被领导狠狠地训斥了，说我这么长时间还搞不定一个小姑娘。我跟他说已经有进展了，他就说我在骗人。我从小到大就没经历过这么让人挫败的事情！"她细碎的巴掌直往我脑袋上呼。

我把她摁在地上胡乱扯她的头发，心里畅快极了。我喜欢打架！

"我只是想知道你为什么被送去了那儿。去之前你只是有一点情绪控制问题，好好沟通和教育就可以解决的，之后反而更严重了。我不明白为什么你父母要送你去那里。"

她还在说这件事情。我生气了！许多激烈的感受涌上来要控制我的大脑，我不知道怎么办只能咬住自己的胳膊，我躺在地上，开始发抖。

不能犯病，会被抓回去的，这次去那里，就没有毛毛了。

"为什么，你告诉我！"她趴在地上摇着我的肩膀。

我必须得做点什么，特别疯狂的那种，比如撕碎自己的身体然后朝她狠狠地砸过去。但是我真的不想被抓回去，再去那儿我会死的。

我开始尖叫。正常人也会尖叫的,应该没事。而且门是隔音的,外面人听不到。

起初我叫得很愤怒,后来就忘掉了。我开始变换音调,像一头唱歌的驴。

她吓得愣住了。

叫了一会之后,我突然觉得有些开心,虽然房子里没有风,但是我开心得每一根头发丝都要飘起来。

不如告诉她吧。我们都打过一架了,还有什么是不能让她知道的?也许会吓到她,想想就有意思。

我叫得嗓子开始疼了,我停下来,咽了口口水。

"你没事吧?"她一脸内疚。

"死男人送我去那里是因为我咬掉了他和小三的儿子的一小截指头,而且他是骗我去的。"

我说得气喘吁吁。

她愣住了,坐起来,开始用一种非常复杂的眼神看着我。刚才一顿乱叫弄得我心脏跳得难受,只能勉强靠在她身上喘气。

"虽然冒了很大的风险,但终于问出来了。"过了好久,她长叹了一口气,笑了。

该死,我又中圈套了。

"你这个骗子。"

"你心理防御机制太强了,只能先故意示弱,但是一直示弱也不是办法,你会怀疑的,而且需要很长的时间才能真正接近你,领导已经对我很失望啦,我当初还信誓旦旦说自己可以的。我犹豫了好久,才决定尝试在你完全意料不到的时候出击。你习惯用暴力解决问题,我就尽可能和你正面冲突,按你喜欢的方式来。有一点我必须要让你知道,我虽然耍了点手段,但是跟你说的每一句话都是真的。"

"你说'冒风险',什么风险?"

"好不容易建立起来的你对我的好感和信任一下全没了的风险,绞尽脑汁,熬夜看了无数案例想出来的方法最终在你身上都不奏效的风险。"

"你这个坏心眼的大骗子。原来一直都在骗我。"我哭起来,也许是因为挫败。她用手环住了我的肩膀。恶心,但是还挺舒服。

我想起上次她哭,原来那都是计谋。

"你男朋友在我们上次谈话的前一天跟你说了分手？"

"……其实是前一个星期说的。"她出于惭愧揉了揉我的头，"不过那支钢笔确实是他之前送给我的。"

她抱着我，我坐着哭了好久。等我渐渐地不哭了，她把我们身后柜子上的饼干盒取了过来，还给我倒了一杯茶壶里的水。

"既然已经告诉我了，不如给我讲讲你是为什么把……我不知道该怎么说……那个男孩子的指头咬掉了一截的？"

"你不能食言，该你说你的秘密了。"

"我说完，你一定要告诉我发生了什么。"

"成交。"

她搓了一会裙边，深深吸了一口气然后说："昨天晚上我发现我怀孕了。"

我爬到柜子边，靠着它坐下。这个水真的好好喝，有一股玫瑰的香味。

饼干好吃，水好喝，虽然不好意思承认，我还有点想试试被安抚毯包住是什么感觉。

"我真的没骗你。"

我面无表情地看着她。

她眼里跳跃着绝望，但是又非常坚定，喘着粗气，像独自产下幼崽的母狮。《动物世界》是我最喜欢看的电视节目了，比起人，我一直更喜欢动物。我一直记得那个场景，被鬣狗们包围着，但是狮子妈妈没有后退，也没有发出吼声求救，它只是定定地看着前方的危险，命运给她什么，她就反抗什么，没有一句怨言。

她犹豫了一会，转身去拿放在椅子上的包。从里面掏出来一个白色的细长条管管，把它递到我手上。

"看，两条杠。昨天家里测了两次，今天早上见你之前在厕所又测了一次。我等的时候在厕所的臭味里大哭了一场，流出的眼泪可能都变臭了。昨天晚上我想了一夜，都不知道自己究竟想要孩子还是不要，最后看到了这个结果，心里反而踏实了。这种踏实不应该有，挺愚蠢的。我才知道，做妈妈，我是愿意的。我想要做妈妈。知道了之后，我就不那么害怕了。"

她说的原来是真的。

看着她严肃的表情，我拼命忍住笑，忍得我脑袋上的血管跳着疼，最终我还是没忍住。

"怀孕有什么好笑的？"

本来就很好笑嘛。

"你应该去看看网上那些新生儿的图片，丑得让人毛骨悚然，像猴子，外星人和吉娃娃的杂交体。"我哈哈大笑起来。

她看上去马上就要崩溃了。

好吧，我不笑了。

"我真的担心自己不会是个好妈妈。我不知道有没有能力养活一个孩子，我太爱他了，可是他现在才像小金鱼那么大，想想我就怕得要命。他长大了，我的肚子能装得下吗？虽然我知道能……有太多要准备的了。我不会告诉前男友，凭什么让他知道？我还不敢告诉爸妈，怕他们逼我结婚。我是不会和已经不爱我的人结婚的，哪怕是为了孩子。我打算一个人……但是完全不知道该怎么办。小孩子生出来真的很丑吗？丑也没办法，我的孩子不管怎么样我都会爱他的，但是也不能太丑……"她也爬过来，靠在柜子上。我们一起仰头看着天花板。我杯子里的水把光反射在白色的墙上，像破掉的粉色的丝绸，飘来飘去，要把我们吸进去做梦。

她这个样子让我想起我妈。她发现自己怀孕的时候也想过这些吗？也害怕吗？我不知道。我不知道她曾经有什么梦想，她上大学的时候都有什么朋友，喜欢什么样的男孩子。我不知道为什么她要选择将自己的生活过得那么糟糕，为什么她选择不快乐。她虽然没有男人，但是她有钱哪。前几天她喝醉了对我说："我的一辈子是因为你开始毁掉的，本来希望你能给我争口气，现在看来，一切都没有意义了。"她有钱，有酒喝，有数不清的口红和名牌裙子，但是依然觉得一切都没有意义。我做她的女儿已经十五年，但一点儿也不知道她究竟想要什么。我又怎么会知道呢？很可能她自己都不知道自己想要什么。

我的心里突然一阵冰凉，万一眼前的这个女人也因为她怀孕了开始变得不幸怎么办？很有可能的，也许她的爸妈要强迫她跟前男友结婚，如果她不结婚，也许她会被所有人瞧不起，也许她的领导会开除她，因为雇她不是为了让她白白拿着工资去生娃的。等到她生下孩子，每天晚上她被吵得睡不着觉的时候，谁能保证她不会想跳起来掐死自己生下来的东西，或者等它长大，把所有因为它遭遇的不幸报复在它的身上？就算她真的这么做了，谁又有权利指责她？

我可以看到她的肚子里，一个丑陋的小东西挣扎着。"求你不要让我出生……"它说。

但是它的妈妈不知道，她摸着自己的肚子，在发呆，也许在幻想未来有多美好。

"妈妈可以被允许不爱自己的孩子吗？"我扭头问旁边的人，她在发呆，一手摸着自己的肚子。她像是被我的问题吓了一跳，我只好又问了一遍。

"妈妈可以被允许不爱自己的孩子吗？我觉得可以。"

她认真想了想，然后捏了捏我的脸。很长时间没有说话。上一个捏我脸的人是毛毛。我的脸碰到她手的时候感觉像碰到了冰箱里啃剩的凤爪。"学校里没一个人喜欢我，女孩子们偷偷看着我笑，男生们骂我肥得像坦克。有一天，他们拿我打赌，说谁玩游戏输了谁就得让我做他女朋友。输的那个男生气得嗷嗷叫，他们把他朝我推过来，他死命往回退，就好像我是什么脏东西，碰到了就会羞耻一辈子。他平时也是个很好的男生，经常给我讲数学题，但是所有人一起玩起来，他突然就变得很坏。我很伤心，我不该记得他曾经对我很好。那个课间我本来想自己画画的。"她哭着说。哭了一会又带着坚定的神情说："我想了很久，决定原谅他。"我听了之后不知道该说什么，学着她之前哄我的样子做了个鬼脸。毛毛就笑了，捏我的脸。虽然她很怕长胖，但是后来她还是慢慢地长胖了一点，胳膊肘没那么硌人，肋骨也渐渐包在肉里了。她还反复承诺一定要陪我去看企鹅。在她被医生拉去急救的时候，我一点也没想到毛毛会死，但不知道是怎么回事，反正她是死了。

"该你了，快回答你是为什么咬掉……你为什么咬那个男孩子？他应该是你的弟弟吧……"

我回过神来。看见医生正一脸好奇地看着我，好像忘记了自己的麻烦事。

"我可没有那么丑的弟弟！……那天他过生日……"

"你在他生日那天咬掉了他的一截指头？"

"那是他活该。每年他的生日死男人——也就是我爸，都会开车来接我，然后我们一起去学校接他。我从来都不想去，但是因为高级餐厅的牛排真的太好吃了所以每年都答应。死男人要我去校门口等他。我那天穿得可漂亮了。他和他的几个同学一起出来，互相推搡，嘴里说着'你他妈的'。他们丑得惊人地相似。到了车里，死男人说：'你们交流交流……'并且对司机说，'你看他俩长的……'司机立刻就回答：'是呀真的像，一看就是姐弟俩。'丑男孩子——我就要这么叫他。他一上车就凑上来笑着跟我说：'给个联系方式呗，我兄弟想泡你。'他戴着牙套，嘴里一股烟味。然后到了餐厅，当然那个可怜的小三也在。我们笑，笑，笑。死男人发表了一段讲话。这个时候我妈突然来了。具体说了什么我记不清了，总之死男人给了我妈一巴掌，我妈把红酒泼在了可怜的小三身上，她当时就应该穿着脏衣服去大街上喊：'香奈儿的裙子普拉达的包还有一身五千块的红酒，还有谁能比我更阔？'当然她没有这样干，她扯住我妈的头发。死男人看到这种场面立刻起身就叫司机带他和他儿子走了。他儿子跟在他后面，两只手忙着打游戏，头上戴着耳机。他绕过了他的妈妈时想起书包忘记拿了于是就回去拿书包。他的手在手机屏幕上飞快移动着，嘴里叫：'你他妈的。'他拿了书包转身就走了，留下还在互相撕扯的我妈，小老婆，还有沉默的我，三个本质上在死男人生命中非常多余的人。我打游戏技术很烂，也许是出于嫉妒，我追了上去，死男人问我：'你要干什么？'就好像他忘了是他的车载我过来的。我不理他，只盯着丑男孩子，他好长时间之后才感觉到我，摘下耳机，手指着我：'你要干吗？记得给我你的微信号。'他的手指头在屏幕上操作了那么久，现在一定又热又有汗，我强忍着恶心抓住他的手就咬了下去，本来没那么深，他挣扎着挣扎着就扯下来一小截。我妈和小三被吓到，也不打了。小三哭得死去活来，表示要把我交给警察，被死男人一瞪不敢再说话。'去医院简单检查一下你的身体，青春期了。'几天之后我妈这么跟我说。我早该料到的，简单检查，死男人怎么可能会来。我走在前面，保安说要安检，我交出手机，一进'疗养院'的门我就被锁在了里面。我砸门，大喊大叫，死男人看到我情绪很激动，红着眼睛看了我一会，给我妈扔下一句：'我在车里等你。'然后准备掉头就走，走了几步又停下来，背着手来回踱步。我死死盯住我妈的眼睛，我期望她会哭，但她只是一直悲伤地看着我，走之前说：'你爸爸跟我说这个地方很好，能治好你的病，你乖乖听话。'我那时才知道，他们觉得我疯了。没人会想要一个疯了的孩子。进那个地方之前，我最后回头看了一眼死男人和我妈的背影。死男人居然已经秃顶了，我妈已经有点驼背。他们老得一塌糊涂。我真不知道是我的出生让他们更悲哀，还是因为他们，所以我很悲哀。恨，还有别的奇怪的情感在我们三个人之间来回流动成了一个死循环。"

我已经很久没说过这么长时间的话了。

说起这些，我觉得自己必须要跟她讲一下我刚才在她肚子里看到的场景。虽然它很丑，但是我一定要救它。

"求你别怀孕，别生，没什么好处的，对你，对它。"

我的声音都有点发抖。

"人不是因为有好处才生孩子的。"她笑了，她在笑话我。

她根本没意识到事情的严重性。

"你会恨它的，它也会恨你，最终你们就会无可奈何地生活在一起。"

她突然紧紧地抱住了我，抱了很长时间。

"你知道什么事情更无可奈何吗？妈妈确实可以被允许不爱自己的孩子，但是不管发生什么，她们就是爱，特别爱，根本控制不住，没有任何办法。"她抱着我，在我耳边轻轻说。

"离开吧，离开你的家。好好读书，离开。"过了很久之后，她松开我，用力看着我的眼睛。然后她说起她家乡的山，齐天高，压在人的头顶上，现在她住在市中心很宽敞的出租屋里，租金很高，她已经很久没有买过新衣服。但是还有一个阳台，她在阳台上种了很多花，明年还打算养一只狗。

"离开吗？我没想过。"我想了想死男人，想了想我妈。我怎么可能离开，我没那个本事。家是可以离开的东西吗？

"其实去哪都很无聊吧。"我走到蓝色的窗帘跟前，拉开窗帘，发现是个窗户，窗户对面是另一栋楼的墙。我趴在窗台上看墙上水泥裂开的花纹。

"离开也不一定指的就是搬家。你要忘掉过去的事情，好好过自己的人生，最后……或许还可以拉你母亲一把。"

我想起和毛毛的约定。"对哦，我还要去看企鹅，我答应了毛毛。"

"毛毛是谁？"

我懒得详细回答她了。"我在那个地方认识的一个女孩，她有神经性厌食症，因为她觉得没人会喜欢一个胖子。后来她死了。倒是你，有了孩子再难找什么真爱了吧。"

"反正我会一直找下去的。"她也趴在我跟前研究起那些裂缝来。

她真的很像毛毛。

"爱一个人是什么感觉？"

她笑了，想了一会然后说："心里热乎乎的，软绵绵的，又难过又开心，晕头转向，想要把自己所有的东西都给对方，但是因为想给的太多，反而不知道要给什么。"

她说的我一个字也没听懂，但是我觉得毛毛一定会喜欢这个回答。

然后我们就那样站了一会。琢磨自己的事情。

我正在想着，她突然很紧张地说："要是我的孩子继承了和我一样的肉乎乎的鼻子怎么办？"

我看了一眼她的鼻子，挺可爱的，但是算不上好看，所以我只能说："不会的，不会的。"

她情绪平静下来，又开始低头想心事。过了一会，她说："你想好怎么离开，离开之后去哪里吗？"

我摇摇头。

"其实每个心理医生心里都清楚，我们并不能治病，最多开一点辅助的药。我们的作用就是引导、帮助病人自己发现、自己解决问题。"她叹了口气很温柔地看着我："你要记住，你的人生永远都是有选择的。就算你什么都没有，还是有选择的权利。你听说过一个有意思的说法吗？要几个技艺精湛的理发师才能给顾客理出他满意的发型？"

"几个？"

"一个就够了，但前提是那个顾客必须先要走进理发店的门，然后说出自己想要的理发效果。"

我好像明白她的意思了。

她转过来，两手搭在我的肩膀上，说："第一次见面，我就知道你并没有像他们说的那样坏得不可救药，第二次，我看你安慰我的样子，我就知道你其实是个温柔善良的孩子。你只是讨厌虚伪，讨厌别人逼迫你。你渐渐地开始信任我了，我真的非常开心。"

虽然有点恶心，但是我喜欢她这样夸我。

也许她可以做我的第二个朋友。毛毛会喜欢我多交朋友的。

"现在，我就是理发师，你就是顾客，告诉我，你想要什么。就像我第一次见你时说的，是否愿意让我帮你，决定权在你。"

她迫切地盯着我。

很少有人让我想我想要什么，我有点不适应。

我想了好一会。也许有十分钟。

"我不想要被看护掰开嘴灌药了，我想上学，想学画画，因为毛毛喜欢。我不想这样天天难过地和我妈待在家里了。我想去一个再也看不到死男人的地方。"

我想要的还挺多的，我被自己吓了一跳。

她笑了，然后抱着我哭起来。

我记得从电视剧里看的，女人怀孕了都很爱哭。

我讨厌别人抱我，但是因为她怀孕了，所以还挺能忍受。

终于她松开我，还是在哭，她边哭边说："以后我问你的问题，你都要积极地回答我，我会尽量避免让你吃药，也不会问让你觉得特别不舒服的问题，你要随时跟我说你的感受，讨厌我也要说，我一定会让你和别的漂亮又刻薄的小女生一样健康快乐，只不过你本来就比她们酷多了。"

她说的乱七八糟，我就一直"嗯嗯嗯嗯"。

她虽然是个傻子，但是心眼真好。我真的喜欢她。

以后她要一个人做妈妈了。

我问她："领导，同事，朋友，问起孩子的爸爸，你打算怎么说？"

她想了想，然后笑了。"就说孩子爸爸死啦。"

"你真要这么说？"她要真这么说的话，那可就有意思了。

她哈哈大笑起来。笑着笑着又有要哭的迹象。"别的无所谓，跟他们说'我不告诉你'就行了，我怕我爸妈，要是他们知道我怀孕了还不想结婚，一定会打断我的腿。"

"不会的，你不嫁人，你爸就不用辛苦工作挣钱给你备嫁妆啦，他一定会更高兴的。"

她又开始笑了。

"我明天打算跟爸妈坦白了。"她边说边开始收拾我吃饼干掉下的渣渣。

我看了看表，一个半小时已经过去。

"那么……下次见面，你跟我说说你坦白的结果？希望不要太惨。"

"你在关心我吗？"她眼睛亮亮地看着我。

如果急着否认反而会显得有些奇怪。

"是呀……"我看着自己的手。

她呼了口气,然后笑着拍了拍我的脑袋。

"不管有多惨都会告诉你的。下次见,小妹妹。"

她居然叫我"小妹妹"。孕妇真的是能为所欲为。希望她爸妈狠狠揍她一顿,但也别太狠,她可是个孕妇。

双 生

小 珂

小珂，1988年生于北京。小说散见于《收获》《十月》《天涯》《大益文学》《西湖》《长江文艺》《青年文学》《青年作家》等，有作品入选《小说选刊》《中华文学选刊》《北京文学·中篇小说月报》《中篇小说选刊》等以及选本和排行榜。曾获"紫金·人民文学之星"长篇小说佳作奖。

她看见了自己的前世：在数百年前，有一颗巨大的灵魂，徘徊于浩瀚的银河系，寻找合适的机会侵入地球。当时机来临，大灵魂以比光速还要快的速度下冲，在难以计数的短暂时间里，冲破了地球的七层表皮。那是一些防御层，是用看似透明得像纱、实则比金刚石还要坚硬的物质做成的。七层表皮消耗掉大灵魂很多能量，让它不得不分裂出无数灵魂碎片。这些碎片飘回宇宙，成长为一个星球，或降临到地球某地，成为圣者或行业精英。当经过七层表皮的洗礼后，大灵魂比先前小了许多，从一颗西瓜变成一粒芝麻，也纯粹了许多。然后，它迎来最后一关——第八层表皮。在经历了一次史无前例的壮烈冲击后，大灵魂整齐地碎成两块，在地球的上空飘飘忽忽，不知所措。这是两个一模一样的灵魂，拥有完全相同的生命频率。就在它们茫然地流浪时，突然，阴阳两种能量分别注入它们，使它们成为蓝色与红色。然后，它们分开了，一个前往南方，一个往北去。

她领悟了自己的生命本源，并坚信如此。她是笃定的"轮回说"信仰者。这一世，她是一个广告公司里的平面设计师。普通的人生，生长在工薪阶层家庭里，独自来大城市工作，没有亲人相伴，朋友寥寥，没什么爱好，经常迷失在城市晦暗的雾气里，直至遇见他。他是互联网中的一个符号，一只海豚，一些急促的字符，一种似曾相识的幻想。他的生活被放在网络中某个收藏夹里，那里有意识中的山水，一串晶莹的葡萄，盘山路，城市里唯一的公交车。依山傍水的小城孕育了他，也是她。他们是一体——她坚信。在某个被特别安排好的瞬间，她认出了他，但不如说是她的灵魂认出了他的灵魂。

事情可以这样解释：某一天下午，她在开一个无聊的产品会议。同事与客户争执得不可开交，她躲在一旁，翻开一本画册——那是某出版社的书籍目录表。她随手一翻，停到一个名字上：北原仓芥。细看旁边的介绍文字，发现这是一本引进的日本童书，原版就由这位名为北原仓芥的男士创作。于是，就这样，一位地道的中国女性，与一位地道的日本男性产生了不可名状的联结。

那个时候，她坐在中国某城某区CBD其中一楼的七层第一会议室昏昏欲睡，而北原仓芥呢，很有可能在东京某间公寓看小说，或在大阪某家拉面店吃面，或是在英国的某个井盖旁仰望天空，或是在泰国的海边享受鸡尾酒……可能性层出不穷，而在她翻开那本书籍的目录之前，她与这位日本作家没有任何实质的联结。而就在那时，在她读到他名字的一瞬间，复杂的缘分被激活了，两个人拥有了无法破坏的强烈的缔结关系。就像是按钮一按，整个串灯都亮堂起来一样。当然，当她把书合上时，她与这位名叫北原仓芥的日本男子也就解除了缘分。从此之后，他们再无关系。

人与人的缘分远比表面呈现得要深奥许多。就像她可以在一次无聊的会议上与一位日本男子产生奇妙的联结，那么也可以在互联网上遇见自己的双生灵魂。所以说，如果有这样的前提在先，那么在完全无预兆的情况下遇见自己的双生这事也就不那么荒诞了。况且，还有很多外在的、坚实的细节在证明他们独特的关系。他是一名画家，在与她相距三千公里的小城生活。当然，他有爱人，有完善的交际圈，有属于他自己的生活，但这并不妨碍他在理性地爱自己妻子的同时，神不知鬼不觉地爱着另一位女人。那些细节完全无法忽视，比如说，他们的生日是同一天，他们在脸上相同的位置长了一样的痣，他们从某种层面来说极其吻合的人生履历，他们在某一条音频上几乎一致的说话声音……她认为，这是比现实的缘分深刻得多的一种旷世奇缘。在现实世界中，有一层无处不在的薄膜，它覆盖在所有物体上，慢慢渗透其中，这是一种绑架。她很肯定——我们每个人都被绑架了。正因为心被盖上了这层薄膜，于是我们看不清心真实的需求——这无异于一种绑架。只有极少数人是清醒的。极少数的人能体察心真正的呼唤，顺着正确的道路前行，她便是其中之一。

当然，那些细节、符号、数字、图像有可能是虚伪的，可能是她会错了意，但这里还有一个绝对确凿的证据：灵魂的震颤。这是无法抹去的痕迹，是沉睡已久的记忆的召唤。当她看到他的照片、画作、文字、采访视频时，发自深处的剧烈颤抖便随之而来。这是难以形容的感觉，仿佛一颗原子弹在她的心底爆炸。她看到他的名字，看到他居住地的名字，甚至看到他好朋友的名字，都会心头急剧收紧，电流传遍全身，两眼一黑，险些晕倒。就是这样难以言说的剧烈冲击，仿佛她在一处绝美而动荡的境遇遨游，时刻面临死亡的危险。她推测，这是因为最初，他们分裂成两个灵魂时有太多不舍，所以才形成了这样如梦似幻的忧伤魅影。

她的爱人啊，她远古时期的爱人。他们本该在一起。应该说，他们只能在一起。因为他们是彼此的家，他们是彼此。如果他们与别人相爱，那么也是对彼此爱的拙劣模仿。他们不能把一生都浪费在模仿中。

只是，这场完美的爱情中还有一处不尽如人意，那便是：他还不认识她。她曾因公事在网上与他有过一次联络，但她确信自己没有在那唯一的联系中给他留下独特的印象（因为那只是一次非常短暂的、公事公办的联系），他甚至没见过她的照片，不知道她长什么样，而且，她还有一个非常恐怖的遐想：他也许根本不知道她是男是女，甚至他也不在意——这是完全有可能的，也是现阶段的必经之路。因为灵魂已经沉睡太久了，就像安眠数百年的火山，想要唤醒它需要特殊的机缘与特定的条件。现在，他带着今生这副躯体，表演着已定的戏剧情节，还以为眼前的一切才是真相。他一无所知，世界上还有这样一个女人等着被他救赎或救赎他，他也根本不会想到，自己来到世界是带着这样的使命。这个惊天的秘密至今还蛰伏在墓穴里，等待他们携手挖掘。她先醒来了，不知是幸运还是不幸。因为他出于心底无端的灵魂式的信任，把首先觉醒的权力交给了她，自己则抱着听她由命的心态，不得不说，这也算一种浪漫。

砰的一声，她醒来了。她永远忘不了那种感觉。灵魂上无数的小孔张开了，一种熟悉到令她懒得琢磨的感觉钻进小孔，让她情不自禁地感叹：啊，原来是这样。实际上是这样的，如果你不曾信任，那会把怀疑当作信任，如果你不曾笃定，那会把懒惰当成笃定，如果你不曾爱，那么还以为爱是由欲望组成的。

信任，笃定，爱……她现在全都有了。她焕然一新，成为一个清醒的、俯瞰全局的菩萨似的女人。她毫不怀疑他也会醒来。

其实她不是没有机会与他见面。上个月，他曾在她所在的城市办了三天画展，画廊的老板是她一位朋友，邀请她来观展，并说要介绍她给他认识。表面上看，这是一次契机。是宇宙经过特别的筹划、安排，让命运的齿轮转动了很久，才挑选出来的神圣时机。也许，就在这次见面之后，一切都将展开。南美洲的蝴蝶扇动翅膀，便会引起德克萨斯的龙卷风。不过，事情只是看起来是这样的，这里面有一个破绽，她不动声色、不费吹灰之力便挑了出来，认定这是一个谎言。这并不是宇宙的神圣时机，而是宇宙给她的考验，看她能否在与他即将见面的狂喜中保持镇定。幸好，她在深夜求助了自己的灵魂。她虔诚地祷告，庄严地恳请，把疑惑写在纸上，期望灵魂给自己答案。然后，不知是她的灵魂，还是他的灵魂（他们的灵魂是一样的，她有时会分不出）屈尊来给她暗示，暗示的内容即，没有暗示。那个夜晚，她一个梦都没有做，所以她认定，这并不是经过宇宙鉴定的完美时机，而是一个障眼法。她决定不去看他的画展。

也许，对她来讲，他们见不见面没有任何影响。她依然可以在网上查阅他的所有信息，从他的外貌、声音、采访、画作中体会他的性格，品味他那独一无二的内心境界，从而找到"他们为双生"的蛛丝马迹。但是，这是最开始时她喜欢做的事情，现在，她已完全无须凭借寻找这个手段来证明什么了。灵魂的真相无比清晰，要比看似真实的世界万物明确许多。她如果怀疑这点，那便是怀疑真理。稍有逻辑、稍有学识的人都会知道，这一切都是幻影，她眼中的河流，确是别人眼中的沙漠——世界是颠倒的。但是，也许——她也不得不承认——他们的见面对她来讲无益也无害，但对于他们，对于他们身边的人，对于两座城市，对于整个国家，对于人类，是百益而无一害的。可以这么说，他们的相遇似乎是人类进步的必经课题之一，这是毫无疑问的。当然，他们不是强大的助推器，只是机器中一个小小的螺丝钉，但是，这枚螺丝钉虽然不起眼，却决定着整个机器的命运。他们，还有与他们相似的无数对双生灵魂，本应该组成一片环绕地球的网，在冥冥之中托起地球，使其上升，就像氢气球那样消失在耀眼的光芒中。只不过不知何故，这片网络始终没有成形，这当然也有她的责任。

那么，她与他在这一世相遇的使命到底是什么呢？他们到底经历过多少轮回，她已不记得了。一旦试图深入那些褶皱似的紫色轮回，她便痛不欲生。他们曾经是花、草、瓢虫、鹿、天使、瓷器、整天吃不饱的鬼、外星原住民、绿色的烟、只存在0.00001秒的光、大海中的一滴水……他们曾是不设限的形态，而现在，他们是人——这必然是有原因的。他，四十岁，留寸头，一双细长的、眼角有过多皱纹的眼睛，白嫩得不像是男人的皮肤，不高的个子，不错的穿衣品位。他妻子是当地一位文化名人的女儿，有不错的样貌和爽朗的性格。他们的女儿刚满十岁，在一所国际小学上学。他最好的朋友是个雕塑家，一个老光棍，经常在他家里喝得烂醉。他在城郊有一栋别墅，但是他不喜欢去那里，他会把他妻子女儿送过去，然后自己隐居在山里看月亮……

　　有关他的一切融汇在一起，照射在宇宙为他们准备的镜子上。光芒穿越镜面，掉转了形态，变成平衡的镜面效果，映射在她身上。于是，与他有关的一切换了副样子，完美地呈现出来：她，三十三岁，留齐肩中发，一双圆圆的、不谙世事的眼睛，发黄的皮肤，中等个子，喜欢穿长裙，单身，父母都在老家，有一个妹妹如今已嫁人。没人追求她，不是因为她长得不好看，而是她拒人于千里之外的性格。她喜欢把自己关在房间里，躺在床上，闭着眼睛，想象自己变成了一颗星球，正在宇宙间飘荡。她从这种幻想中获得晕眩感。

　　毫无疑问，他与她是完全对应的。比如说，"四十岁"以一种隐秘的姿态与"三十三岁"暗合；一双圆圆的眼睛稍一对折，就变成了一双细长的眼睛；白嫩的皮肤和发黄的皮肤从某种程度来讲也是一种呼应……没人能质疑他们的相似性，因为这相似性是由她百分百创造出来的，这就使得驳斥没有了理论依据。那么——那个问题又回来了——他们这一世的使命到底是什么呢？当然，呼吸本身也算一种使命，但是我们这里说的"使命"，是指没她不行、非他不可的一种特定的生命轨迹。但因为他们没相遇，生活没有发生交集，所以无法凭空幻想出使命到底是什么。这个使命，是千奇百怪、五彩斑斓的，是不可能遵循常规逻辑的，是一旦出现在她心头就一定不会发生的奇怪的事情。一根紫色的线。

　　紫色的线，从她的肚脐出发，跨越几千公里，连接到他的肚脐。这是一根隐形的线，散发着幽幽紫光，在空中翱翔，跨越城市、田野、树林、河流，路过无数人的喜怒哀乐，吸收了所有的能量：幸福、愤恨、嫉妒、懊悔……这是一根无法破解的线。无论他们走到哪里，线随之舞动，就是不会断连。她借由这根线分享他的人生，再隐秘地把她的人生传送给他。这根线确保他们生生世世都不会走散。

她不是没有责怪过他。有的夜晚，她孤独一人躺在床上，从心里冒出深不见底的恐惧，仿佛躺在一片黑色的水中，无法逃脱，甚至无法呼救。她埋怨他为何要离开他。如果一开始，他们还是一个灵魂的时候，同时钻进一个肉体不就好了吗？为什么要成为两个独立的人……然后是泪水，洇湿的夜，痛苦的呼吸，无法治愈无法忘记。这是一个圈套，还不如回忆，来得不那么清晰。遗忘之地，也是幸福之地，像他……可是第二天她就想通了，这是无法改变的事情。必须有人先醒来，这个机器才能启动。所以她的痛苦、失望、落寞，不过是整个运作程序的其中一环。而在这之后，她会把一切都还给他的，他会依次品尝她的痛苦、失望、落寞。

宇宙在为她做安排——她睡在床上，走在街上，在工位发呆，在画廊徜徉，都会听到无法掩盖的时钟的声音——这是宇宙为他们故事的开始做的前期准备。从此，时间彩色的印迹染在事物上，她变成一滴透明的水。她在等待，等待，等待种子发芽，鲜花盛开，树叶变黄，枝杈肃穆。她在等待那个循环，会把他们包裹在一起、会转好几个圈、终于让他们能够面对面看着彼此的伟大的循环。然后，他们会相知，相爱，他会为她离婚，会娶她为妻，会与她共同养育孩子，他们永远不会吵架，因为他们共享的不是世俗的爱情，而是灵魂的契约。

她在等待，等宇宙为她做的安排。他就要来了。

湖仙女

郑宜峰

郑宜峰，1990年出生于广东汕头，香港博士毕业，现居悉尼。创作有散文、小说多篇。喜欢独自隐匿在自己的思维里，探究世界的本质。

一

我像法国作家都德《最后一课》中的男孩小弗朗士一样近来实在是没有一点儿心思上课了,这是因为湖仙女的故事太叫我入迷了。我的心思虽然如此,可我还得每天到学校里去。假如我不去上课的话,家长就会要我去放牛、割草、喂猪、拉架子车、挑土垫圈……这些都是重体力活,我这样一个身体瘦小的男孩的确是吃不消的。

村子里上学的孩子们要比干农活的成人们清晨起床起得早。我有两个弟弟、一个妹妹。两个弟弟是双胞胎,我们三个都在村子里的小学读书;妹妹还没有到开蒙的年龄,是可以跟着母亲到红薯地里去翻红薯蔓儿的。我一定是个性情古怪的男孩,要么我的两个弟弟去上学的时候为何故意不叫醒我?目的是要我迟到,遭受老师的训斥。我是不合群的,做事不合情理,要么怎么会得罪了这么多人呢?我的哥哥与两个弟弟合起来收拾我,特别是我哥教训了我,打了我一顿,我却没有力量还击,就把灶火窑里的瓷碗全部藏了起来,害得他们没有办法吃饭——这事发生在父母两人都去县城赶集办事的特殊日子里。后来还是他们找到了碗筷,我也因为他们费尽周折而解了气。这个早晨我爬起来时,两个弟弟都不见了影儿,天已经大亮了。我知道这个时刻爬起来即使跑步去上学也还是会迟到的。

我离开了窑洞,走在从沟深处到前溪去的土路上。我们住的这条沟地势比较高,而我们住在沟深处的六户人家的窑洞都在半山坡上，地势就更高了，我们要到前溪去，就得从半山坡上下来，沿着沟边的台地一台一台地降下去，降到与小溪一样平的路上，踩着列石过溪，走到溪对面的小菜园地段，前方有一个芦苇园。说是园子，其实是没有围墙和栅栏的，芦苇有十亩地那么大，长得特别密实，人畜野兽几乎钻不进去，村人就把它叫作园子了。过了芦苇园，有一个特别高的土崖，小路就是从土崖下方通过去的。常有土块儿从崖上落下来，会经常看见溪水边上又落了一堆坚硬的土块，朝高处望去，就会看见那像伤口一样新鲜的崖面残缺处，心里会怀了特别的侥幸。巨大的土块是在没有人的时候落下的。这大崖的心是好的，善良的。

过了大崖，这里的地是一川平的，还是水浇地，可以种菜，种的庄稼也不怕干旱。村子里的小学就在这儿的一个窑洞里。院子当然是学校的，用土坯建有一个土台，上面用水泥抹平了，光滑了——这便是乒乓球案子。台地是与西边的山塬相连的，中间部位还有一座孤立的小山，村人的窑洞就挖掘在这座小山山体上。小学的窑洞在小山的东边头儿上。窑洞的东边是个很大的打麦场，麦场下便是溪谷了。这儿的溪谷显然与沟深处的溪是有巨大区别的，在它的东北方向还有一条山沟，沟里的小溪，两条小溪分别从东北和西北方向流淌下来，在这儿汇合。这儿也便是两溪的交汇处了，有了三角洲之类的湿地，虽然面积特别的小，但它毕竟也是三角洲之类的湿地啊。还有一个三四亩地大的芦苇地。溪边地有水，芦苇长得特别茂盛。我顺着溪边走，绕过了小学校和打麦场，过了小芦苇园，朝有湖仙女的湖走去。

二

老师是见不得我的。这也不知是为什么。我口笨舌拙，见了人不会打招呼，不会问候人家，关键是叫人家什么叔伯老师姨婶什么的，开不了口，老觉得羞得很，一开口就会面红耳赤，精神恍惚。我不打招呼，不称呼对方，这就得罪了大人，大人都不喜欢我这样的孩子，这就影响到了学校里的同学，他们跟上大人们故意疏远我，孤立我，连我的两个弟弟都跑到我的敌对者一方去了。我的脑子一定是中毒了的，骂过同桌女孩，说她是什么什么的女儿。还骂过一个男孩，直接骂人家是什么分子。这也是大家不喜欢我的原因吗？我走着。早上的小溪水清澈极了，我感到了口渴，蹲到水边，用手掌掬了水喝。我把下巴上的水珠抹掉，甩开。衣襟上的水渍很快就会蒸发，湿迹眨眼就会变干。

这芦苇园一带一定会有蛇出没的，这儿距离小溪这么近，蛇喝水十分方便。什么畜生都少不了水的，人也是喜欢住在水边。小溪的对面有好几个小点儿的沟壑，还有几个叫什么坪的地方。坪上是田地。还有个叫野狐坪的地方是在半山上。从小路上去要爬几百米才能到那坪上。坪上种的是黄豆黑豆，周围靠近山崖和山坡则是核桃树。核桃树像是野生的。我今天是不会到那儿去的。暑假放了，青核桃上油了，用小刀子破开，剜出仁儿来，剥掉嫩皮，吃起来甜丝丝的。

溪水是往低处流的。我甩开了芦苇园，也甩掉了大打麦场里面的小学校。管他今天老师教什么课呢。我下了一个挺大的坡儿。我知道走过前面远处的山脚就能看到仙女湖了。我想到乌梢蛇在酸枣灌木丛上飞的情形。它其实不是飞，而是浮在草尖上爬行。草尖那么柔弱，竟然能浮得起它。孩子们说遇见了长角的蛇。那是流落到民间的小龙，提醒大家不敢打它，打了会倒大霉的。

这儿虽然是高原乱山，是沟壑小溪，却有着一个很大的湖泊。这是山间的一块特别大的平地，平地里有一个湖。湖的南边还是平地，湖水从平地中的溪道里流走了，流上有五里路的样子，便跌下了料想不到的一个陡坡。陡坡下去还是山谷，路就一直在山谷里盘转，进入一个大的山谷，再往南去上七八里路，有一个叫口镇的集市。口镇之南便是一马平川的大平原了。我到口镇卖过洋芋。我把卖洋芋的钱进了馆子吃了肉丝汤。有一次我是与弟弟一起去的，我是哥哥么，胆子大嘛，自作主张买了两碗，把钱花光了，回家以后遭受到了父亲的训骂。还有一次我背了一小口袋洋芋到口镇去卖，在半山坡上，扎口袋口的绳子松脱了，洋芋滚了一坡。当我一个一个把洋芋拾起来时，却发现少了多半。无疑是它们滚到我看不见的草丛或者沟洞里了。

我今天不去教室上课，老师或者同学告诉家长，我还会受到打骂的。有一次我爬上西边山坡上的枣树林，上树摘的枣儿将身上的衣兜装满了，从树上下来，走到小溪边，撞见了父亲，他把我打倒了，拖着我的腿拽，枣儿滚了一地。父亲不打我了，捡起枣子往嘴里填，自己吃了起来。这挺有意思的吧。

我匆匆迈着步子。长辈们说湖里有仙女，没有人的时候或者当你一个人的时候，她就出来了……我今天就去看看湖仙女吧。我看见那大湖了。说它是湖吧，它却更像是一个不太大的水库。湖是自然形成的，水库是人工建造的，但道理似乎都一样，流动的溪水被拦截住了，水聚起来了，形成了相当规模的水。有人说这儿在古代发生过超强地震，地震把一个深沟壑两边的山全震倒了，把沟壑埋住了，于是沟壑变成了平地。上游的溪水聚起来形成了湖，聚到一定程度，水满了，就从稍低的地段流走，重新形成了溪流。

我站在湖边，看着湖水。湖边山坡上树木茂盛繁密，倒映在水下面使水变成了绿色。大人们说湖仙女出现的地方是湖中央。有人看见过的，但那看见的人连忙悄悄溜走了，说是叫湖仙女看见的话，就再也回不了家了。回家有什么好的。上学也没有什么意思。我忽然发现了几个男人。他们在湖边拢了篝火，转着圈儿烤呢。这大夏天的，他们还那么冷吗？这是五个男人。他们穿的衣服像是古代的，还是长袍呢。背上画着一个大大的勇字。我再一细看，他们还有大辫子哩。根据我的判断，他们穿的应该是清朝的衣服，留的是清朝的辫子。剃发不割头，留头不留发……这是村子里的胡松木老汉经常讲的故事。他是个大个子，至少有一米九呢。他是个光棍汉子。村子里有户人家有六个女儿，没有一个儿子娃，丈夫得了严重的哮喘，失去了劳动能力，松木便常常到这户人家去。一去，孩子们的母亲就叫孩子们叫他松木叔叔，然后叫孩子们大的带着小的都到院子外面的小场上去玩耍。过了一段时间，松木就走了。但他每次来，都是带着礼物的，孩子们也特别高兴。他是故事王，村子里还有个叫农伯的男人，一个老婆，一个独苗儿子，他也是个故事大王。看到眼前坐在篝火边的古代人，我怎么想到了讲故事的农伯和松木呢？

"喂，小孩，你回来！"有个兵勇在叫我。

我迟疑着。

"不要害怕！"另外一个兵勇说。

我走了过去。

"没有放学呢，你怎么到这儿来了？"开始叫我的兵勇说。

我哑口无言。

"你怎么就不爱上学呢?"

"他们都欺负我。"我说。

"他们为什么就欺负你呢?"

"我不喜欢和他们一起玩。"

"这就对了。你就是这么一个喜欢孤独的孩子,他们喜欢集体生活,当然就要排斥你了。不过,你跑到这湖边干啥来了?"

我想说不说我听到的传说。

"你说吧。"

"我说。大人们常说这湖里有仙女……说仙女要是愿意给谁当媳妇了,她就会到谁家去。"

我的话引起了一片笑声。

"这孩子可真逗呢!"

"你的意思是说这不是真的?"

"你看看那湖中心!"

三

我朝湖中看去。湖水清澈,蔚蓝蔚蓝的,整个儿一块蓝宝石。我听见了水珠打碎湖面十分悦耳的清脆的声音。那是几个姑娘在水中洗浴。现在这样的天气,这样的季节,孩子们也经常到水里去耍水游泳的。她们是光裸的,肤色白净靓丽,泛出的白皙光芒甚是柔和,一点儿也不晃眼。黑色的长发垂在肩背上,滑落水中,宛若湖中古老的云一样的水草。清纯的透明的水折射出她们乳汁样乳白的乳房,那微褐的乳头点缀夜空的明星……我这样一个少年,一个小学的学生,第一次看到来自母性如此炫目的美,我的心灵颤抖着。在家里黑暗的窑洞深处,偶尔见到母亲换衣服时那雪白的一闪,就又被遮盖住了——那是记忆深处的惊诧与梦境,可当下眼前的世界如此绚烂多彩,我没有想到这是犯罪,这是禁忌的什么,我只是感恩人间原来是这样充满美的事物与元素。那些篝火边的兵勇没有阻止我看那些水中的姑娘。有一个姑娘露出红唇向我微笑,还有一个姑娘朝我招手。

"小孩,你也想下水了吧。"一个兵勇叫我。

我转身朝火堆靠近了几步。我惊骇了。原来是他们正在把那些美丽的衣服往篝火里扔,立即就有浓烟升向空中。在他们身后的一棵树下，放了一堆女人服装。那服装也是古代式样的，可我不知道那是哪个朝代的女性穿的。他们几个人把衣服抱起来，扔向火堆。一时间火焰与浓烟被扣住了，不透气了，捂死似的，但是紧接着就扑轰一声，火苗蹿上来把整个儿衣服包围了。我的心发痛，跳进火光，救出了一件衣裳。我手里抓着的原来是一件冬衣。

"屁孩，你要穿吗？"说这话的兵勇自己先呵呵地笑了。

"这大夏天的，这么热，我穿上还不热坏了？"我说。

"屁孩，你说天热？是夏天？这冷得我们不烤火就会坏死的，怎么会热，会是夏天呢？"兵勇说。

"这明明是大冬天啊！"另外一个兵勇说。

这就怪了？他们居然说现在是冬天，还冷得要命，看他们烤火的样子，不得不相信他们说的是真话。但是我有一个发现。

"冬天，她们还下湖逛水吗？"

四

那些湖中的姑娘是太平军的女战士，她们随着溃退的大军一路逃窜，到了北方——对她们离开的地方来说，这儿当然是北方了。可这儿其实是大地的中央地带，是南北分界之地，是长江黄河的分水岭。这儿地处分水岭之南，北方的人还把这儿叫小江南呢。那几个烤篝火的兵勇是清军，他们才是从北方来的。他们包围了太平军，太平军突围，清军一路追赶，太平军大部分溃散了，只有小股逃到了秦岭深处。这些散落的女兵三个一团五个一堆各自行动，一方面寻找大部队，另一方面也是为了自救自寻生路。她们走到了这个湖边，被清澈的湖水吸引了。她们身体上实在是太脏了，长年累月的逃亡日子在她们的身体上积攒了过多的负担，她们想要把它清洗掉，一身轻松，轻装上路。尽管是大冬天，她们却并不怕冷，她们争先恐后地脱掉军服，跳进湖里，游向湖心。这些江南女子个个都是水的孩子，水的精灵，水性好得惊人。她们太爱水了，不但一点儿不怕冷，还忘记了危险的存在，玩得过于开心了，放松了，就一点儿警惕性都没有了。这不是么，几个清兵来到湖岸上，发现了湖水里的她们，就把她们脱在湖边的军装收集到一起，专人看管住了。他们拾柴生火，一是烧开水喝，二是取暖。姑娘们发现了岸上的变化，就待在水里不上来。这时又来了一个小男孩，他说现在是大夏天，天热得不得了。

兵勇们烤着火，还说冷得不行，说这样待下去会冻出毛病的。可他们没有想想，烧了姑娘们的衣服，她们将如何御寒？水似乎成了她们的棉衣，隔开了空气的芒刺。浓烟散去了，清纯的火苗蓝蓝的，烧了好长时间，蔚蓝的火苗也没有了，衣服变成了透明清澈的火炭，红得很，像是亮晶晶的晨星一样的红宝石的碎片。兵勇们把手臂长长地伸向红渣炭儿。我一直站在湖边看着。奇怪的是，我怎么一点儿不感觉到冷呢？我分明身处夏天，我还听到了知了的聒噪呢。树林是墨绿色的，地下的草也是丰茂得很，树枝上的野果繁密得像是夜晚天上的星星。星星一到天亮就落得光光净净了，可树上的桃子啊杏啊梅李啊却翘楚在枝上，把枝梢压得弯弯地垂低在地面上。这是个奇怪的现象。我是不能理解的。我也没有返回学校，我也不怕父亲找我，再一次把我打倒在地上，我也不怕老师会罚站，罚打扫教堂，罚去野外山坡去拾羊粪黑豆儿……

我看着兵勇们烤火取暖，又回头听湖心里太平军女战士弄出的水浪清脆的响声。时间虽然一秒一秒流逝，但是速度却是快得惊人的。我想到的是，他们难道不饿吗？我早已饿得前心贴后心了，饿得嘴里吐酸水。我回身爬上湖岸。这上面的台地有五六亩那么大，种满了桃树。这季节正是桃子成熟的时候，满树的桃子鲜艳地挂在树枝上。种桃子的人叫红雷，是个高高瘦瘦的山东汉子，务果园的本事比村上谁都大。这个比喻其实是不对的，村子里几乎是没有会务果树的叔伯的。这已经是大中午了，蟪蛄拼命地叫着，树上的叶子有点儿卷了，那果园外边的玉米叶子卷得像是烟圈似的。红雷大叔不是在窑洞里睡午觉，就是在大树下乘凉，他不会如此不怕太阳晒的。我是抓住一棵树，爬上去，从栅栏上面，轻轻地跳进桃园里去的。我是单脚着地的，然后另外一只脚这才落地，声音不可能没有，但却小得很，估计十米开外是听不到的。人的耳朵听不到没有问题，但是狗呢？这就说不准了。我还是非常害怕狗的。但它一般是不会放开养的，都是有皮绳或者铁链儿拴在树上，即使它听见了动静，也不会扑过来咬我，只会汪汪叫。我没有听到汪汪的叫声，我的心落了地。我偷偷地摘着桃子。我是用衣服包的桃子。包了大大的一包了。我正往桃园外面走，快要走到栅栏跟前了。我没有想到的是，红雷大叔竟然蹲在栅栏下，不转眼地看着我。他并没有发怒，也不站起来呵斥，更没有起身打我。当然我也没有逃跑。我依旧兜着衣衫，里面兜着桃子。我的眼光与他的眼光对上了。我身体似乎也没有一惊那样的抖动，也没有瑟缩后退。

"对不起，我偷了桃子。"我说。我也不知道为什么这时候会如此口齿清晰。

"你一个人能吃这么多吗？"这是红雷大叔的问话。声音不大，也十分柔和。

我说："这是给那些兵勇和太平军的女战士吃的。"

红雷大叔眼光定住了，里面有了狠劲儿。

"我没想到你这孩子还会撒谎？"

"红雷大叔，我没有哄你，他们就在湖边，离这儿不远呢。"我恳切地说。

他眼光一转，想了一下。

"你这孩子，净说稀奇古怪的事。"

"他们在湖岸还拢着一堆火，说是冷得不行，烤火呢。太平军的女兵脱光了衣服在湖心里洗澡呢。衣服被清兵烧了烤火了，她们没有衣服只好待在水里。我看了很久，饿得不行了，想到他们也饿了，事实上是他们也说饿得要命，我就想到了你的桃园……"

"孩子，你说得我越来越糊涂了。"

"不信，你跟我一块儿去看看。"

五

我把衣衫兜着的大桃子放到湖岸上。我什么也没有看见。湖边静悄悄的，没有篝火，没有那几个清朝的兵勇了……篝火的痕迹怎么会没有呢？那些柴火燃烧过后的灰烬哪儿去了？我朝湖心里张望。那些美丽的太平军姑娘呢？她们赤裸的鱼一样的白皙身体呢？难道那一切都是这个特殊的日子产生的幻觉？这是个什么特殊日子？我逃学的日子。我不打算再去上学的日子，两个弟弟与其他讨厌我的同学联合起来对付我的日子，他们想叫我因为迟到受到老师的惩罚……这是一个孤独的日子。我怎么会出现幻觉呢？那不可能是幻象，是真真切切的人和物。我正在想入非非的时候，红雷大伯从上面的坡上下来了。我是听见脚步声，还以为是清兵呢，就回头去看。我看着他一直朝我走来。他个子高，但身体却消瘦，简直就像是个风筝的骨架。他走到了我的跟前。

"我没有想到他们会消失……"

大伯没有吭声。

"我确实是给他们摘的……你看我一个也没有吃，连一口都没有咬……"

我正说着，就看见大伯的眼泪涌了出来，滴滴答答落到了泥土上。"孩子，我也经常看见她们呢。"

他的声音好寒气，我一听就浑身瑟缩颤抖起来了。

"孩子，这个湖时间长了，有了古董呢。你一定听说过湖仙女吧。你看见的那些鱼——不是鱼，是美丽的女子，赤条条的像是美人鱼，她们是被清兵赶进湖水里去的太平军女子，她们不是下湖洗澡游泳什么的，而是被迫逃进湖水里去的。她们的衣服被波浪剥夺了，就没有了护身的衣服，就变成了湖仙女，变成了鱼。若是你一个人到湖边来，特别是这日头快端的时候，你就会听到她们的戏水声，看见她们的身影……还有清兵的火堆，他们把姑娘们的衣服烧了，冒出浓密的烟雾——但你闻不到火味和烟味（我想我是没有嗅到烟火味儿）。清兵在湖岸上点篝火烤火，因为那是寒冬嘛，太平军姑娘们就待在湖水里，时间太长了，她们的内衣被水剥走了，就变成了湖仙女……"

这不是我第一次听到有关湖仙女的故事，却是我第一次听到如此完整的版本。可怜的姑娘们，你们都应该算是我可爱的姐姐，你们被赶进了水里，就在水里生活了。

"她们吃桃子吗？"

"孩子，我也是经常摘上一筐子桃子……"

随后，大伯就走了。

我是定定地看着大伯走上山坡去的。他的身影消失了。我回转身来，看见了透明空气里的篝火。它怎么又出现了呢？火堆边是坐在泥巴地上烤火的清朝兵勇。他们服装依旧，面容表情依旧。

"小孩，你来是给我们送桃子的吧？"

几个兵勇起身走向我。我还处在受了惊吓的僵硬中。我本能地把包桃子的衣衫包袱抱到怀里，向后退去。是他们把那些可怜女子逼进湖心去的，我摘的桃子是不能给他们吃的。兵勇们向我逼近，我向后退步，一脚踩进了湖水里，另外一只脚也进了水。我倒进了水里。我没有料到的是这夏天的湖水怎么会如此冰寒，宛若钢针样扎着我的皮肤。我蹬蹬着，游动起来。那些兵勇撵到湖边就停了步。他们是在他们的冬天里，知道湖水的寒冷，不想惹那样的麻烦。我向湖心游去。我听到了太平军姑娘们的说话声。我看见她们在湖中央美丽的身姿。我的肩膀上襻着桃包袱，手臂奋力地划动拨水。我要把鲜美的桃子送给她们，叫她们能够在这个特殊的季节和日子吃上红雷大伯的仙桃。我看着姑娘们鱼一样白皙的身体，清澈的湖水好像把她们的美放大了，更加地清晰了。她们硕大的乳房上褐色的乳头胀大了，直立着。我看见大姐姐们忽然从湖心直立起来，站在水面上，开成了一丛绚烂美丽的红花。我这个山村小学的二年级小学生一点儿也不认识那是叫什么名称的花朵，我内心里有玫瑰蔷薇月季的概念，却从来没有亲眼目睹过她们的真容。湖心的这丛红花纷纷开放，整齐划一地倒向湖波，又变成了白皙的身体。她们向我微笑，还向我招手。

"美少年啊，来给我们一起开放吧。"

她们唱。

我不明白她们唱的歌词的意思。我是一个少年，一个三年级的小学生（我现在之所以读二年级，是因为沟里小学没有三年级这个年级，我不可能跟上四年级上课，就降了一级），又不是花儿如何会开放呢？但我感到身体绷得好硬好直，充血坚硬，贲张……我听见从岸上传来一声惨叫，那声音是红雷大伯的。我回头看见他被清兵的长矛扎透了，他仍旧站立在湖岸上，还没有倒地，但那矛头扎出的窟窿里涌出了鲜红的热血。那血还冒着热气。热血淌下他的身体，流到了湖水里。湖水被他的血染红了。

我内心里啊地叫了一声。我睁开眼，看见如鱼的太平军女战士已经把我围到了中间。浓郁的香气把我包围住了。她们丰满的乳房直耸向我。我把包鲜桃的衣衫包袱举起来，递给她们。

"我是给大姐姐们送桃子来的。"

"才摘的。"

我把包袱解开，把桃子分别送到她们的手里。我每送一个桃子，这个接桃子的姐姐就在我的脸上亲一口。最后一个接受桃子的姑娘亲了我的口，我的手本能地松开了装桃子的包袱，她把我抱到怀里去了，我感觉到了巨大的难以置信的柔软……那是比母亲的怀抱还要柔软的怀抱……

  我想这可能是我在这个小山村最后的时刻，之后就会被村人传说，说是老皮牛这个孩子不听话，逃学旷课，还偷红雷大伯的桃子，被湖仙女引到湖里去了，他失踪了，再也回不了家了，变成了湖里的王子，成了湖仙女们的白马王子……她们长长的黑发散落开去，铺满了湖水……

火车经过我们那里

加主布哈

加主布哈，男，1995年生，大凉山彝族人，著有诗集《借宿》，四川省作家协会会员。曾获第三届诗酒文化大会校园组金奖，第36届全国大学生樱花诗赛奖，第六届徐志摩微诗歌奖，2018年度"新丝路青年文学创作奖"等。作品散见《诗刊》《星星》《草堂诗刊》《散文诗世界》《青春》等刊物。曾参加《中国诗歌》新发现夏令营，《星星》大学生诗歌夏令营。

第一章 被命运放养的男人们

1

阿卜村连着一个多月的伏旱天,让灌浆期的农作物,像快洗完澡却突然停水的女人,在阳光中尖叫,然后无奈地埋头抽泣。一个尿急的男孩正狂奔向自家的玉米地,母亲告诉他能救活一株是一株,不要把尿浪费到别人家地里。他抖擞着挤出最后一滴,就跑到院子里的屋檐下帮爷爷拔胡子,拔着拔着,爷爷就开始打起呼噜,他把拔出来的胡子一根根地,重新种在自己下巴上,就乐呵起来了。

"柯七他们前几天又去扒火车了。"

"据说拿回来很多好物件嘞,那些棕红色的毛线,都可以绕他家那小土房走好几圈了。"

"是呀,他们家族的婆娘这几天都不出门了,都躲在家里织毛衣哩。"

村口的杏树下围拢着几个女人,她们从各自的家里搬来坐凳,恨不得把头埋进彼此的怀里,把村里发生的所有事儿全拿来当饭吃。她们的话题就像另一棵理想的杏树,四季都结满丰沛饱满的金黄色的杏子,只要她们往这一坐,一颗一颗的话题就像熟透的果子自然地掉进她们嘴里,她们不知道外面的世界是什么样,但是她们清楚这个村的一草一木,甚至连谁家的母猪什么时候发春,该赶到谁家交配类的牲畜八卦只要从她们嘴里吐出来也都是津津有味的。

在她们附近老站着衣衫褴褛的傻子阿甲，他倚靠在那棵杏树的根部，把食指含在嘴里，时不时露出大门牙笑，女人们就调侃他是不是想女人了，他笑得更厉害，惹得女人们也不得不暂停八卦跟着他起哄大笑。他们的笑声在空气中燃烧成块状无形无味之物，弥漫在这没有希望的夏日。

到了傍晚她们各自散去，回到家中面对日渐见底的粮缸，就开始没完没了，抱怨正在屋檐下抽旱烟的男人，男人不言语，眼神迷离得像个无底洞。

"要不然你就和柯七商量一下，跟他们干得了，看这年景，今年肯定过不下去了。"这是最近每个女人在家里说得最多的一句话，不管是在喂猪食、在做饭（其实没有米饭，每家都只能煮几个土豆，无法填饱肚子，勉强让它不咕噜咕噜叫就行），还是晚上在床上潦草完事后，都说这句话。

"你这没见识的死婆娘，懂个锤子，一点思想觉悟都没得，我能干那偷盗国家财产的勾当？"甘黄背过身去指责他的女人，并强调宁可做饿死鬼也不要扒火车盗窃火车上的国家财产。

他身材魁梧的女人对准他的屁股，一脚，就给他踹到床底下去了，还吐了一口水骂道："就你这德行还觉悟，你个婆娘娃儿都养不起的货，你有啥用，你看你哥还当了村长，你嘞，你嘞？"骂完了又是一顿口水。

甘黄本来准备反击，可是他既然无可辩驳，又打不赢这女人，而且他在漆黑中摸不到一个角，头就撞到柱子上，疼得他啊呀大叫。家里为了省煤油，天一黑就熄灯灭火，往床上堆，村里户户如此。

当然也有趁着夜色预谋或者实现坏心眼的人，比如欧尼凭着去守玉米地的借口翻进了他那堂嫂寡妇的院子；比如老来得子的沙马正准备去柯七家的路上却与怀着和他同样目的的迪洛头碰头，两人尴尬相视后不约而同敲响了柯七家的门。

2

柯七家的狗叫得很凶，这让本来就尴尬的两个人汗毛直立，后背发凉。

柯七裸着上半身出来开门，他不高，双眼炯炯有神，鼻梁挺拔得像悬崖，整个人很有精神，作为阿卜村第一个到过成都的人，再加上为人厚道，所以他在村里很有威望，更不要说在他自己家支内部了。眼下家家日子过得很紧，他带领家支内部的男子扒火车不是为了致富，仅仅混口饭吃罢了。

"别叫了，滚回你的窝里去。"柯七训了一顿那条暗灰色的母狗，打开门将二人引进了屋子。随即拿出一个鹰爪杯，给二人倒白酒，迪洛一饮而尽后意犹未尽地咂舌头一直说好酒，沙马说天热得感觉心都要烧起来了，再喝下这酒估计就真的焦了，为表礼貌他沾了嘴唇用手擦拭一下杯口就把酒端回给柯七。

其实，这只是说辞，酒在这里何等珍贵，哪个男人见了酒不是两眼发光，甚至可以说在村里谁要是喝酒醉了是一件光荣事儿，不然，那些醉后的男人怎么会招摇过市，围着村子走好几圈，自报姓名，大声强调自己今天又醉了，甚至有些假装喝醉也要吆喝自己已经醉得一塌糊涂。毕竟大部分人口粮都不够，更不要说用粮食的精华来将自己灌醉。沙马生性谨慎，他从不多吃别人一口，也不会轻易把自己多出来的拿给别人吃，六十岁的他有五个女儿和一个儿子，四十多岁才得子，却也没保住婆娘。

"沙马舅舅，您这岁数了，就不要跟我们折腾了吧，我们都是提着脑袋在冒险，您手脚不灵便了，万一有个啥，我不好向小表弟和我那不在了的姑妈交代呀。"沙马的婆娘是柯七的本家，所以得喊舅舅，在彝区就算天下大乱了，辈分也不会乱，但只要辈分乱了天下肯定乱。

"要不是家里快揭不开锅了，我也不会厚着脸皮来啊，你那姑姑留下六个孩子，翅膀都还嫩着嘞，又不会什么手艺活儿，只能鼓捣那点儿地，可今年这天儿，哎。"他叹着气，从兜里拿出旱烟就吧嗒地抽起来了，由于他坐在最上面，挨煤油灯最近，那盏微弱的火焰打在他的脸上，纵横交错且分明，他的脸像一张干枯的河床，上面躺着无数的呻吟。

"是的啊，这年景不好过了，等入冬了怕是要抓雪填肚皮。"迪洛抢了一句。

"跟着你那匹瘦黄牛去雪地里啃干草去吧你还是。"被沙马顶回去了。

"那你们跟我做吧，最好呢也把你们那些本家兄弟带上，互相有个照应，出了什么事我真的承担不起那个责，还有如果被牛抓了，不能背叛大家伙，这个是铁规矩。"他们把警察称为牛。

这几天夜里，柯七家的煤油灯都是亮着的，那母狗起初还叫得很欢，后来就只是伏蹲在墙角目送村里的男人进出柯七家的主房。

3

从阿卜村到火车站有八里山路，由于是下坡路所以他们只需要半个小时就能到达车站附近，途中经过拉沓村。这个村只住姓苏的，他们不扒火车，但他们会用粮食或者钱币来兑换火车上扒下来的物品。所以，他们的货有一部分是在这里出的，当然，大部分货特别是高档的货是从车站边儿上小卖部汉族老板那里买的，那是个瞎子，戴个黑墨镜，每次交易却没差过一分钱。

柯七他们是在牛羊出圈的上午出发的，仿佛他们也是牛羊，被命运从阿卜村放牧到火车上，去那里咀嚼丰美的草。二十几个男人浩浩荡荡走在山路上，尘土乱溅，他们中的大部分人忐忑又兴奋。

经过拉沓村的时候，看到几个妇女在井边打水洗衣服，他们就起哄，尚未盛开的女孩儿就背起没接满的木水桶低着头跑回村里去了，留下的都是老练丰富的女人，她们大声回应，叫阿卜村的男人来帮忙背水，阿卜村的男人就蔫了。

走进拉沓村，再翻过一个陡坡，离车站就只有五百米了，坡上有一条田埂，他们就倚靠在田埂上，等天黑。这个过程很无聊，男人们不能大声喧哗吵到车站的牛，他们拿出老旧的扑克牌打升级，由于只有一副扑克牌，除了拿牌的四个人，其他人只能围观，他们的赌资是让输的人说出一个关于女人的秘密，可以是自己婆娘，可以是曾经睡过的女人，久而久之，村里的女人在这些男人看来都是赤裸裸的，没有一点余味，于是他们就赌拉沓村的女人，哪个被睡过，哪个最骚，哪个寡妇和哪个男人有关系……

六十岁的沙马不参与他们的赌博，谈到女人他已经没有一点兴趣，他就脱下自己的衣服找虱子，一寸一寸地找，找到一个就用指甲捻死，虱子在被捻死的时候会发出一个"吱"的响声，沙马很喜欢这个声音，所以后来他居然对找虱子上瘾了，就在其他男人的衣服上找。

计算从他们抵达田埂到天黑的时间，大概就是沙马把所有男人的衣服找完虱子的时间，这后来几乎成为一种习惯，一种默契。

"注意几点：第一，不能打手电筒，要摸着黑接近火车；第二，等车停稳了再爬上去，看到货身上不够装或拿不动了的，就往路边扔，别瞎扔要记住位置；第三，等车鸣笛要开走了就下来，千万不要贪；第四，如果车开动了，要跳车一定顺着火车开往的方向跳，不要逆着跳，不然会没命，如果车速太快了，就不要跳了，等车下一站停的地方再下车，从那里顺着铁路线走回来；第五，拿完货以后自己看情况处理，贵重的比如烟酒布料类最好拿给瞎子，其他的你们背回家也行，卖给拉沓村的人也行，处理完货了自己回家，不用等其他人；第六，一定要注意牛，如果不小心被抓了，不能出卖其他人。"这是柯七每次行动前都要宣布的扒火车六技巧。

天一黑他们就两三人一组分散躲在铁路边的草丛或者水沟里，第一辆火车，他们不扒，这时候牛（警察）很警惕，除非有人想反其道而行。第二辆，性子急得按捺不住就上了，由于分散隐蔽谁也不知道谁扒的哪一辆。

沙马和他两个弟弟一组，那天他们哆嗦了很久大概在十二点的时候还是爬上了一辆。沙马负责在下面接应，两个弟弟如猴子爬树般轻松跃进了车厢里，他的三弟平时大大咧咧的，又没见过世面，一看到车里满是白糖袋子就惊叫了一声，把自己吓坏了，更把在下面看守的沙马吓坏了，又不能发声训他，心里颤抖得十分厉害，其实那叫声不大，却格外惊心，大概就是做贼心虚。

第一袋白糖被两个弟弟扔在沙马面前的时候，他想起自己快要成年的独儿子沙惹，这袋够他喝一段时间的了，第二袋他想起大女儿，这孩子可以嫁人了，却为了帮他减轻负担坚决不肯出嫁，第三袋……第七袋他想起婆娘，那个一生只忙着生儿子，没过一天好日子的女人，第八袋他想不起其他人来了，又想起他的独儿子。在沙马面前堆起了一座白糖山了，他也没有想起自己来。仿佛，在他的生命里，只有他的独儿子。彝人重香火，婆娘如果生不出儿子来可以小代价就休掉，或是娶二房。沙马之所以没休掉她，一是因为他深爱她，那女人是他年轻时候流浪到另一个村子的时候娶来的，一见钟情，深爱，舍不得休。二是因为他穷，娶不起二房。所以，他们就只能一直造儿子，几乎每晚都造。

"嘟……嘟……"火车要开了。

"快下来，火车开了。"沙马尽量压低了声音。两个弟弟听到鸣笛也惊慌失措，准备跳车了，二弟反应敏捷先跳下来了，三弟一直犹豫不决，四处张望，表情很僵硬。可火车已经在加速了。

"快点，朝着火车行驶方向跳啊，快……"沙马在漆黑中追上去了，而且这次压不住了，很大声，还好没有牛听见。

他闭着眼，往下一跳，一股他无法左右的力量把他摔在轨道边的水沟里。沙马立刻扶起他，还好只是擦破了点皮。这点伤对这样一个汉子来说就相当于被一匹烈马从背上摔下来差不多的。这马儿不是一般的烈，他心想。

沙马三兄弟把白糖分装好往回赶，他们不准备处理掉这批货，拿回家藏着让家人食用。无法打开手电筒，所以走到那条田埂上将近四十分钟了，遇到迪洛他们在那里抽烟。

"快来抽支烟，你们摸到了什么货？"

"白糖，一节车厢的白糖。"沙马的三弟忘了从车上摔下来的狼狈，打开了一袋白糖就让他们品尝，顺便拿走了迪洛手上的烟。

"你们拿到了什么？"

"我们也是白糖，不过是农作物喜欢吃的那种。"说完迪洛就摸出一把化肥，用手电筒照着。"你看，多透亮，这一撮下去，管他娘的太阳再大，我的果实都能熬过来。"迪洛信心十足，似乎把所有希望都寄托在这化肥上了。

"迪洛，我拿我的白糖跟你换化肥可以不？"沙马不知道这话是怎么从他嘴里出去的，说出后就后悔了，他还没让独儿子尝到这甜。

还好迪洛拒绝了。也是，阿卜村的人以前都没有使用过化肥，都用的农家肥，所以觉得化肥是万能的，只要有它，就有丰收的庄稼。

回到家已经是后半夜了。

沙马打开一袋白糖，在每个孩子的嘴里放了一小把，他们今晚一定会做一个甜梦，梦见自己躺在一辆舒适的马车上，太阳照着，他们吃着甜冰棍，多么美好。沙马把剩下的白糖全部倒进了水缸里面，他没有给自己留一粒，他永远不相信甜。第二天，沙马的孩子们从美梦中醒来，且在饮水的时候发现自家的水缸里的水不对劲，中午说煮出来的土豆也是甜的，看着孩子们的笑容，沙马又相信生活的甜了。

迪洛第二天就被婆娘赶着往玉米地里上化肥去了。此后，他再也没有参加过扒火车的行动，他觉得只要庄稼活了就能过冬，只要过冬了，春天的事儿明年再说吧。这个天生的乐观主义者，每天他都背着两只手去探望他的地，早晚两次，其余时间他就参与村里女人的八卦队伍。

除了认识的货物，阿卜村的男人也扒回来一些他们不知道的货，于是闹出很多笑话，比如，他们把拿回来的洗洁精拿来洗头，还觉得特有面，每次洗完头，那些妇女就互相闻头发，互相虚假称赞⋯⋯

第二章　死亡丰收的季节

1

夏天的尾巴，狠狠甩在自己的脸部，将一只嗡嗡烦人的蚊子拍死在眼角，同时打红了眼球。夜里常常孩子哭声四起，不耐烦的男人骂了很多遍龟儿子，然后摔门而去，有的去屋顶抽烟，有的去寡妇屋后吹口哨，有的结伴打牌⋯⋯

这样的夜晚，众神很近，梦境遥远。那些星星在垂钓人间，渴望对视，又害怕对视，像极了爱情最开始的模样。此刻，一定有很多年轻男女，在这人世，狠狠相爱彼此，或者狠狠抛弃彼此。而在这一切的寂静背后，是马儿在咀嚼枯草，是正在无限蔓延的瘾。

不管怎么样，有瘾的人才能活得更好，或者活得更糟糕，所以只要有瘾，就能活下去。阿卜村的女人对每天坐在梨树下八卦上瘾，男人也开始集体对扒火车上瘾了，家里的粮缸见底了，盐巴没了，孩子哭了，婆娘怨了，都会想着扒火车。这种瘾不断渗透、不断传染⋯⋯这天夜里，甘黄终于还是被他婆娘半推半就，来到了柯七家门口，鬼知道他做了多少次激烈的思想斗争。

如此，阿卜村所有正常的男子都已经参与了扒火车的队伍，不正常的几个估计觉得扒火车的那群才是真的不正常。包括傻子阿甲，他每天还是含着手指听女人们八卦；音乐人欧布，欧布在县城读过高中，没考上大学就回村里，天天鼓捣他的音乐梦想，留长发，背着一把破木吉他在村里晃来晃去，独来独往，没有婆娘，大家暗地里都说他读书读傻了，马上就会变成阿甲一样的人；甘黄的哥哥村长；还有一群蠢蠢欲动的准男人，包括沙马的儿子沙惹。

2

沙马家有一匹白色的老公马，是他年轻时流浪四方的坐骑，他就是骑着这马把他苦命的婆娘娶回来的。村里其他的马都是放养在离村一公里路的悠牧草坝上的，农忙时才牵回来驮东西，只有他家这匹马每天都让儿子放着。因为这是村里唯一的公马，沙马宁愿自己背，也几乎不让它驮，它的任务是交配。村里哪家的母马发春了，都拉到沙马家来配种，他们会带上一点酒或者其他什么礼物以示感谢。如果将这马放养，估计每天只知道围着那些母马转，忘记吃草，没几个月就会瘦如干柴，也不可能活这么大岁数了。

除了这匹公马，沙马家还有一头公猪，一只公羊，都是专门用来配种的，大家都觉得在沙马家配的种一定能生出母的。孩子公的好，牲口母的好，谁家都希望自家有很多的母羊、母猪和母马，来生殖、繁衍。当然，这些话可不敢在沙马面前说。背后说的话，沙马也是睁一只眼闭一只眼，一想到自己也已经是有儿子的人了，心里就容纳一切苦难和议论。

独儿子沙惹很喜欢放牧这匹马，每天都背一把镰刀骑着它到同一个地方，那里水草还算丰美，有一块黑色大石头，最重要的是坐在这块大石头上就可以看到火车站。是的，他喜欢火车，甚至到了迷恋的程度。

这好像是一种冥冥注定的宿命。沙惹就是在火车站出生的，那天沙马的婆娘难产，沙马用那匹老马准备把她驮到打土村的私人医院那里，到车站边上，刚好一辆火车轰隆隆地经过，孩子诞生了，沙马只顾着分辨男女，却没能听到妻子说的最后一句话。

沙惹享受那悠长的火车鸣笛，还有火车和铁轨摩擦出来的轰鸣，那像是一种热闹，他情不自禁地想凑近了听。他安坐在石头上，或搂着马脖子，或在挥镰割草，只要听到那声音，就好像灵魂得到共鸣般，不发出任何声音，他已经熟知每天经过火车站的火车有多少辆，哪些是固定会停的，哪些是随机停的。

沙马对这个独儿子的偏爱不言而喻，出生没几天就抱着他，拿上一坛酒，拜了村里的音乐人欧布为师。沙马之所以让儿子拜他为师，一是村里他学历最高，二是沙马对欧布有一种莫名的好感，或者说是尊敬。沙惹和欧布年龄相差二十多岁，但互为知音，欧布教他识字，说汉语，弹吉他，还给他讲关于火车的故事。

沙惹一直藏着一个梦想，他渴望火车，打心眼里发誓有一天一定要扒上火车去远方，越远越好，到终点了再扒另一辆回来，或者不回来了，去北京，听说那里有一颗金灿灿的太阳。

这一天终于来临。

阿卜村的男人这一天又集结在车站附近的基地。沙马如期找完所有男人衣服上的虱子，夜如期黑的时候，沙惹从路边跳出来，着实吓了大家一跳。

"我也要扒火车。"估计他是尾随大部队来，然后躲在路边的玉米地里的，一身汗。

"你扒个屁的火车，给老子滚回去。"沙马先是吃惊，又感觉是在意料之中。

"我来都来了，肯定不回去，我已经成人了，可以跟你们干男人干的事了。"他说得头头是道，而且斩钉截铁。

沙马气得说不出话来了。可他又知道拗不过这独儿子，从小他就没有严加教管过沙惹。

"那你跟紧我，不要乱动。"沙马知道拿他没办法了，只好答应。而且其他人也在劝说他带上，锻炼一下这个独儿子。

夜像一个蒸笼，铁道在呼吸、发烫。沙惹第一次这么近距离接触轨道，他感觉灵魂在触电、战栗。第一辆火车来的时候，他闭上了眼睛，他感觉自己在与那如蟒蛇移动的大东西正面碰撞，他情绪高涨着，站了起来，被他老汉按下去了。你龟儿子找死。沙马又一次跟他强调了扒火车六技巧，沙惹一直点头，却明显得心不在焉。

第二辆火车停下来了，沙马两个弟弟爬上去，沙惹趁着沙马在探望有没有牛的时候也爬上去了。沙马只能干着急，心里祈祷不要出什么意外。

这节车厢里全是布料和毛衣，这下发了。沙马的三弟按捺不住喜悦，使劲儿地扔货，路边的沙马也心中闪过几分窃喜，心中的不安也随之减少几分。

火车鸣笛要开动了。沙马的两个弟弟麻利儿跳下来了，当他们准备装货的时候发现沙惹还没下火车，沙马放下手中的布匹就追上去，让沙惹顺着火车前行方向跳，沙惹的手在昏暗中挥动着，隐隐约约地说我不下车了，要去哪里哪里，到底要去哪里沙马没听清楚，他只知道不好了，哪里不好了，他也说不清楚，就是不好了，也许一切都快不好了。

其实沙惹这是预谋好的，他就是想要离开，他握住火车把手，翻进车厢那一刻更是坚定了自己的想法。当他两个叔叔在扔货的时候，他就靠在那冰冷的铁皮上，那短短的几分钟他忘记了自己的姐姐们，自己的父亲，他脑海里浮现出母亲的面目，是一个黝黑、枯瘦的女人。当火车开动的时候，他才有点慌乱，才意识到自己要离开了，他对父亲说自己要坐火车去成都，再去北京，让他不要担心。

可是沙马一句也没有听清楚，他愣愣地站在那里，好像魂儿被勾走了，他的脑子里是一片空旷无垠的空白之地，只有一阵阵凉风吹过，他看不到生机，眼睛里出现一团乱麻麻的白翳，就倒下去了。两个弟弟惊慌失措，赶紧扶起这把已经有点散架的骨头。

沙马醒来的时候已经在拉沓村上面了，两个弟弟在抽烟，他们一个背着沙马，另一个背着货，平时一个小时的路程，今天硬生生走了两个多小时。他睁开惺忪的双眼，觉得世界仍然是混沌的，他的心里感觉像被凿了一个窟窿，他听不到任何回音，得不到任何答案。他没有说一句话，也说不出一句话。

柯七他们十几个人也赶到那里了，知道沙惹发生的事后，他没有说什么话，每个人都知道沙惹对沙马意味着什么，他们中的一个人拿出一包金五牛香烟发给沙马三兄弟。这是今晚他们的战利品，本来想显摆一下的，可遇到这么个事儿，大家的意气都十分消沉。

还没到阿卜村，就听见村里传来哭丧声，男人们加快了脚步，因为知道村里肯定出事了。

3

"欧布的母亲上吊死了。"到村口的时候他们遇到欧尼。

"为什么？"众人惊讶，沙马又昏了过去，因为他意识里觉得，自己儿子估计也回不来了，他不知道为什么会有这样的想法。

"好像是她逼迫欧布娶他的那个聋子表妹，欧布打死都不肯，可是他们有婚约了，如果不结婚就得赔钱。他家那情况，哪里赔得了钱。两个人争执很久，傍晚的时候，他母亲喂完猪和鸡，就走到那个坟场的一棵松树下，上吊了，那旁边就是欧布父亲的火葬坟。"彝族的老传统是表兄妹优先婚，这是为了保证血缘纯正，也是因为自家的知根知底，不至于娶回来个有病的，或者血统不正的。再说就欧布这个条件，老大不小了，那个表妹虽说残疾，但也是没有其他毛病的。大家都觉得这是欧布的问题。

可欧布怎么可能接受一个聋子做自己婆娘呢，他那么痴迷音乐，娶回来一个听不到自己歌声的人，这对他来说就是侮辱，就是讽刺。

赶到欧布家的时候，村里的妇人已经给死者穿好了丧服，彝人只要到了五十岁就会开始准备在去世的时候穿的衣服，这身衣服朴素，又庄严，仿佛死亡又是一次出嫁。众人围着遗体哭诉，以表伤心，以让老人安心走。欧布没有流泪，他就蹲伏在母亲的遗体旁边，什么也不说，什么也不做。

他当然可以什么都不做。因为一切都已经有人在做了，这是一种自然的分工，村里有喜丧事，都有明确分工，比如谁来砍柴，谁来杀牛做饭，谁来接待来客，等等。

葬礼要举行三天，第一天准备所有事物，第二天接待来宾，第三天火葬。这三天，必须酒肉管够，甚至会有一些娱乐节目，这像是一种庆祝，只有彝人庆祝死亡。第二天的时候，欧布的聋表妹一家来了，他们牵来一头公绵羊表示慰问。

第三天，老人的遗体被抬出门的时候，欧布牵来了他的聋表妹，跪在那里，对着他的母亲说他要娶她了。他把那破吉他放在遗体边，让他们把这吉他跟着母亲一起火葬了。他的音乐梦想也火葬了。

从此，他将是个不唱歌的人。

欧布母亲的葬礼，比以往村里的葬礼多了一些特色，其实是多了一些货色，比如村里有几个男人发烟很勤，而且发的都是金五牛，还有葬礼上有人穿了白色衬衣，有人晚上借着天冷的名义穿起了毛衣，却一直在那里流汗，孩子们每个人基本上都拿着一个塑料瓶，里面是白糖水……这些都是扒火车的战利品。

葬礼结束后，一些老人还没有散去，一些男人还没有醒酒，他们还坐在欧布家的院坝上喝酒，打牌。欧布没有心思招待他们，他倚坐在院墙下抽烟，一句话也不说，他未过门的表妹忙前忙后，招呼客人，给猪鸡喂食。

有几只蜻蜓从山顶的悠牧草坝下来，经过阿卜村，它们带来一阵风，一阵微凉的秋风。一个老人皱着眉头说入秋了，我们的果实还没有熟。

4

傍晚的时候，男人们声音就提高了，正当他们陶醉在自我的晕眩中时，牛进村了，打了他们一个措手不及，领头的是吴期，一个来自阿都地区的汉子，身材魁梧，而且头脑聪慧，他的外号叫"无期"，据说凡是被他抓到的人基本都被判无期以上徒刑。

这个场面大多数人都熟悉，就好像一只在山巅观察了很久的秃鹫，猛地加速扑向鸡群，顿时鸡飞狗叫，女人们像母鸡护崽指挥男人们往山上跑，往谷底奔，往坟场密林里钻，整个阿卜村突然像一口烫锅，上面爬着形形色色的热闹，但是没有一个旁观者。

"嘣……"

随着一声枪响，这幕剧进入了暂停，所有事物静止了。鸡不跳了，狗不叫了，醉汉的酒醒了，正往嘴里送的酒刚到唇边就仿佛凝固了；迪洛刚钻进自家的坟场，被点了穴似的，动也不敢动，害怕惊动草木，惊动熟睡的祖灵，其实是害怕吴期，他吓得直哆嗦，手臂被野玫瑰刺扎出了血都没发现；甘黄跑进谷底的竹林，只有欧布还坐在墙角抽烟，仿佛一切与他无关……

最开始哭出来的不是柯七，而是他的一个侄子，那颗子弹就打在柯七的腿部，他一边叫他的族员快往山上跑，一边捂着自己的伤口忍不住喊"啊呀……"。他止不住血，就顺手抓一把泥沙往伤口上填，泥沙湿透了又换一把……最后，他感到一口气在他嘴里下沉，怎么也提不上来，他看到太阳掉进了山后……

扒火车的队伍里，只有沙马没有跑，他这几天没有去参加葬礼，一个人呆呆地坐在屋檐下抽烟，眼神空洞，他本来想去找欧布商量怎么找回来他的独儿子，可是遇到这种事，他不知道怎么开口，他觉得没有希望。几天没吃饭，女儿们端过来的水，冰凉凉的，没有一点感情。他觉得这么多女儿也顶不过沙惹一个儿子，是的，他真的这么觉得。

吴期带着几个警察来到他家门口，还押着村里的几个男人，都是柯七的家门，因为他们知道柯七被射中后，就都跑回来抢救人了，其实不是抢救，只是出于真正的关心，但是他们止不住血，也没有劝住柯七的离开。

沙马也没有跑，他还在抽烟，他的淡定不是装出来的。

"你可以帮我找到儿子吗？"他冷冷地问吴期。

"他盗窃国家财产，就是犯人，我一定会找到他，让他伏法的。"

"他没有盗窃，他说坐火车去成都，去北京，去看毛主席，他把我丢下了。"沙马说着说着，眼泪就下来了，天下起了毛毛雨，秋天的雨，这是今年少见的雨，迟到的雨，越来越密，人间就黏糊糊的，像一把无法成行的荞麦粉，让人头疼、感怀。

吴期一行人打着电筒正准备离开阿卜村，一群女人就哭喊着拦在村口，她们把头帕不停地挥舞着，哭到伤心处，就用手捶打自己的胸口，她们大都在喊："还我柯七……"她们把柯七的堵在那里，不让吴期带走他和其他男人。

她们中没有一个男人，男人都躲起来了。除了阿甲，在所有人哭丧的时候，他仍含着食指，倚靠在墙上，傻笑，他的笑如此格格不入，又这般贴切。

"国有国法，族有族规，吴警官带走这些犯罪分子是合理合法的，谁要是再阻拦，小心一起抓起来，还有那些躲在暗地里的，都给我听好了，快给我老实出来投案自首，还可以减刑。"这是甘黄的村长哥哥第一次出场，他语气很高昂，背着手走向人群，脚步轻飘飘的，头上的天菩萨被雨淋湿了，显得有些狼狈。

"那你把你弟弟交出来啊。"人群中不知道是谁喊出来的。

"村长，你弟弟也参与了犯罪活动？"吴期刚正不阿地发问。

"吴警官，您抽烟。"他拿出金五牛，被吴期拒绝了。又继续解释道。

"我那弟弟也是一时想不开，您放心，我一定会让他明天就去自首。"

"不管是谁，今天没有抓到的，我一定会一个一个全部抓回去认罪。在法律面前，没有谁是跨过去的，也没有谁能钻过去。谁现在要是阻拦我办案，我也可以依法拘留。"说着就一人一脚直接踹了那几个汉子，开路，大摇大摆地消失在坡后了。

沙马被踹了一脚后起不来了，是被两个警员架着走的。他的嘴里一直重复说："我要去找我儿子了，我儿子在北京，他在和毛主席握手。"

女人们又齐声哭了起来，狗也在叫，男人们陆陆续续又回来了，他们提心吊胆着，仿佛一个胆已经被吴期抓走了。

第三章　生命是一场积雪

1

　　柯七后来死了，葬礼很简单，大概等于两天时间、一头公牛、两头猪、五十斤白酒，外加一堆干柴、一把烈火，也等于一股浓烟，世间所有人，最终不都等于一股烟吗？

　　死亡在丰收的深秋，阿卜村陷入了一种混乱、猜忌的氛围。到处都是拾荒者，哭泣者。

　　最奇怪的局面是女人不再一堆一堆围在一起八卦了，而是三三两两形成小团体，她们的话题也转移到扒火车的男人上来，她们猜测哪个男人身上有几个案子，预估哪个男人会投案自首，哪个男人会供出自家的男人……

　　傻子阿甲成了串门最多的人，他才不忌讳谁背了几个案子，谁家男人在蹲监狱，只要看到烟，他就会推门加入哪个八卦队伍，他还是含着食指笑，但是那些女人不理他了，也不会挑逗他想女人了。他换了很多个队伍都没有人搭理他，就失落地披着羊毛毯走到荒地，生了一堆火，他是用干牛粪烧的火，独自坐在那里，偶尔有人会经过那堆火，但都无视他，只是伸手烤一下火，暖了就离开。

　　沙马被放回来了，他没有找到儿子，每天嘴里还是重复着那句话："我要去找我儿子了，我儿子在北京，他在和毛主席握手。"据女人们推测，他在监狱里被打傻了。"不信，你看他这个样子，鼻涕和口水流到一起了都不会擦掉，他那个背都拱到地面去了，据说是牢头用铁棍子打弯的，还好还是用脚走路，他要是双手着地了，就真的是进化回四只脚走路的动物了。"一个女人正津津乐道，另一个女人就补充说："据说他现在屎尿都不能自理了，哪个还敢接近他呀，肯定臭死了。"有人也可怜他："还好有几个孝顺懂事的女儿啊，每天还给他擦洗身体，不然估计真的臭坏了。"

　　沙马每天佝偻着走到坡上坐着抽烟，他抽出来的烟飘往成都方向，北京方向。他的三女儿就在不远处守着他，像母亲守着独儿子，她时不时地会过去给他装烟叶子，点烟。她给他生一堆火，她走到荒地里埋头拾柴，抬头的一瞬间看能看到自己的父亲，佝偻着坐在那里，她给他加完柴，又去拾柴……好像在续生命之火。

　　阿甲的火和沙马的火，互相照应着、攀比着、等待着……

2

　　欧布也带着他的聋表妹离开了，没有人知道他去了哪里。人们大概也没有记得，他们是在沙马回到村里的第二天离开的。

　　没有离开的男人，还是阿卜村的男人，他们是离不开这座山的男人。

　　阿卜村的男人们开始了猫和老鼠的游戏。日头还没有落下去，他们就要披着外套悄悄地到山头寻找落脚点，因为吴期随时会夜袭。而他们的赃物全部藏起来了，布匹藏在某个三尺地底下；烟藏在某棵枯树体内；只有迪洛的化肥藏在玉米根下，化掉了，化完了也没有能给迪洛带来硬邦邦的玉米棒子，他觉得冤死了，亏大了；只有沙马的白糖溶化在独儿子的肚皮里，到成都，到北京，去和毛主席会面了……

　　也就是从这个时候开始，寡妇的门前是非少了，夜里的口哨声都消失了……每一声狗吠都特别惊心，每一声鸡鸣都格外响亮……

　　某个早晨醒来，迪洛发现自己四肢僵硬，他感觉只有眼窝子是能动的，他睁开双眼，发现阿卜村变白了，他抖掉身上的白雪，哈气暖手，又拍掉头上的白雪。他住的这个山头，刚好能把整个阿卜村揽进眼中：第一场雪下来，人间就清白了。

　　雪盖着荒地、屋顶，牛的背上也积雪着呢。但是，雪盖不住烟火，盖不住孩子的嬉戏声。

　　这群男人在这样清白的早晨回到家里，坐在火塘边，翻烤土豆吃。然后，听女人的唠叨，他们依然无力反驳，脾气大一点的会直接挥一巴掌在女人的脸上，大声说：瓜婆娘，过不下去就给老子滚。女人就安静了。甘黄就不一样，他回家后还要喂猪，逗孩子，他的婆娘呢，一定又在哪家火塘边八卦去了。

　　吴期真的半夜带人来过几次，都空手而归。

3

　　冬越来越深，阿卜村只有傻子阿甲和疯子沙马的火最旺。

　　雪，越积越厚，但是它始终无法覆盖过往的事迹，无法埋没罪过。男人们的身上在积雪，他们感到冷，每天晚上只盖着一张薄薄的毛毯，半夜醒来很多次。迪洛最先发明了一个办法，他每晚都睡在一个塑料的袋子里面，封住所有地方，只露出嘴边的一小块地方来换空气。要是有一口白酒，睡前来一大口，也是能暖身子的。

男人们把自己裹在这个塑料袋里，半夜经常闷醒，或者被一只狗叫醒。那个时候的狗，只要看到一束光就能叫好几个小时。

那天夜晚，欧尼在山头多喝了几口，没能控制住自己，半夜准备潜回来，敲堂嫂的寡妇门。被守株待兔的吴期逮个正着。戴上手铐了，还嚷嚷着自己要去暖堂嫂的被窝。神不知鬼不觉地被连夜带回看守所，被轮番审讯几下后，欧尼酒就醒了，他招出所有案子。而且如实供出所有人晚上的落脚点，以及躲藏的方式等。

黎明的时候，欧尼带着吴期和警员摸黑已经悄悄潜伏在村口，等那些惺忪的男人归圈，就准备出动抓捕。

第三次鸡鸣后，他们隐隐看到有些人家的屋顶炊烟已经冒起来。他们哈气暖手，悄悄潜入了村里。

天空飘着鹅毛大雪，把人的脚印覆盖了，人的踪迹也被藏起来了。寒风吹响骨头。村庄陷入了一种奇怪的氛围，仿佛没有一点人的气味。

第一个被抓的是沙马的三弟，他从山头回到村里，正在家门口的围墙外围撒尿，裤子的大门还没有来得及关上，就被扣上了手铐。他惊慌失措之余看到甘黄，就往他身上吐了一口痰，甘黄没有做出回应。然后，他显得十分轻松，躲躲藏藏的日子终究结束了，至于那未知的明天，还有十几个钟头才到来呢。

接连抓了十几个人。没有落网的迪洛及其他少数几个人不敢回村，他们躲在各自的山洞里，窥探着村里熙熙攘攘的热闹，大雪终究还是覆盖了所有声音，那些声音最终化成了火塘边女人的叹息和焦虑。

"什么时候才能结束呢？"迪洛那天没有回家，他坐在山头抽烟，也生了一堆火，他的火，阿甲的火，沙马的火，三足鼎立。下午的时候，这三堆火把太阳烧出来了，这是入冬以来太阳第一次露面。雪野里几个孩子堆了几个雪人，打雪仗，他们的嬉戏声让人觉得一切还有希望，还可以变好。

"是呀，等一切不能再坏了，就都会慢慢好起来的嘛。"这样想着，迪洛就回家了，他没有熄灭他的火。太阳又消失了。

4

  生命就是一场正在悄无声息融化的积雪。

  阿卜村的人又重新聚集到村长家里，因为村长通过关系把弟弟甘黄从监狱里赎回来了，但是也付出了很大的代价：卖了一头公牛，还把赃物还回去了。甘黄的赃物是布料，他老婆把布料从地里挖出来的时候有些已经破了。

  大家都想通过村长这层关系把自家的男人捞回来，哪怕付出再多也可以。迪洛也敲响了那扇门，他带来十斤白酒。

  "我想投案，不想再躲了，我愿意把赃物还回去，那些化肥用在玉米地了，收回来三百斤玉米，我愿意拿玉米顶掉那些化肥。家里还有十几只山羊，村长，我愿意便宜卖给你，就帮我自首吧，只要不让我坐牢就行。"迪洛说完递了一把旱烟给村长，他好这一口。

  村长顺手接过烟，拿出烟袋装了进去，又拿出一撮放进烟杆里，用火钳在火塘里取一个小小的炭点燃烟叶。他一边"嘣嘣"地抽出浓浓的烟雾，一边说："我试试吧。"又"嘣"了一口问道："我帮你把自首的费用出了，你的羊就给我赶过来吧，你看可以不？"

  迪洛咬咬牙答应了，这相当于把羊送给他了，但也是没办法。

  "那成。明天你把玉米用我家的马驮到车站卖了，到时候买几包好烟送给那些牛，好办事。哦，顺便过来的时候把羊赶过来。"

  迪洛走出村长家的门，深深呼吸。觉得自己看开了一切。其实是无奈。

  山头的雪基本上融化完了，只有远方的厄尔仄欧雪山有四季都化不完的雪。不久阿卜村的男人们又陆陆续续回到了村里，而有些人终究没有归来，沙马的三弟没有钱赎回来，被判了十三年有期徒刑，还有几个柯七家的族员也被判了刑。沙马的儿子也还没有回来，沙马每天还是会坐在坡上说："我要去找我儿子了，我儿子在北京，他在和毛主席握手。"

5

  每一个春天，我们都把话说得很明白。

万物开始发芽，冒出地面，绽放，游行。它们试图找到自己的天赋，自我沉醉。一些情绪高涨的叶子，让微风弹奏自己的身体，它们的誓言生机勃勃。它们最终将按照自己的想象，有序生长，忠实于咒语或者祝福。

有些土地就是须要用火疗伤，再用雪捂住伤口。阿卜村的雪化干净了。人们扛着锄头在各自的土地里鼓捣，开垦，把烧红的石头，和烧不死的树根全挖出来，堆积成一座座丘，再烧起来，火的灰烬又燃起来了，浓烟熏出了太阳闪亮的脸庞。

一切远没有结束。沙马坐在坡上抽完了去年种的全部旱烟，他"嘣"出最后一口烟雾，就倒下了。

一切也没有按照我们的希望结束。沙马的儿子没有在他的葬礼上神奇地出现，同样离开的欧布，也不是我们预计的那样去找沙惹的，他只是单纯地离开罢了。沙马把自己的一生抽成了一缕青烟，和冬天一起离开了。他的女儿们哭肿了眼，但是她们最终还是擦拭了互相的眼泪，她们知道，往后的生活还是只能靠自己。

6

阳光在新生的树丫上尖叫，深林里传来布谷鸟的播种讯息，阿卜村的人们还是跟以往的春天一样，干劲十足，把种子和阴谋同时埋在春天。

碧绿色的日子灌满了希望的汁液。一头牛在闻另一头牛的粪，一头牛用角拱一条田埂，一头牛哞哞叫着到处乱窜。

仿佛什么也没有发生。仿佛发生的一切和积雪一样，化干净了，不值一提。

傻子阿甲仍然倚靠着杏树，含着食指，傻笑。

暴雪来临的夜晚

阿 七

阿七，1990年生于河南夏邑，现居杭州，写小说，独立影像工作者。

高阳吃完面从厨房走了出来。西屋墙根堆着十几棵大白菜,他抱起其中一棵,扯两片冻瘪的菜叶,朝着后院的鸡圈走去。他把菜叶丢进圈里,六只草鸡拢过来,一会儿就给啄没了。鸡们望着他,任他击掌、吼叫,也不散开。

他回到堂屋,搬个小马扎去了后院。他坐在那儿,打火,点上了烟。风不时刮来,他的鼻孔里渗出些鼻涕,他用手掌揩掉,抹在了凳子的棱角上。

他打开手机,放响过时的网络流行曲。又来一阵风,身子缩得更紧了。阴影里的积雪还没化透。他蓄了口痰,吐向那里。痰在积雪上渗了个黄坑。

屋里传来鞋子摩擦水泥地的声音,听上去有股漏气的沉闷感,丝毫没有生机,高阳的耳膜像染上了老年斑。紧接着就是金属物件在抽屉里被扒来扒去发出的碰撞声。没一会儿就安静了。

午时吃的两碗面开始起作用,高阳的脑子混浊起来。他眯了一觉。没多久,就被冷空气吹醒了。

他回到屋里,对着墙壁上那面局部磨损的镜子打量了自己一番。他拿起电动刮胡刀,开机,密密麻麻的刀孔刚要碰到胡茬,又关机收了回去。随后他出了门。

家门前是条不怎么热闹的街道,好在镇上交通落后,人们去广场赶集,或去县城办事,都得经过这里。小镇的发展困局给这条街道注入了天然商机,沿街住户大都亮出自家本领开起了商铺,很多人的脑袋也因此顶上了老板、师傅这种体面的帽子。

门外沿街处有一个体态臃肿的老汉正在摊位前给客人配钥匙。

高阳走了过去。

老汉已将钥匙坯装入夹具，当他启动钥匙机时，麻花钻头开始工作。高阳把双手插在裤兜里，盯着钥匙坯上飞溅出去的金属屑，一直到老汉把完工后的钥匙交给客人。客人给了老汉两块钱硬币后走开。

"我先过去看看。"高阳说。

"到那儿别光说好话，也给人家撂包烟，客气客气。"老汉说，用黑漆漆的抹布反复擦着钥匙机上的金属屑。老汉的气息不稳，说起话来，感觉肺都在颤。

高阳弯下腰，从老汉脚下的木盒里拿了二十块钱，沿街往西走去。

镇客运中心的原址是打火机工厂。高阳非常熟悉这里，跟以前比，只不过是门头换了招牌、围墙涂了黄漆而已。在他做街霸干倒卖的那段光景里，这家工厂的充气罐引发爆炸，烧死了一个正在给火机壳充气的妇女。

客运中心大院里没人，只停放着四辆破兮兮的公共汽车，和一排厂房改建的办公室。办公室墙上的几个空调外机轰响了整个大院。

高阳随便进了一间办公室。刚进门他就听到了手机斗地主的背景乐声。

"卫良哥在不？"他问。

办公室坐着一个穿制服大衣的胖男人，他的发际线已经扩张到颅顶，满脸的榆木相。"哪个卫良哥？"他快速瞥了一眼高阳，继续看手机屏幕。

"梁卫良。"

胖男人打了一对K，指了指挨着另一间办公室的墙。

高阳出门，去了另一间办公室。

这间办公室飘满了烟味，还有一个公鸭嗓女人发出的狂笑声。身穿制服大衣的男人坐在办公桌角上，正在用一些隐秘的词汇挑逗着在工位上狂笑的女人。他们手里都夹着烟。

在女人的眼色示意下，男人看到了站在门前的高阳。

"过来了。"男人说，从办公桌上下来，活动着颈椎，晃悠悠地回到了工位，坐下。

"嗯，晌午有事没来。"

"怎么想的？"男人拧开眼前的保温杯，噘起嘴对着杯沿吹气，然后喝了两口。他把茶水咽下去，又把喝到嘴里的茶叶吐进了杯里。

"看能不能跟卫良哥跑跑车，混口饭吃。"

男人拧上杯盖，对女人说："我记得咱这儿的售票员都是小伙子吧？"

"差不多。"女人说，"我没记错的话，最大的也才二十二。"

"强子吗？"男人说，"他好像二十三吧？"

"二十三是虚岁。"

"那还是真不小了。"

"可不嘛！"女人说，"不过说到底，年龄也不是什么大问题。主要是人要底子净，万一有人闲话起来，单位上下也好有个交代，省得给上头添麻烦。"

男人留意到高阳的神色有变，干咳两声，可女人的嘴巴早已上了十圈发条。

"说这么多我也是为单位考虑，其实最大的麻烦还是职工超员的问题。就算镇上的人再多，那谁也不能天天往县城里跑吧？你见哪趟车拉满过客？上回满也就是过中秋那两天吧。"

"谁说不是呢。"男人转头看向站一旁的高阳，"这样吧兄弟，眼下不是快过年了嘛，等再过些天，外面的人都返乡了你再来吧，到时可能让你闲都闲不住！"说完他随即又看向了女人，"之前给你提过的，我兄弟，以前跟他混过，眼前搭把手帮衬帮衬也是应该的。"

"别的不敢保证，反正忙是肯定有的忙了。"女人说。

"你觉得呢？"男人又转头看向了高阳。

高阳说："都行，到时候看吧。"随后他出了门。

高阳在街边的商店买了包黄金叶，他撕开烟盒的封条、锡纸，随手取支烟叼进了嘴里。他摸了摸口袋，发现没带火，又扭头去问商店老板借了个打火机。点完火，离去。

临近中心大转盘时他绕进了巷子，一直走，左转，再一直走，再左转，十来步，又右转，直到他面前出现一条小河。

这里宽阔，没有遮挡物，积雪昨天就化了。他坐在岸边被太阳暴晒的干草地上，注视着水面。水面不时冒出些气泡，可能是鱼吐的，也可能是其他生命。

　　高阳曾在这条河里撒过些鱼苗，过了不到十天，谁再来这里钓鱼，他就会以私养鱼的名义把那人的鱼竿给折断，鱼食也给撒进河里。

　　这时路边经过一个拿玩具手枪的小男孩。高阳喊住他，让他去买打火机。可小男孩看起来并不情愿。

　　"回来赏你五毛钱。"高阳说。

　　小男孩接过钱屁颠屁颠跑去，不一会就买了回来。

　　高阳接过钱和打火机，找出五毛钱给了小男孩。小男孩屁颠屁颠离开。

　　小男孩走后，高阳又坐在河边用抽烟、发呆的方式填满了半小时。等他回去时，老汉还在家门口枯守摊位。不过老汉低垂着头好像是睡着了。

　　高阳走到摊位前，刻意收稳动作，把兜里的几块钱掏出来丢进了老汉脚下的盒子里。然后他回到家中，钻进被窝，一觉睡到了天黑。

　　晚饭时老汉喊醒了他。

　　餐桌上摆着一盘白菜炖豆腐，里面杂着几段被油爆黑的干辣椒，还有一盘尖椒炒鸡蛋，里面的尖椒比鸡蛋多，另有八个堆在馍筐里的白面馒头，这些馒头都烂了皮，它们至少在蒸笼里被热过两次以上，除此外，又有两碗冒着热气的小米粥，稀稠度刚好，很适合用嘴对着碗喝。老汉似乎偏爱豆腐，嘴里一直在咀嚼它。而高阳刚醒，没什么食欲，像病鸡啄食那样敷衍对待着满桌食物。

　　"去看看胜儿吧。"老汉说。

　　"这都几点了？"

　　"没说现在，是过几天。"

　　"那就过几天再说吧。"

　　"不能再拖了，再大就不认你了。"老汉说，"等会我就给玉霞打电话。"

　　"我都说多少次了，不要动不动就给人家打电话。"高阳说，"非得晚上折腾，就不能等到白天打吗？"

　　老汉把筷子拍在桌上："当了几年爹打个电话咋了？"

　　高阳不应声，喘了几口粗气，接连把鸡蛋、白菜、尖椒往嘴里一口一口地塞。

"你不要这副穷德行,她就是嫁到美国,胜儿身上流的也是咱家的血。"

老汉刚说完这句话,就狂咳了起来,把暗沉的脸都憋红了。过了好几分钟才平静下来。

"早晚我得死在肺上。"老汉说。

高阳突然放下筷子,把剩下的大半个馒头撂进了馍筐。

"不吃了?"老汉说。

"饱了。"

高阳端起碗,小口试了下粥温,接着大口喝了起来。喝完后,他把碗放下,起身去了卧室。他坐在床帮上,打开手机,躺下,看起刚更新的盗墓小说。

高阳离开餐桌后,老汉喝了几口粥,伴着间歇性的咳嗽也离开了餐桌。他走到电视柜旁拿起老年机,就着昏黄的灯光,眯着眼,拨通了一个电话。电话响了五声,没人接。又拨了一遍,还是没人接。老汉瞬间丢了食欲,他回到餐桌前,慢吞吞地把剩下的半碗粥就着两块豆腐喝完了。

洗碗时,老汉又咳了起来。有两声尖锐的咳把几粒小米从他的喉咙里呛了出来,那几粒小米上裹着红液落在了水池里。老汉放水冲走了它们。

高阳阅读小说的时候抽了三根烟,满屋子都是烟味。老汉在厨房里喊他把窗打开透透气。高阳应声,身子却不动,直到他看完最后几段文字才起身。当他来到堂屋时,发现窗子已经被老汉打开。

"我先睡,记得过会把窗关上。"老汉说,"夜里可能会下雪。"然后他拿着收音机,回了卧室。

高阳走到窗前,望着漆黑的夜空,把右手伸到窗外,没几秒,就收了回来。外面的冷空气迅速把他的手面冻得通红通红。

他窝在掉皮的旧沙发上看起了卫视台播出的谍战剧。电视剧里,除了龙套平民,角色各个都戴着惹眼的帽子,只要大街上一出现,立刻就会被特务发觉,但事后总能化险为夷。

冷空气持续往堂屋里灌,高阳有点坐不住了,没等这集播完,他就关掉电视机回了卧室。

他钻进被窝,侧躺着,双手抱着手机,打开小说网。点进,试读,乏味,返回。再点进,再试读,再乏味,再返回。这期间从老汉的卧室传来的咳声也被他混到了乱起八糟的情节里。

已经晚上八点四十多了，电热毯终于暖透了他的身体。

他撂下手机，从被窝里坐起来，像禅僧那样将双腿盘坐，端正身板，然后闭上眼，把呼吸调成腹式呼吸，接着蠕动起了颈椎、肩胛。这些动作是位上了年岁的狱友教给他们用来修身养性的睡前课。做完课，他披上外套，倚在床头靠背上，抽起了烟。

高阳去堂屋关窗时，老汉的卧室里还放着戏。他走到窗前，刚要伸手关窗，发现夜空飘起了雪花。他站在那儿，凝望着。不一会儿，他关上窗，去了后院。他仰头直望夜空，对着院墙下的排水口撒起了尿。这些凉爽的小雪花缓缓落化在他的脸上，以及生殖器上。

他关上连着后院的门，又检查一遍堂屋的窗，然后回了卧室。

他坐在床帮上，久久发呆。接着，他蹲下，从床底拉出一个把手坏掉的黑色行李箱，打开，取出一个用围巾裹着的长物。他解开围巾，露出一把长约八十厘米的自制气枪。不锈钢散着凉气。打气筒、电磁阀、瞄准仪，这些零件都是他从不同的网店购入的。他握着它，仔细检查着每处零件。

他搁下气枪，走到窗前，小雪花已经下成了大雪花。

高阳脱掉白天穿的羽绒外套，换了件加绒的冲锋衣，又蹬上了那双沾满泥垢的户外鞋。他走到墙角，从堆满杂物的牛皮纸箱里翻出一个头戴式探照灯，在直起腰的时候把它戴到了头上。他长舒口气，拿起气枪出门，刚走出卧室，又扭头回来。他再次打开行李箱，从一个方形塑料盒里抓了一把钢珠出来。他把钢珠塞进兜里，拉上拉链，出了门。

地面上已经盖了薄薄一层雪花，高阳扛着气枪，踏在上面，抄小道往镇郊走去。

跟四天前的雪夜一样，他的步子迈得很大。没多久，他的毛孔开始扩张、渗汗。

他来到了一片杨树林和麦地紧邻的广阔区域。

四天前也是在这儿，因为有大风，让他错失了三只野鸡。要是放在早些年，他的单管猎枪还在，枪法还在，也许就不会被几只野鸡搞得难堪。

今晚就不一样了，今晚没风。

跟往年一样，这片区域经常堆着些农民扔的玉米秸秆，当一些倒霉的野鸡出来找食不幸遇到下雪时就会选择在这里暂时躲避，至少要等过了夜才离去。

高阳打开探照灯，仰头，大片雪花砸落，越下越大。

他顺着探照灯在麦地里看到一个饮料瓶，瓶身上已经积了些雪。他装上钢珠，压好气，然后把眼睛凑到瞄准仪上，死死地盯住饮料瓶。他屏住呼吸，几秒后，扣动扳机，接着远处"砰"的一声，塑料瓶被打到了另一处。塑料瓶上积的雪在探照灯下飞溅如花。

他看着被击中的塑料瓶，咕哝着嘴，朝地上猛吐了口痰。

他关掉探照灯，把气枪抱在怀里，点上烟，然后来到一棵粗壮的白杨树下，靠在上面，继续等待着雪大一点，再大一点。

时间在流淌。

他推测，这注定是一场平静的暴雪，而此刻正在附近觅食的野鸡早已无路可逃。

空 翻

范墩子

范墩子，1992年生，陕西永寿人。中国作协会员，陕西文学院签约作家。鲁迅文学院第32届高研班学员。在《人民文学》《江南》《野草》《作品》《青年作家》等期刊发表小说多篇。已出版短篇小说集《我从未见过麻雀》。

街巷间人声嘈杂，还伴着污水的臭味儿。路西的木电线杆上缠满了电线，有两只麻雀就站在上面，挨着的砖墙上贴满了各种小广告，有贷款招聘租房的，有包治结巴的，各种信息应有尽有。芸玲在电线杆旁站了片刻后，然后在附近找台阶坐了下来。她的腰和颈椎都有点疼，但她根本顾不上它们的疼或者不疼，盯着躺在她脚边的雪糕袋，她莫名想哭，眼泪却流不出来。夕阳将城市的悲伤铺成金色一片，两边的老梧桐树在光线下面熠熠闪光。老猫忽然从垃圾堆里乱窜出来，喵喵了几声后，便跃上了路北的矮墙，她抬起头，面朝对面的人民大厦剧烈地咳嗽了几声，起身继续朝前走去了。她要去火车站接人。

　　灯罩四周闪烁着暗黄色的光，她趴在床头上，正翻看母亲去世前留给她的黑色笔记本，她一直不敢看，生怕触碰了什么悲伤的记忆。她刚打开母亲的笔记本不久，旁边的电话就响了。她还以为是小红帽的电话，接通后才知道是一个女人打来的，对方的声音有些沙哑，她好不容易才辨别出这样几条信息：我姓艾，是你家的老亲戚，我明天会坐长途火车来西安，到站时间是明天晚上整九点，请你务必来接我，我穿着一条深红色的毛衣。对方一直在讲，她根本就插不进去话。她只记住了这几条信息，挂断电话后，她还觉得有点儿不好意思。

　　可她从未听母亲提说过什么老亲戚。现在坐在去往火车站的公交车上，她依然感到迷惑。她和母亲的关系一向不好，主要原因就是她坚持不结婚。母亲就她这么一个女儿，对她疼爱有加，在她很小的时候，父亲便过世了，大学毕业后，母亲一直催她结婚，那时她心气旺，和母亲频频争吵，一怒之下，就从铜元巷的老房子里搬了出来，住在了南郊的新区，那时候，她只盼着能够离母亲远点儿。这么多年，尽管她们母女生活在同一座城市，但毕竟聚少离多，母亲早已从当年那个无比精明的女人，变成了一个沉默寡言的老太太，而她也熬成了一个面容峻冷的中年女人，她的脸是越来越像母亲中年时的样子了。

母亲去世前五年的一个清晨，突然出现在她的家门口，随身携带的还有一大包衣物。她吓了一跳，以为母亲要出远门，不想母亲却拉起她的手，将她紧紧地揽在怀里。等她意识到这并非梦境的时候，母亲早已成了泪人。母亲满头的银发在逼仄的楼道间显现出幽暗的光，她将母亲带到家里后，母亲才对她讲明了自己的想法。母亲说，近来她总在老房子里看见芸玲的父亲，芸玲父亲就藏在那张早已坏掉的沙发下面，就站在阳台跟前的花丛里看她，搅得她心神不宁，晚上没有瞌睡，她想搬过来同芸玲住在一起。母亲还说，要是芸玲不愿意的话，她就继续住在老房子里，她总可以找到对付芸玲父亲的办法。

她答应了，她也没有什么道理拒绝母亲。至于她的个人问题，母亲早已不再过问，在光阴日渐昏暗的阴影里，母亲似乎洞穿了什么。同母亲生活在一起后，她和母亲往日的恩怨也已尽然消失。她常常带着母亲在这座古城里转悠，有时坐地铁，有时坐公交，去寻找以前的老街道，但这些年的变化实在太大，能拆的都拆了，能盖的也都盖了，母亲总向她感慨，言说如今这座城市生得很，生得就像她以前没有在这里生活过一样。她对母亲说，那是因为她常年只在铜元巷附近活动的缘故，铜元巷本是老街区，发展速度自然要滞后于别的地方，所以有这种感觉就再正常不过啦。母亲放下手中的水壶，长长地叹了口气。

母亲刚住进来那段时间，经常会梦见屋檐上吊着很多条青蛇，当西天被大片彩云覆盖的时候，蛇就朝着小区里的花丛喷火。她从小就怕蛇，现在的西安，恐怕只有在动物园才能看到，不过在她小的时候，铜元巷西边的长庆公园里，就经常能够见到，所以她自小就很少去公园里玩。上小学四年级的时候，她曾被同小区的男同学用菜花蛇吓过一次，那次她刚放学，经过长庆公园时，她在旁边的柳树下小坐了会儿，起身时，两个男同学朝着她跑了过来，她还没有缓过神，就见他们将一条菜花蛇朝她扔了过来，菜花蛇正好就挂在了她的脖子上，她吓得当场就昏死了过去，但她仍有知觉，只觉得面前到处都是蛇。

那时父亲刚病逝不久，母亲得知后，吓青了脸，慌忙叫车将她送到医院，住了半个月，总算恢复了过来，但却留下了后遗症。直到现在，她依然会在梦里看到蛇挂在她的脖子上，常常半夜哭醒过来。师范学校毕业后，她在碑林的一所小学任语文老师，就是从那段时间起，她的睡眠一下子成了问题，连夜失眠，怎么都睡不着，用中药调理，看心理医生，能想的办法都想了，但都不见效。身体就是从那个时候虚弱起来的，后来，她实在撑不住了，就只能服用少量的安眠药，可她依然会梦到蛇，依然会在噩梦中哭醒。她开始讨厌这个世界，讨厌这座城市和城市里的一切，人群，街道，公园，都让她感到乏味。

到现在，她依然单身，但并不代表她不曾谈过恋爱，她曾有过两段失败的恋爱经历。第一段是在大学期间，那时她尚懵懂，性格又怪异，没有多久便和男朋友分手了。她并不恨那个男生，相反她心里有点感激他，因为他很愉快地接受了她提出的分手要求，那会儿她就已经在心里觉得，这辈子她不再需要任何男人的爱。她厌恶两性关系，厌恶庸俗的男人，她更喜欢独来独往。她那个男朋友其实并不庸俗，相反很青涩单纯，长相也阳光，总能给人温暖的感觉，但她也受不了那样的男生，她骨子里更向往深邃的甚至有点抑郁的男人。

她相处的第二位男友，说来话长，但我在此还是长话短说，免得诸位厌烦，毕竟我和这位男友还算有点儿交情，芸玲的一些消息也是他传出来的。他叫王子昂，没有工作，职业混混，靠着他父亲留给他的那点儿家产，整日喝闷酒，偶尔会在一些报刊上发表几首诗歌，没错儿，这正是令他自己感到无比骄傲的地方，他常常会在圈里给大家朗诵他的诗歌，以博取大家的赞赏。尽管在多数时候，大家都给予他不少的赞扬，但他的诗着实一般，并无什么高妙之处。

就是这样一个人，却让芸玲陷入了爱河。他们第一次碰面是在城南的一家咖啡店里，那时候，芸玲刚过三十五，王子昂三十一岁，引起芸玲注意的并不是王子昂的外貌，而是他面前的白酒。在咖啡馆里喝白酒，她是头回见到。王子昂挨着窗户坐，阳光像瀑布一样倾泻在他的面前，头发上浮现着一层薄薄的亮光，他端起小玻璃杯昂头一饮而尽时，眼睛里射出幽暗绝望的光，而让芸玲心里咯噔一下并瞬间产生好感的也正是他眼睛里那略带欺骗性的神色。

她并没当回事儿，毕竟只是一个陌生人。她坐在咖啡馆的东北角，身旁的假花将她簇拥在黏稠的悲伤当中，而店里播放的流行歌曲《盛夏的果实》也容易让人联想起遥远的往事，她感到面前的景象极其虚幻，甚至连刚刚喝下去的咖啡都是不真实的，收银小姐的假笑在浮动的暗影里摇摇晃晃，好几个时刻，她发现自己竟无法将目光从他的身上挪开，窗外的行人，天花板上的动物图案，墙上的抽象油彩画，都令她感到时光的流逝，不禁让她感伤万分。

音乐再次响起的时候，她端起咖啡抿了一小口，正好走进了几个年轻人，咖啡馆里一下子就吵闹起来。她趴在桌子上，刚盯着脚下的木地板看了会儿，眼泪便情不自禁地流了下来。她不清楚自己因为什么而感到悲伤，也不知道自己为什么会流眼泪，她蛮讨厌这个样子的。有时候，她走在街道看见城墙上空的晚霞时就会哭，看见行色匆匆的人们也会哭。她哭得一点道理都没有。甚至看见一片落叶，也会感伤上一阵子。她觉得，这可能是人到中年的缘故。

她抬起头，刚才还在窗边喝白酒的男人竟坐在了她的对面，那几个年轻人已经离去，咖啡馆再次平静下来，舒缓的音乐还在吟唱着昨日的悲伤，她的心怦怦直跳。他们都有点不好意思，她也并未觉得被冒犯。他只是微笑。他的笑容里带有一丝羞涩，他深陷下去的眼睛里藏有不为人知的故事，这都令她倍感亲切。他们就那样坐在午后的咖啡馆里，半句话都没有说，她在等他开口，但他只是看着她笑，谁也不知道他在想些什么。他的笑令她感到久违的美好。

大概坐了半个小时，他起身便离开了，她坐在那里，心中竟然滑过一种难以言说的幸福感。她还在回味着某些已经消逝的东西，已经凉了的咖啡里浮现出星空的倒影。这时，刚才离去的男人重新折返进来，来到她跟前，给她留下了一张写有他姓名和电话的纸条。他也要了她的电话，她完全可以拒绝的，毕竟他们并不认识。可她还是结结巴巴地告知给了他。事后连她自己都觉得这有点不可思议，她以前拒绝过不下三十位向她搭讪的陌生男人。

　　王子昂几乎每天都会通过短信给她发来一首短诗，这些或长或短的诗行无不在表达着他寂寞而又孤独的心，当然还有他对爱情的渴念和向往。一个月下来，他的这些短诗就彻底俘虏了芸玲的心，假若哪天没有收到他发来的短诗，她就会变得焦躁不安，甚至对着小狗无缘无故地乱发脾气。王子昂和他诗歌的出现，让她在原本已很黑暗的日子里看到了一丝光亮。而王子昂并不明白他的诗歌竟然有如此巨大的魔力，对他而言，无非是在醉酒后写诗度日罢了。

　　两月后，当王子昂接到芸玲约在咖啡馆里见面的短信时，他甚至都想不起来这是怎么回事，他想了好长时间才想起了给他回短信的人是谁。为了此次见面，芸玲专门买了香水、口红和一件少女款的碎花连衣裙，其实那件衣服同她完全不搭，但她觉得蛮好的，师范毕业后，她还从来没有跟男人单独幽会过。商场出来后，她在城墙下面的长凳上坐了许久，护城河里的绿水驮着各种嘈杂的声音朝着远方缓缓流去，白鸽站在她面前的不远处，半眯的眼睛里尽是忧伤。

　　她忽然想起几年前她也曾坐在这个位置，那时霞光染红了半边天，许多人伸长了脖子站在城墙上面的豁口处往下看，护城河北侧的竹丛间钻满了麻雀，叽叽喳喳的声音在高楼间久久回荡，几位老年人就在她的左侧打拳，阳光将他们满是皱纹的脸面映得金光灿灿。那时候，她满脑子只有一个念头：自杀。再晚些时，几乎整个天空都被晚霞染红，人们纷纷昂起疲惫的脑袋朝着天上张望，城墙上方浮起一层模糊的光彩。晚霞就像大火正在燃烧着古城。

　　眼看着这座千年古都就要在青春的烈火中烧为灰烬，她遥远的少年时光正藏匿在护城河那绿水深处暗暗叹息，人们都在一场罕见的晚霞中纷纷赴死。那个时候，她看见死亡的身影是多么灿烂，在吵闹的人声中她经历了一次寂静的死亡。是她点起了夕阳的火焰，是她将还未燃烧起来的火苗一一洒在古城的角角落落。她平静地坐在长凳上，看着天上的火焰正朝她扑来，城墙的废墟也即将塌落，她并不感到恐惧，相反这场晚霞大火烧尽了她少女时期的痛苦记忆。

　　再次在咖啡馆见面时，王子昂展现出了一个成熟男人的魅力,他那幽默风趣的语言,不时将芸玲逗得哈哈大笑。王子昂健谈,上知天文,下晓地理,尤其讲到当代诗歌时,更是眉飞色舞,唾沫横飞,见芸玲听得如痴如醉,他讲得就更加起劲了。他在芸玲的眼睛里读出了他已完全捕获她的心的信息。他甚至产生出一种得意感。他并不了解这个女人,但在那个瞬间里,他认为自己征服了她,这种感觉令他心花怒放,更让他体味到了久违的男性尊严。

晚上九点四十,王子昂在咖啡馆对面的商务酒店开了房,芸玲的脑子一直处于眩晕状态,她跟着他去了。此后,他们就隔三岔五在酒店开房,那时候,芸玲觉得,王子昂就是她的整个世界,她已经离不开他了。然而好景不长,不知从什么时候开始,她觉察出王子昂在有意疏远她,不再给她发情意浓浓的诗歌短信,甚至也不接她的电话。起初,她以为他可能是在忙工作,但两周下来,她彻底崩溃了,自己对自己发脾气,并且摔了阳台上的三盆绿萝。

下班后,她总要到那家咖啡馆里坐坐,窗外络绎不绝的人流能让她稍稍感到心安些,熟悉的音乐响起时,她觉得自己又与古城有了一丝隐秘的联系。王子昂再也没有回过她的信息,也没有在咖啡馆里出现过,至少她在咖啡馆的时候没有看到过他的身影,那个坐在咖啡馆里小酌白酒并不时朝着她温柔微笑的身影。当她路过咖啡馆并朝窗户里望进去时,她坚信自己只是做了一场梦,关于王子昂所有的幻影仅仅是她记忆的一种错乱,并非真实发生的事情。

时间渐渐消解了她对王子昂所有的恨意,她甚至有点庆幸王子昂消失在了自己的世界里。她害怕依附于别人的感觉,她自己就是一个孤岛,不需要任何人和船只靠岸。她更害怕她的心里住进别人,而丢失了那个内敛孤僻的自己。她生在西安,长在西安,但她只是古城里的一粒尘埃,一块沉默了数百年的青砖。所以当她三年后在朱雀大街上见到王子昂和他妻女时,她丝毫没有感到气愤,而是平静地朝着惊恐万千的王子昂笑了笑,就朝前走去了。

大概有多半年时间,母亲晚上总会梦见蛇,甚至会在梦里嘤嘤地哭。母亲却说这是好兆头,那条曾经吓过芸玲的蛇现在转到她的身上来了,以后芸玲就不再怕蛇了。芸玲却听得毛骨悚然,后背发凉。但那个多风的秋季过后，母亲便不再梦见蛇了，那年冬天，下了场罕见的大雪，几乎盖住了整个西安城，夜晚也要比以往黑得早，每到深夜时分，母亲就会从睡梦里起身走到客厅，对着那台白色座机讲电话。母亲对芸玲讲，她是真真切切地听到有人在给她打电话。

好几个晚上，她都被母亲讲电话的声音吵醒，她本来就有点神经衰弱，这样折腾几次后，她感到身心疲惫，但总不能对母亲发火。她只能适应。那晚上，她做了一个非常奇怪的梦，梦见她赤脚在铜元巷里跑，身后是一群没有脑袋的人在追她，当她抬头时，只见两边的窗户上爬满了菜花蛇。她吓得气喘吁吁，醒来后便听见客厅里传来嘤嘤的哭声。她悄悄地站在门缝后面观望，只见母亲正斜靠在沙发上讲电话，她低沉的嗓音在白灿灿的灯光下显得格外消瘦无力。

母亲在电话里一直说"知道了"，还说请那边放心，她会尽快过去，就在原定的地点见面。挂了电话后，母亲在客厅里走了好几圈，然后用蘸了唾液的食指在空中写着什么，没过多久，母亲便回屋休息了。芸玲并不知道母亲在写什么，当她提起那台白色的电话时，呜的长音犹如暗夜里的枪响声。她没有查到和母亲通话的电话号码，更没有查到刚才的通话信息。她忽然意识到这或许是阿尔茨海默病的前兆，攥着电话，她为二十年来一直在疏远母亲而感到羞愧。

母亲开始变得健忘，常常是刚做过的事转身就忘记了，好几次去楼下的菜市场买菜都是空手回来，甚至连那条名叫春花的小狗都忘了牵回来。母亲坐在沙发上唉声叹气，自责得很，并对芸玲说她以后再也不出门了，她可不想把买到的东西又白白送给人家。母亲总还认得芸玲，不像有的老人得了健忘症后连自己的儿女也不认得了。芸玲给母亲的衣服口袋里装了好几张卡片，上面写了家里的详细地址和座机电话，母亲却坚持再也不下楼到街上去了。

芸玲本以为母亲只是玩笑话，谁料想母亲真的就不再出门，直到去世前都没再下过楼，购买日用品和水果蔬菜这些事情全由她下班后完成。母亲除看电视、听广播之外，基本都是在自己的房间里上香，跪拜观音菩萨。她是一日一日地看着母亲瘦成一个小老太太了，母亲的行为依然诡异，晚上有时会接到父亲的电话，有时会接到老邻居的电话，也会接到一个小男孩的电话。母亲说那个乳名叫小红帽的小男孩正是芸玲的哥哥，四岁时得了一种怪病去世了。

她的印象里并没有这个小红帽哥哥，她只知道母亲就她一个女儿。母亲接着说小红帽是她从孤儿院领养回来的，小红帽的笑容非常好看，芸玲父亲也非常喜欢小红帽，谁知道小红帽的命薄，那么小就被死神给带走了。讲这些事的时候，母亲正坐在高木凳上，手里拿着遥控器，眼睛里流出了几滴晶莹的泪花，她用苍老的手掌擦拭泪水时，芸玲将她轻轻地搂在怀里。母亲隐隐啜泣的声音真的就像做错事的孩子，满头的银发在日光下映出厚厚的白光。

除了上班的时间，芸玲几乎是陪母亲待在家里。她们只是小区里非常普通的人，没有人会留意到她们。三年间，对门的屋里先后换了六位租客，她们自然也不认识，甚至连一句话都没有说过。她们就像尘埃一样生活在高高的楼层里，大概只有窗前的阳光和花草认得她们，并记着她们的笑容和哭声。小红帽给母亲打电话的频率是越来越高了，起初是半夜里打，后来在中午时都能接到小红帽的电话。接小红帽的电话是那几年里最令母亲感到快乐的事情。

母亲和小红帽讲话时，笑声就像白亮的钢珠子掉落在地上，发出清脆动人的响声。母亲说小红帽本应该四十岁了，但光阴并未在他身上留下什么痕迹，他的声音还是像婴儿那般稚嫩可人，母亲说着说着就放下电话到隔壁的卧室里给小红帽找玩具，可当她在柜子里找到弹簧青蛙时，小红帽却已挂断了电话。母亲满屋子里找小红帽，她将所有的柜子和抽屉翻了一遍，甚至趴着连沙发和床下面都找过了。只有灰尘在阳光下四处飞舞，并未见到小红帽的踪迹。

她已经完全忘记了王子昂，他给她写的那些短诗和他的模样，她一概都想不起来了。那时候，她常常想到母亲的死亡，并对此充满了恐惧，若母亲离世，这座城市她就再也没有一位亲人了，她真的就成了一片落叶。她还记着年轻时她是多么渴望死亡，现在仅仅过去了二十年，她竟变得如此惧怕死亡。每天早晨上班前，她都会在阳台上给母亲耐心地梳头，母亲时不时就会问她小红帽今天会不会打电话过来。现在，她已经习惯了母亲任何的唠叨和怪话。

　　小区供暖后,房间里不再阴冷。母亲却在半夜接小红帽电话时摔了一跤,医院检查的结果是有轻量的脑出血,母亲出院后,意识开始变得模糊,瞌睡多,白天里总睡不够。为了照顾母亲,她干脆辞掉了学校的工作,但她没有想到的是,母亲还是没有扛过那个冬天。腊月二十四晚上,母亲坐在沙发上接小红帽的电话时溘然长逝了,离世时她的手里依然抱着那台白色座机。小红帽咯咯的笑声在电话呜呜的长音里久久回响,沙发上摆满了母亲买给小红帽的玩具。

　　母亲的葬礼过后,芸玲搬出了新区,又重新住回了铜元巷的老房子里。黄昏时,她会沿着城墙下走上许久,然后到长庆公园坐坐,依然能想到童年时的恐怖经历,她甚至会将面前正在跳广场舞的大爷大妈看成手里拿蛇的少年,那时候,她会觉得周围的每一个人都像幽灵一样在阳光斑驳的广场里游荡,菜花蛇正沿着细长的柳絮爬上弯弯的树杈。她常常会想到小红帽午夜给母亲打电话的情景,也会想到母亲温和的笑容和发生在童年时代的一些故事。

　　现在的铜元巷早已不是她当年离开时的铜元巷了,长庆公园四周高楼林立,铜元巷里到处是新开不久的商铺,她记忆中的王家包子、刘家面馆、蚂蚁游戏厅等店铺已不知去向,站在街口依然能够看到许多正在建设的塔吊。也不知是什么原因,铜元巷尽管已被改造,但她家所在的孔雀小区却并未被拆掉,小区里的生活气息依然浓郁,有围在一块下象棋的老人,也有清晨五点就起床打乒乓球的大妈。不过话说回来,每次当她回家时,连她自己都觉得孔雀小区在这条街上过于突兀,她觉得,小区早晚都要被拆的,这是板上钉钉的事儿。

　　她搬进老房子的第二年,母亲托梦告诉她,客厅的木柜左下角放着一个红色木匣子,提醒她记着把里面的东西拿出来晒晒,以防发霉。天亮后,楼下大妈打乒乓球的声音不绝于耳,她忽然想起半夜做过的梦。木柜里的旧衣服堆里果然埋着一个红色木匣子,她打开后,只见里面放着两双小孩穿的老虎鞋。她印象中里没有这样的鞋子,她拿起其中一只在阳光里端详,肯定是母亲亲手给她和小红帽哥哥做的,微微有点褪色的红布里嵌满了黏稠而又悲伤的记忆。挂在小红帽脖子上的银色铃铛还在母亲的摇晃下发出叮叮的脆响声。

次日中午，她忽然接到了小红帽的电话。她慌乱得语无伦次，不过还是将关于母亲的一些往事告诉给了电话那边的小红帽。她并不知道小红帽比她大几岁，这是母亲离世后她头次接到小红帽的电话。小红帽的声音很小，也可能因为信号的原因，电话里总是掺杂着嗡嗡的杂音。她心里想，小红帽可能还睡在童年的傍晚时刻，知了的叫声淹没了他那悠长的梦境，皮影般的狮子正在街巷深处哗哗闪动着，夜幕就要降临时，母亲刚骑着自行车从纺织厂里出来。

她听了半天都没听明白小红帽在讲什么，他的话断断续续的，并不连贯，偶尔还伴有微微的咔嚓声。她往后靠时，不想却打翻了摞在墙角的书，灰尘瞬间在她面前飞舞起来，她大脑一阵眩晕，忽然连自己是谁都想不起来。她丢掉手中的电话，在额头上拍了拍，眼前闪现过一些怪诞的影像：蛇挂在哭泣的小女孩的脖子上，母亲趴在阳台上满眼忧郁地朝大街上张望，春花的舌头在往下滴血，中年女人正将刀子插进诗人的胸口，梧桐树上坐满了看戏的少年。

小红帽隔三岔五就会打电话进来，母亲倒很少再给她托梦了。她现在把自己活成了母亲，才刚过五十岁，头发却已花白一片，她没有染，依然像幽灵一样穿梭在街巷和小区里，很少有人再认识她，对门租住的年轻人并不知道她是土生土长的西安人，还以为她是乡下来的。她现在最渴盼的事情就是接到小红帽的电话，她最喜欢的事情就是沿着城墙下面的小道走，时不时停在城墙跟前，用手掌抚摸那些青黑色的长砖。她喜欢这样的生活，她也很少再做梦。

有一阵子，也不知是什么原因，小红帽没有打电话进来，这让她感到难过，甚至焦躁，连夜里的多数时间，她都坐在沙发上等小红帽的电话，有时她靠着沙发睡到天亮时，电话依然没有响。她想到了主动给小红帽打电话，可她没有小红帽的电话。通话记录里也没有小红帽的号码。她将家里翻了个底朝天，连母亲以前用过的笔记本都翻了一遍，还是没有找见。她气得站在客厅里骂小红帽，骂小红帽是个没有良心的小东西，忘记了她和母亲对他是如何的好。

可当小红帽再次打进来电话时，她的闷气顿时就烟消云散了，又是给他讲童年的鬼故事听，又是给他讲她最近买了哪些花和绿植。她对小红帽根本就发不了火。那天上午，她将母亲给她和小红帽做的老虎鞋拿出来，并在电话里问小红帽还记得吗，小红帽咳嗽了几声，说他记得的，只不过相比起老虎鞋来，他更想要一顶老虎帽子。她在电话里哈哈大笑起来，并问小红帽为什么不把这个想法告诉给母亲。小红帽叹息一声，说他那时候还讲不了话。

母亲的三年过后，芸玲无缘无故地害了一场病，全身乏力，手脚僵硬，几乎难以下床走路，可检查结果显示除了颈椎和腰椎有问题外，别的地方并无什么大碍。她在医院静养了近一个月。短短一月，令她无比煎熬，感觉就像度过了漫长的几年。出院后，她赶忙回到家里查看座机的通话情况，查了好多遍都没有查到小红帽的来电记录。她以为过些天小红帽就会打过来的，此后却再也没有接到过小红帽的电话。一次也没有。她把座机电话改装到自己的卧室，并将那双老虎鞋摆在床头柜上，日头就在一日复一日的等待中消逝掉了。

公交车经过钟楼站时，她还在想昨晚的那个电话，那个神秘的身穿深红色毛衣并要乘坐长途火车来西安的老亲戚，她在脑海里搜寻了好长时间都没有搜寻出这样一个熟悉的人影来。她想或许是那人打错了，但现在不管真实情况是什么样的，都已经来不及了，那人已知道她会在火车站接她，如果她不去的话，说不定那人就在火车站走丢了。正当她这样想的时候，一群中学生拥上了公交车，打断了她的思绪。她已经看到了火车站的标志，可她究竟是来接谁呢？是小红帽还是母亲？还是那个身份神秘的陌生女人？她不清楚，只觉得大脑眩晕。

手　帕

吴　娱

吴娱,"90后",昆明人。有作品见《文学港》《边疆文学》。现供职于某文学杂志社。

一

　　从海边回来以后，阿元和南树一次也没有争吵过。两人住在三间房的屋子里，清早一起准备早饭，阿元问南树夜里做的梦，一整天的安排，有时也聊晚饭要采买的肉蔬。南树照例一一回答。他说话时全身泛起柔亮的光，在三间房的门与门之间摇摆恍惚，被阿元的鼻息吹散，变成清早的团云，山坡上零碎的花斑。阿元喜欢这样的南树，但阿元却无法朝那些团云和花斑伸出手去。南树。阿元站在南树吃过早饭的窗边，她想象着南树又变成那棵树，顶裂屋顶，向上蔓过去，枝叶伸出窗口捧住那些日照下的光雾，让那群从南边飞来的鸸在树顶做了窝。

　　明明南树就在这屋子里，和阿元日夜相待，但那种鸟阿元却一次也没有见过。

　　一起生活了近一个月，阿元还是听隔壁邻居问起先生做什么工作，才稍微感知到两人已经结婚的事实。南树并没有刻意躲避阿元，虽然阿元知道蜜月时发生的事谁也不会忘记，但两人再没提起过那片海。在日常方格的连载里，阿元尽量收敛着高低起伏的心绪。

　　——南树总是更平和些，心情的饱和度很低呢，多少因为是养子的关系吧。母亲曾看着远处水塘边钓鱼的南树说。

　　阿元不明白母亲说这些话的真实缘由，但隐隐觉得母亲是在担心自己。

　　花盆底钻出一条溪流，带着颗粒分明的泥沙，阿元不想放下水壶，还能钻出什么呢，就算此时一条蚯蚓怪扭着从阳光里钻出来，南树也不会吃惊吧。窗边的花草全是南树带进屋子的，阿元养不好它们，却忍不住想参与进来，因为水浇太多，泡涨了许多根茎，南树没有因此责备过阿元，为什么南树能做好的事，阿元却不行。阿元盯着那些烂掉坏死和稀稠泥土混成一潭的沼泽，陷进去就到了另一个地方，那里没有南树穿衣服的动作，用过的枕头，没有南树淋洒在海面，比阿元长很多的影子。没有另一个南树。

南树站在窗边看什么呢，阿元没有问过。只是慢慢养成等南树离开家，自己也在那地方站一站的习惯。

远处是一群蓝灰色高矮缠绵的山，阿元从小便看着这些石头山长大，南树大概也是一样吧。那些石头在不同的季节、天气里全无变化，比近些的房屋淡浅，比远些的天空深暗，夹杂其中更像一片虚造的影子，阿元从未爬登上那些山，于是，阿元想象它们只是一页页纸片，从地底长出来，隔在阿元和远方中间。阿元讨厌山，她不止一次希望过山的消失。

只要闭上眼睛，那些山就不见了，阿元感到光暖洋洋烘着她的脸，没有山的阻挡，阿元可以看到更远的地方，渐变的草绿，坚硬的棕土，再往前一些就是大海了，那片大海……忽而阿元眼前出现南树的影子。南树又变成那棵树，吞遮光亮，渐渐地，所有亮光都会不见。阿元有些害怕南树遮天蔽日的枝叶。走了吧，离开吧。这样下去。

阿元——阿元——

一只蜻蜓扑棱着翅膀撞上窗棂，阿元这才回过神。

要迟到了，真麻烦。

天黑了大半，像要下雨，阿元慌忙跑到阳台上抓了一把伞。

雨已经飞砸进窗口，噼啪地砸在花盆里的芽苗上，阿元有些担心地凑头去看，一棵芽苗整个被包裹在水滴里，低沉着头，又一滴雨刚好也落融进水滴时，芽苗忽然抬起头，弹飞大颗水珠，水珠渗进一旁的泥土里，被根茎吞下。阿元吐了口气，眼前的芽苗像是长高了一些。阿元放下原本准备关上窗户的手。

二

小城里，许多人自小便认识。阿元和南树也不例外。两人幼时在同一所学校读书，两三年里还在同一个班级坐过前后排。只是这段经历并未过多地印染在阿元的记忆布条上，那里只有南树偶尔的几个表情，困乏的、疑惑的、惊讶的，恐怕大多数时候还是和如今一样，平静柔和，像现在阿元呼吸着初冬的空气，一点味道也没有。

那时候左右几个调皮的男生不知在哪捕了条水蛇，还很小，泛着幽幽的藻绿。夏天里大家轮流将水蛇绕在手臂上嚷嚷着凉爽，那水蛇也像听懂了话，乖乖盘绕，吐着芯子，摇头晃脑。是谁用裁纸刀扎了它的肚腹。那时，阿元看到南树脖颈溅上的血滴。

——南树。

后来的事阿元一点也想不起来。

两人通过母亲认识的朋友介绍再见面时，已经是十二年以后了。阿元对南树原本没有什么特别的印象，只知道南树四五岁时被人从城外带回来，给了城里一家没有孩子的夫妇收养。有关亲生父母的事，则一概不知。学校里虽有好事的少年不怀好意地问他过往，但他绝口不提，也没有任何过激的言语和行为，南树是学校里出了名性格温顺的怪人。

介绍人不知从哪里探听到两人读书时曾坐过前后排的事，与母亲一说毫无意外地成了一个隐约有些钝涩的初恋故事。为此阿元见到南树时，忍不住笑了半天。那时有喜欢阿元的男孩，却怎么也不可能是这位统共没说过几句话的物理课代表。

还记得吗，我上学时贪睡，唯独英语老师的课是不敢睡的，那天和往常一样凭意念坐直了身体，还一个劲告诫自己，绝不能睡着。结果，不知什么时候睡沉了，整个人往右倒，直直摔砸在地上——阿元大笑着像在讲一个无关自己的笑话，还没来得及逗得南树一起笑就碰倒了手边的咖啡杯。

啊——南树扶起杯子，不知从哪拿出一块寂色手帕，一点一点擦干阿元面前漫开的咖啡，不发一言，也不看阿元，像是认真仔细抹去附着在过往时间上的后来。桌面恢复如初时南树才终于停下来，对着阿元笑了笑。

阿元这才明白，自打进门落座起，自己说过的话南树一句也没有听进去。

南树是不可能喜欢自己的吧。

往后，两人客客气气吃完饭，各自回了家。

又过了近一个月，阿元傍晚散步，被眼前一只巨大的白鸟吸引住。那只鸟从离阿元不远的屋顶上猛飞起来，没有振翅的声音，反而吸光了四围所有的响动。阿元像掉进一颗抽干空气的鸟蛋里，羽毛交叠着悬在头顶，不上不下，阿元看见那只白鸟直直往月亮里飞过去，就是在那时候阿元想起南树。只有南树明白那只鸟的心绪吧。

阿元飞快蹬起单车，敲开南树家的门。

那只鸟朝远方飞去的样子，在阿元心里钻开一个大洞，生生从洞底啄起阿元对南树的向往。

——结婚吧。

没过几日，两人就结婚了。

三

那群叫"烛"的山，这会儿离阿元近了一些。正午的山仍然和清早一样，在一团光雾里灰蓝着表情，不向山下耍玩的孩子借几粒种子，要几棵花草。孩子们也都知道，山里什么也不生长，这是一群没有秘密的山，至今，连暗藏的洞也没有人发现过，无用的山只挡了海上来的风，以为这样就没有人想象更远的地方。

阿元七岁那年，双眼近视，父亲总强制阿元吃过晚饭远眺那些山。阿元原是不明白"烛"的由来，便是傍晚太阳沉甸甸地往山里躺，那些山也不会染上半点橘粉。真是一堆难缠的石头。然而在一日日的远眺里，阿元终于发现，自始至终，山都不会燃烧半毫，可烛真实存在，它的焰就是那颗日日掠过山尖的巨型恒星。

自从揣摩出"烛"的意义，阿元总在不同时段里望向那片冰冷的灰蜡，从左到右，一天里，每一个山尖都有捧过烛焰的时候。

为什么不干脆溶化它们呢。阿元还是想往更远的地方看看，或许那样近视的眼睛慢慢也会痊愈，那片海里一定有阿元非要不可的东西，它在一天天翻闪磷光，等待着阿元。

和南树去远方的头一晚，阿元如何都睡不着，天蒙蒙亮了睡意才带着梦重重沉进阿元眼睛里。梦里，南树拉着阿元走向山与山间的吊桥，阿元从未走过吊桥，有些害怕，但南树无论如何也要带阿元走过去，两人前后上了桥，四周白亮，阿元看不清南树的脸，只听见南树左右摇晃的声音,晕洒在微凉的风里,奇怪的是,南树每说一句话,就有一只白色的小鸟落在他身上,叽叽咕咕,像是鸽子,但个头小得多。两人走到吊桥中段,南树忽然松开阿元的手,朝前飞快跑了几步,吊桥摆摇,阿元吓得蹲下来扶住一旁绕缠的藤条。南树又跑了几步才停下来,转身朝阿元笑,阿元刚刚放下心,南树又故意滑出去,半个身子就悬在藤条外。

阿元直想哭,可什么声音也发不出来。

"我不怕,我不怕啊。"

南树在远处喊,身上的白鸟一只只飞旋着坠下山崖,变成碎浪,不一会儿,吊桥下就成了喷涌的大河。

"我不怕。"

阿元从梦里挣扎起身,原来是窗外下起了雨。大雨里出行总叫人嫌恶,但阿元心里是欢悦的,总算能攀到那些石头的另一边,与从未见过的大海亲近,浪和礁石,鲸鱼和贝珠,一切都闪着初生的光。只是一旁的南树脸上还挂着梦里的笑,多少让阿元有些难过。

夏末的海边,已经不是人群密扎的地方。灰褐的沙滩上稀稀拉拉留着几串孩童的脚印,被一只手掌大的橡皮蟹嘀嗒扫去。远几步的南树,正准备下海游泳,阿元不会游泳,只能闭上眼睛,等幼时父亲带回来那个海螺里的声音一点点在耳边重现——

红色的水鸟在滚浪尖扑腾,叽喳叫一声水里的伙伴,那些海牛就懒洋洋往上游,七八种色彩的珊瑚碎片粘满海牛的尾,那是阿元幼时最想要的裙子。阿元想穿上它在深海里转起圈,要身边的鱼群也跟着旋舞。阿元被大海缤纷杂驳的色彩牢牢裹住,一会儿回到幼时,一会儿向前漂进未知的白光里。

嘶啦——

阿元知道,那只红色的水鸟终于被突来的浪打翻,再也飞不起来。浸漫在大块的海水里,变成一粒微弱随浪扑棱的红点,海牛只要轻轻上浮就能吞食这位认识很久的友人。海上的云很高,太阳却一点点掉下来,海水要灌进太阳里,还是太阳终将被海水吞吸。阿元皱紧眉头。想象南树一点点向远方游过去,奇怪的是,阿元对海的另一边没有任何向往。海越宽越好,无边际地伸展到月亮上。海底花绿,是大片生和大片死的交杂,这时,一群迁徙的蝶高高飞起，往浪里撒一些蝶翼上的花粉，大海，开出包裹整个海面的食人花，它张开锯齿般的大嘴，喷涌世上最华丽的幻念——

"南树！"

阿元叫出声。

"为什么死的不是他。"

阿元这才发现，不知什么时候，身边站了一位女士，黑花纺纱帽檐贵气地遮了大半张脸，身上却是一件少女喜欢的绿色波点泳衣。

女人背对大海与阿元并排坐下。阿元这才稍稍看清女人的脸，像是早先在旅馆遇见过的面孔。

"妈妈。"

远一点的地方传来幼童的声音，女人稍稍转头，也不回应。

七八岁的少年站在沙滩边缘，一点点试探拍打过来的浪。再远一些是正往回游的南树。

看到南树，阿元放下心来。此时的大海橘一层，粉一层，红一层，灰一层，灌进天空。没有惊骇的浪涛，划开皮肤的岩礁。平静，柔顺。

阿元看到成串的水滴正顺着贴合女人左脸的头发往下落，女人转过身对着阿元笑了笑。

晚饭时，阿元又遇上女人和少年，彼此点点头，阿元想伸手摸一摸少年的头发，少年躲开了。等女人和少年离开，旅店老板一边收拾剩下的食物，一边告诉阿元。那女人原是有三个孩子的。两年前，死了两个。就溺在眼前的大海里。唯独年龄最大的那位少年胆子小，不敢游泳，也许因为这样，才得幸免。两个孩子死的时候，女人正抱着少年在房里睡觉，根本不知道另外两个孩子什么时候偷跑出去的。打捞起孩子们的尸体已经是很多天以后的事了，那两个孩子没有被海水冲得太远，恰好灌进离岸不远的礁石丛里。那位少年听说弟弟妹妹被大海吞了，竟拍着手绕着母亲转了很久。

当晚阿元做了一个梦，梦里的大海不似白日里见到的样子。幽绿泛起黑光，太阳和月亮都在天空，两团庞大的球体没有在海面上留下一点碎影。女人坐在锈斑疏落的渔船上，向阿元招手，阿元越是向前，渔船越是远离。那时，海里钻出一棵参天的大树，没有一片树叶，繁密的枝干像在自顾自地造一个鸟窝。那棵树在叫阿元，于是阿元下水，朝树游去。两手向前扑打，仰头，双腿蹬水，这一系列动作阿元原是不会的，可游起来就像在岸边行走一样轻易。太阳和月亮一起下沉，阿元很累。眼前的树不见了。

"阿元，阿元。"

阿元回头，南树和女人就站在岸边，朝自己挥手。那时阿元只觉得自己是南树和女人的孩子。

两人教会阿元游泳，三人彼此相爱。

阿元是在这片温暖的绿浪里醒来的。南树留下字条，外出散步。阿元在南树寥寥的字迹里仍然体会到梦里热烈的狂恋，然而这股腾腾的心情却惹得她大哭起来。

阿元将南树脱下的衣物一一手洗干净，将整个脸埋进那些衣物里。

也许从认识南树那天起，自己就没有停止过对他的喜欢。

像是同时打翻几百桶红色油漆，眼前的海水泛着猩红，浪高高举起，像是要把天空也拽下来。

大海被什么划开一道深艳的伤口呢。

这一天，南树散步回来后，阿元就再没离开过他身边，两人一起在海边走走停停过了一下午。

"是磷虾吧。"

南树像是知道阿元要问。阿元用力抓住南树的手，清早醒来时的心情仿佛又回来了。

"得有多少呢。"

阿元想象着无数磷虾在水里嬉戏玩闹，求偶和繁殖，一串串吐着泡，忽而又觉得这红色没那么吓人，倒比天空的水蓝还可爱了些。

"为什么聚集呢，它们这是用自己的性命宴请蓝鲸啊。"

阿元低下头，盯着脚趾缝隙里的沙石。她不喜欢南树这样说话，但抓着南树的手却更用力了些。

"总是活下来的更多吧。"

南树不再理会阿元。

回到旅店等待晚饭时，女人和少年已经在隔壁餐桌吃了一半。

阿元原想请少年喝一杯果汁，但想到他并不让阿元亲近的样子，也就不想再打扰他们，只一心顾着寻找能和南树聊天的话题。两人一起上学时候班上发生过的事，自己后来的几段没头没尾的恋爱，家里人对南树的夸赞。现阶段只要南树愿意听就好，阿元已经打定主意，先把自己敞开。

盘子碎了。

阿元转过头时，少年蹲在地上，一片片捡拾盘子的碎片，小声道着歉。母亲并不看他，还在一勺勺从桌上的盆碗里舀着汤汁。阿元担心少年划伤自己，忍不住跑过去拉起少年，那孩子大力气扭动着，碎片反而划伤了阿元的胳膊。女人这才站起来，对阿元说了声抱歉，抱起少年就走。少年在母亲背上看着阿元，脸上堆起笑，他一个劲叫着妈妈，搂紧母亲的脖子。

南树递来创可贴，没说话。

两人静静吃完饭，回到房间，阿元决定不理南树，南树却像并没有察觉阿元刻意的变化，翻看几页书，洗澡和睡觉。或许他更喜欢这样没有任何关联的关系。

这一天，阿元在明白了自己心意的同时也明白了南树的心意。阿元说的话做的事，或者也许她整个人的存在在南树眼里全是徒劳无功的。

阿元最后一次在沙滩上遇见女人，身边没有少年。那望向大海的女人，心里只有两个死去的孩子。阿元有些担心那唯一活下来的少年今后的生活。

四

"死了？"

"睡着了吧。"

一群孩子蹲蹲站站围在花园角落里。

阿元走近些，听到一阵喵呜呜的猫叫。

死的人叫大姐，这片区人人都认识的"智障人"，阿元六岁时第一次见她——这么大年纪的姐姐紧紧抓抱母亲，四处散步。时不时拎起母亲的一只手臂猛地放开，看它像提线断开的木偶，啪嗒掉下去，自己一阵哈哈哈地笑，她的母亲死死盯住阿元，倒真像个吓人的木偶。回到家阿元也学着那位姐姐反复举起母亲的手臂,放下。起初母亲陪着阿元笑,后来就不耐烦起来。往后没多久,阿元又见到那个姐姐,那时身边的母亲小声告诉阿元,姐姐生病了,不要太靠近她。

十几岁的阿元放学回家时常常遇见大姐。那时大姐已经生出白发,仍然不停抬放母亲的手臂,她那没什么变化的母亲这会儿倒像成了她的女儿,"女儿"不再盯着阿元,只爱对着大姐笑。阿元却再没有抬放过自己母亲的手臂。

"女儿"刚刚过世不久,如今,大姐也死了。

阿元抱起坐在大姐身上没什么力气叫、只四下轻刨着她腹部的猫。孩子们吓得四散开。

阿元把猫带回家没多久南树就回来了。

"花园里死了个人。经过时,老鼠正往她嘴里钻呢。"

阿元眼前冒出老鼠灰亮的屁股和尾巴。

"朋友远行,猫要在家里寄养些时候。"

阿元捡起地上的半条鱼骨头轻声编了谎话。

"没有人报警吗?"

"大约都以为是睡着的乞丐吧。"

阿元感到那些老鼠在她肚腹里挣扎,慢慢化成浆。

猫抱回来后,阿元再没有见过猫,但放下的粮和水都慢慢见底了。

新年里,阿元和南树回母亲家吃饭,姑母一家也来了。平日里一向沉默的表哥只有见了阿元话才多起来。表哥几年前与姑母大吵一架,离开小城,没过两年就又回来了,只字不提远方的生活。阿元常常觉得眼前的小城被什么人下了咒,里面的人没有几个能真正离开它,外面的人也没有几个能留下来。

第一次见南树的表哥,一直念叨着南树过于眼熟,弄得阿元脸红起来。表哥惯爱捉弄阿元。

"啊,是你呀。"

那条墨玉绿的小蛇从同桌手臂上生扯下来,一把摔砸在前几排的讲台上。老师跑出去，所有人哄笑。那条蛇呢，阿元眼前只有一片如水清亮的红。一定是从山那边流过来的，阿元走上前，要朝那片红伸出手。

"看哪，她哭了。"

他们还在笑，他们的手朝阿元抓过来。那些手抛丢那条可怜的蛇，蛇就在半空里抽搐，扭绞。阿元满教室追着那些手。

"想要吗？"

"这里呀。"

快一点，再快一点，那座山越爬越高，山脚的火苗扑哧哧往上蹿，阿元觉得自己就快被大火追上，活活吞掉。

蛇砸落在阿元课桌上时一只眼睛垂掉一半，另一只朝阿元撑胀开。

"都怪你。"

山顶戳破天，吱啦裂开缝的黄昏顺着山路流下，像一团团烧燃过，没用的蜡汁。

眼前稀扁了一块的蛇被南树断成两截，四截，二十截。

沉没了太阳的傍晚把碎蛇染成酱紫，蛇血在阿元和南树间溰开。那就是山的另一边。阿元终于得救了，那里，海的光亮逼得阿元闭上了眼睛，南树撑开枝叶。

那时，隔壁班的堂哥碰巧经过教室，瞟眼见阿元满脸的血，飞冲过来不问缘由打了南树。

"我不怕。"

"后来，三个人都哭了吧。"

表哥说完，一家人笑起来。

五

新年家宴后，大家照例出门寻一块空旷的地方放烟火。年纪大些的人们只是带些炸食、茶酒从家里换一个地势高些的坡路，盘腿坐下，继续聊一年里特意藏住、平日舍不得拿出来说道的家常。即便有些已经在过去偷偷跑出来过的"那件事"，如今再说一遍，听的人也都津津有味，不时发出"啊""咦""这样啊""我都不知道啊"的惊叹。好像生活和新年这一天一起从头开始了。晚辈们得在空地上忙活一阵，虽也不是人人都有兴趣看那些颜色不够正典的光焰噼炸消殒，但总得应上气氛，时不时朝远些沉浸在一年里最祥和时刻里的家人喊几句，看哪，这几朵是我们家的烟花，四围的神灵也都看见了吧，靠了我们，明年人人都该有些运气。阿元幼时不明白，为什么点燃烟火就得迅速跑开，直到有一年发现点过烟火的表哥跑到远些的树下捂住耳朵，蹲下来偷偷哭。全家人的好好活着都得靠最勇敢的人战胜一次火焰得来吧。阿元这才懂得新年的意义。今年还是阿元和表哥放烟火，南树也就自然地加入进来，自从发现表哥偷偷哭，阿元总是抢着点燃引线，说是自己喜欢，说着说着，倒也觉得是真喜欢。

"一、二、三！"

大家稀里哗啦跑开，在烟火下大声笑。

阿元果然又在那些欢腾的光亮里感受到悲伤。人们一整年悬命生活的理由，更像是集体掩盖日复一日的本质，他们互相欺骗，只有寥寥的时候，当他们看向某个东西，那些定住又恍恍的眼神里才会滚出他们对眼下生活的不知所措。浴室的灯泡坏了一个，被子泛起潮气，半夜里妻子在床的另一头小声啜泣过。

南树从上衣口袋里拿起一个橙子，再放下。只有在这看似没有意义的举动里，阿元才觉得生活真实存在，不在任何想象里。

一朵蓝白色的烟花正在南树身后炸开，两人在海边看磷虾时，那些蓝鲸也是这样在磷虾身后张开大嘴的吧。

表哥提起那一天，南树并没有否认，也没有解释自己在那一天果决的行动。回家路上，阿元竭力避开断蛇的记忆，却不知道为什么，眼前总出现残缺挣扎的蜻蜓、蝴蝶、老鼠——它们都被阿元切断踩扁，挣扎地活着。

到家时，阳台上的花草泥土一路稀落在房间各处。一定是那只猫，阿元有些惭愧地咬住嘴唇，本想反省自己出门时忘了关好阳台门。但眼前的南树只静静捡拾残根，清扫泥土。不向阿元抱怨一句，这让阿元心里反而厌烦起来。阿元趴在窗边一个劲地大声喘气，她想走过去使力摇晃南树的身体，看看装在那里面的究竟是什么——一圈又一圈规整的年轮，还是像那些山一样，大块的灰石，不生草木。

可明明……

夜里，阿元梦见那只怪猫吞了一条金斑白底的大蛇，蛇溜进猫肚子里的时候，阿元却觉得是那条蛇吞了猫，猫趴在地上一动不动，忽然背部抽扭了几下，背断开，里面探出蛇的眼睛，那只眼睛对着阿元眨一眨，一切就堕入黑暗里。

六

阿元醒来时，南树正看着她。

"去放风筝吧。"

南树带阿元到烛山底，这季节哪会有扑面的风。阿元没有放过风筝，兴许南树有办法呢。

果然，南树只把手里的风筝往天上扔了几次，白底蓝花鳐鱼似的风筝就呼啦飞上天，一眨眼游窜到山腰了。能飞多高呢，阿元想起那只白鸟。天忽然暗下来，明明该是正午，阿元却看到无边的满月。

"我们上去。"

南树一手抓着线轴一手拉起阿元往烛山上走，到了山顶，阿元再朝那只风筝看时，它已经全无隙缝地化晕在烛山的巨大背景里，月一缕缕滴在南树身上。白色的大鸟就从眼前振翅飞过，往海的方向飞去，那片海已经完全被月吸光了吧。

阿元知道，无论飞多远都逃不开这片天地。也许这片天地更想逃离，从人们身边，像拼图一样，一块块揭开，拿走。

在海边的最后一晚，阿元醒来，发现南树不在身边，发疯一样往海边跑，那时海浪的轰响滚沸出海螺，阿元想远远躲开，却又不能把南树一个人扔在那里。

"南树。"

阿元喊不出声。

并不规整的月亮盘踞在海上，从海里吸食亿万生命，鲸与鲨以为那是白日的光，一群群往月亮的触须追过去。南树会不会也变成一只鲸正朝那里洄游，阿元体内一片冰凉，干燥地挤不出一滴为此该流下的泪。她甚至有些期望南树越走越远，走开些，去吧，往死里去，假如那样能让阿元痛快哭一场。南树月白的身体，在一群岩礁中间左右浮摆，一些水鸟停在那棵完全属于大海的树枝上，它们会在那里做一个窝，那是一群鸸。

"南树。"

阿元在一座灯塔微弱的蛋黄光照里看见南树赤裸身体，直挺挺立在海边。大一些的浪拍打在他的身上，他就那样倾斜晃摇，像根茎深扎沙堆的藻叶，来回倾摆却执拗地绝不倒下。阿元躲在岩石后死死捂住嘴。灯塔上的光向远方荡过去，一只大鱼跃在灯光里。总要活下去才行。阿元看着漆黑里看不清轮廓但一定还站在原地的南树想。

那时，阿元看到南树身上泛起幽微的光。